D1703115

Satu Blanc
Serafina

Autorin und Verlag danken für die Unterstützung:

Claire Sturzenegger-Jeanfavre Stiftung

Elisabeth Jenny-Stiftung, Riehen

Der Zytglogge Verlag wird vom Bundesamt für Kultur mit einem Strukturbeitrag für die Jahre 2021–2024 unterstützt.

© 2022 Zytglogge Verlag, Schwabe Verlagsgruppe AG, Basel
Alle Rechte vorbehalten
Umschlagfoto und -gestaltung: Vinzenz Wyser
Lektorat: Thomas Gierl
Korrektorat: Anna Katharina Müller
Layout/Satz: 3w+p, Rimpar
Druck: CPI books GmbH, Leck

ISBN: 978-3-7296-5096-1

www.zytglogge.ch

Satu Blanc

Serafina

Gräfin di Cagliostro

Roman

ZYTGLOGGE

Inhalt

Rom, 1789 9

Rom, 1763 11

Rom, 1765 21

Rom, 1768 31

Paris, 1785 63

Paris, 1785/86 79

London, 1787 93

In der Kutsche, 1787 111

Basel, 1787 125

Rom, 1789 247

Rom, 1789 255

Nachwort 257

«... und das alles im aufgeklärten 18ten Jahrhundert.»
Goethe an Charlotte von Stein, 1780

Rom, 1789

Früher hat sie das Licht gesucht. Jetzt ist sie froh, dass der schwache Schein der Kerze das kurzgeschorene Haar und die in grobes Leinen gehüllte Gestalt nicht erreicht.
　Sie wartet.
　Endlich öffnet sich die Tür.
　Die Helligkeit blendet sie.
　Sie lächelt.

Er ist gekommen.

Rom, 1763

Fisch. Es riecht nach Fisch. Stimmen werden laut. Dann erscheint das Bild: Frauen. Viele Frauen. Sie marschieren auf einer staubigen Straße. Sie halten Piken, Hellebarden, Bratspieße und Messer in der Hand. Sie tragen Kopftücher und schmutzige Schürzen über alten Röcken. Sie sind wütend. Sehr wütend. Immer stärker wird das Stampfen auf der langen, geraden Straße, immer zorniger erschallen die Ausrufe. Und dann: ein Schloss. Ein riesiges Schloss. Es glänzt in der Morgensonne.

«Lorenza!»

Schon zwei Mal hatte sie ihren Namen rufen hören, aber erst als der alte Mann seine Hand behutsam auf ihre Schulter legte, löste sie die Augen von dem Spiegel, der in ihrer Hand lag.

«Na Lorenza, hast du wieder zu tief in den Spiegel geguckt?», fragte er fröhlich.

Das Mädchen nickte abwesend.

«Hat dir heute nicht gefallen, was er dir gezeigt hat?», versuchte er es weiter, bekam aber keine Antwort. «Spiegel lügen nicht», stellte er schließlich fest.

Endlich erwachte Lorenza aus ihrer Erstarrung und schaute ihn fragend an. «Aber Piero, Raffi sagt ...», sie verstummte und blickte verlegen zu Boden.

«Was sagt Raffaele?», fragte Piero.

«Dass dies ein Zauberspiegel sei. Der kann viel mehr, als nur zeigen, wie schön ich bin.»

«Ja, wenn Raffaele das sagt, so muss es stimmen», pflichtete er ihr bei. «Er muss es wissen, er hat ihn dir schließlich geschenkt. Und mit solchen Freundschaftsspiegeln, Lorenza», er schaute sie lächelnd an, «hat es eine ganz besondere Bewandtnis.»

«Aber jetzt, Signorina», verkündete er mit feierlich erhobener Stimme, «jetzt verrät Ihnen der alte Piero, was er sieht.»

Über das Gesicht des Mädchens huschte ein freudiger Ausdruck, sofort nahm es Haltung an und gluckste vor Vergnügen.

Der alte Mann hob seinen Zeigefinger, kniff die Augen in dem verrunzelten Gesicht zusammen und fuhr fort: «Ich sehe eine Prinzessin. Eine schöne Prinzessin. Was sage ich da», rief er und riss die Arme in die Höhe, «die schönste Prinzessin überhaupt! Ihr Haar hat die Farbe von polierten Kastanien und ihre Augen leuchten gleich Kohlenstücken aus ihrem hübschen Gesicht. Wenn sie lächelt, geht die Sonne auf, und wenn sie Tränen vergießt, weinen die Engel. Der Name der Prinzessin lautet: Lorenza Feliciani, stolze Tochter meines ehrbaren Nachbarn Mauro, des tüchtigsten Kesselflickers von ganz Rom und seiner schönen Gemahlin Elena, der Frau mit den geschicktesten Händen im Umgang mit Seidenraupen. Ja, Prinzessin Lorenza, Ihr seid wahrlich von königlichem Geblüt.»

Ein Schatten huschte über das strahlende Gesicht des Mädchens.

«Kopf hoch, Carissima! Du weißt: Der alte Piero lügt nicht.»

Sie nickte und schloss die Faust fest um das Kleinod in ihrer Hand. «Und Spiegel auch nicht», murmelte sie und ließ ihren Schatz in der Schürzentasche verschwinden.

Lorenza war wie jeden Morgen in den Garten hinter Pieros Haus geschlichen, um, während sie auf ihn wartete, mit geschlossenen Augen zu lauschen, wie sich die Seidenraupen durch das Laub der Maulbeerbäume fraßen. Es hörte sich an wie Regen, der auf die Gasse fiel.

«Ein wenig Seidenluft schnuppern, Lorenza?», fragte Piero freundlich. Der alte Mann streckte seinen Arm aus und zog einen Zweig aus dem dichten Blätterdach herunter. «Schau, sie sind bald soweit.»

Sie nickte eifrig. So oft sie es schon gesehen hatte, ihre Begeisterung war auch jetzt echt. Sie konnte es nicht fassen, wie man so viel fressen konnte. In der Zeit zwischen zwei vollen Monden wuchsen die Raupen von kaum sichtbaren Winzlingen zu dicken Würmern heran. Würde sie so schnell wachsen, käme ihre Mamma mit dem Verlängern ihrer Säume gar nicht mehr nach.

Den Raupen platze einfach der Kragen, hatte Piero erklärt, dann streiften sie die alte Haut vollständig ab und trügen darunter schon die neue, passende Größe. Dann fange das große Fressen von vorne an, bis die Raupen wieder so dick seien, dass sie sich häuten müssten. Viermal täten sie es, dann hätten sie genug vom Fressen und – «wickeln sich in den Seidenfaden, der hinten aus ihnen herauskommt, ein», hatte Lorenza den Satz zu Ende gebracht.

Piero hatte anerkennend genickt, die Raupen drehten und drehten sich um die eigene Achse, bis sie schließlich ganz in ihren Kokon eingesponnen seien.

Lorenza wunderte sich noch immer, dass ihnen nicht schwindlig wurde dabei. Und wieder versicherte ihr Piero, dass die Raupen den perfekten Dreh heraushätten. Dafür schliefen sie danach so lange, wie es dauerte, bis der volle Mond verschwunden sei, und in dieser Zeit verwandelten sie sich.

«Aber das dürfen sie nicht», unterbrach ihn Lorenza: «Wir wollen ihre Seide!»

Im Haus schlug ihnen warmer Dunst entgegen. Lorenza stieg auf ihren Schemel, vor ihr blubberte Wasser in einem riesigen Kessel über dem Feuer. Piero hatte ihr eingeschärft, sich vor dem aufsteigenden Dampf, der noch heißer war als das kochende Wasser selbst, in Acht zu nehmen. Vorsichtig beugte sie sich näher, als er einen Korb voller Seidenkokons in den Kessel schüttete. Sie bekam einen Spritzer des heißen Wassers ab und wischte ihn achtlos weg. Nur ihre Augen weiteten sich vor Schreck: Die Raupen verbrühten bei lebendigem Leib.

Warum sie sich immer die Ohren zuhalte, fragte Piero. Ob er die Raupen nicht schreien höre, wunderte sie sich. Er strich ihr mit seiner rauen Hand über den Kopf und murmelte, der Preis der Schönheit sei das Leiden anderer. Noch empöre sich ihr Kinderherz. Aber oft genug habe er ihren Mund sich schon grausam verziehen sehen, wenn sie zufrieden lächelnd mit dem Finger über die Seidenfäden gefahren sei. Sie werde es weiter bringen als ihre Mutter, weiter als irgendjemand aus ihrem Viertel sich überhaupt ausmalen könne.

Er hatte die ganze Zeit in den Kessel gestarrt und angenommen, sie habe ihn nicht gehört. Als sie schließlich die Hände von den Ohren nahm, beteuerte er: «Du bist eine Prinzessin. Eines Tages wirst du in Seide gehüllt mit Königinnen speisen und mit Fürsten tanzen.»

Sie hatte diese mit viel Überzeugung gesprochenen Worte schon oft gehört, sie gehörten zu den Ritualen zwischen ihnen beiden wie der morgendliche Spaziergang durch den Garten und das Beobachten der Seidenraupen, und doch durchfuhr sie wie jedes Mal ein freudiger Schauer, als sie sich ausmalte, wie gut ihr die Seidenbänder im Haar stehen würden und wie herrlich sich der glatte Stoff des Kleides auf ihrer Haut anfühlen würde.

Heute aber tat Piero etwas, das er noch nie getan hatte: Er hob ihr Kinn, blickte sie mit seinen freundlichen Augen an und sagte ernst: «Und dann, Lorenza, vergiss nicht, wie viel Mühe und Arbeit es braucht, bis allein nur die Fäden für das Weben eines Seidenbandes hergestellt sind.» Fast unhörbar fügte er hinzu: «Wirst du dich dann noch an uns erinnern, Lorenza?»

Sie hörte die Traurigkeit hinter seinen Worten, wollte etwas erwidern, merkte, wie ihre Stimme zitterte und nickte unsicher. Oder hätte sie den Kopf schütteln sollen? Das Leben war zuweilen kompliziert. Es gab Dinge, nach denen sie nicht einmal ihren alten Freund fragen konnte.

Diese Frauen im Spiegel, sie hatten ihr Angst gemacht. Gleichzeitig hatte sie sich geärgert, dass Piero sie dabei gestört hatte, vielleicht hätte sie sonst das große Schloss noch einmal sehen können.

Das Schreien aus dem Kessel hatte längst aufgehört, doch Piero ließ die Kokons weiter kochen, bis der Leim an ihrem Faden aufgeweicht war. Danach konnte er abgehaspelt und zum Trocknen aufgehängt werden. Anschließend wurden die Seidenfäden von Lorenzas Mutter und den Frauen aus der Nachbarschaft verzwirnt. Wollte man makellos weiße Fäden haben, musste man sie in Seifenwasser kochen wie die große Wäsche in den vornehmen Häusern, in denen sich ihre Mamma ein Zubrot verdiente.

Piero hatte es ihr schon hundertmal erklärt, und sie hatte es ja mit eigenen Augen gesehen, und doch war es jedes Mal ein unfassbares Wunder, wie aus einem winzigen, hässlichen und farblosen Wurm am Ende etwas so Schönes entstehen konnte.

Doch kaum hatte man es gewagt, mit dem Finger über den seidenweichen und dennoch starken Faden zu streichen, standen schon die Händler vor der Tür. Sie brachten ihre Ware in die Städte im Norden des Landes, wo die Fäden gefärbt und zu Bändern und Stoffen gewoben wurden. Bis weit hinauf in ferne Länder verkauften sie Pieros Fäden, dorthin, wo eine andere Sprache gesprochen wurde, wie er behauptete.

Die Hände der Frauen waren rot und rissig, und wenn sie ihren Kindern Ohrfeigen verteilten, spürten diese darin die Härte des Lebens. Doch wenn die Mutter ihr über die Wange streichelte, schloss Lorenza die Augen und versuchte, die Rauheit der seltenen Berührung so lange wie möglich auf ihrer Haut zu fühlen.

Sie dachte dabei an die schmalen Hände mit den langen Fingern, die mal weich und weiß gewesen sein mussten, und so geschickt, dass ihre Mutter Weißnäherin oder Putzmacherin hätte werden können. Aber dann hatte sie Vater geheiratet.

Lorenza wollte nicht enden wie diese früh gealterte Frau, die nie aus ihrem Viertel herausgekommen war und Abend für Abend den vollen Flickkorb vor sich mit den Nachbarinnen auf der Gasse saß.

In der Raupe sei schon der ganze Seidenspinner, wie man den Falter der Seidenraupe nannte, drin, pflegte Piero zu sagen. Er ließ immer ein paar Kokons übrig, die nicht ins kochende Wasser geworfen wurden, sondern so lange ruhen durften, bis aus ihnen eines Tages mehlweiße, bizarr geformte Flügelwesen schlüpften, deren Fühler wie gebogene Kämme vom Kopf abstanden und deren Rumpf und Beine behaart waren. Vielmehr als den zarten Schmetterlingen glichen sie den unheimlichen nächtlichen Mottenvögeln.

«Und einen Mund haben sie auch nicht!», hatte Lorenza beim ersten Mal ausgerufen und sich geschüttelt.

Sie könnten weder fressen noch fliegen, hatte Piero ihr erklärt, ihre einzige Aufgabe sei es, so schnell wie möglich ihre Eier abzulegen, danach würden sie sterben. Aus den Eiern schlüpften wiederum Raupen, und das große Fressen begann von vorne.

Bei Piero gab es auch grüne, gelbe, schwarze, rot gestreifte und dicht behaarte Raupen. Sie fühlten sich wohl in seinem Garten, in dem so viele Blumen wie nirgends sonst wuchsen. In den meisten Innenhöfen standen Palmen und Kakteen und rankten sich Rosen jedes Jahr ein wenig weiter die steinernen Mauern empor. Meist schon im Frühsommer waren die Grasbüschel und Blumen, die aus den Ritzen der gepflasterten Gassen und der Mauern sprossen, gelb und verdorrt. Doch in Pieros Zaubergarten gab es Töpfe mit Blumen in allen Farben und Formen, jeden Tag schleppte er Wasser vom Brunnen, um sie zu gießen. Die Raupen fraßen die Blätter seiner Blumen, doch er hatte so viele, dass er sie gewähren ließ, bis sie sich verpuppten. Diese Kokons landeten nicht im heißen Wasser.

«Piero, die Puppe stirbt!»

Er schüttelte den Kopf, legte den Finger auf die Lippen und flüsterte, sie werde zum Schmetterling. Die gemusterten Flügel des Falters schimmerten bereits durch, noch würde es eine Weile dauern, bis sich der Sommervogel ganz aus seinem Kokon gezwängt habe. Danach müsse Lorenza noch einmal einen Tag warten, bis seine Flügel getrocknet seien und er wild zu flattern beginne, zum ersten Mal seine zarten Flügel ausbreite und endlich davonfliege. Schillernd bunt und wunderschön würde er in den blauen Himmel hineintanzen.

Das musste sie unbedingt Raffi erzählen. Lorenza verabschiedete sich von dem alten Mann und rannte los.

«Raffi, es ist ein Wunder!», sprudelte es aus ihr heraus, etwas so Schönes habe er noch nicht gesehen.

«Schöner als Seide?», wollte Raffi wissen und hob den Blick nur widerwillig von seinem Buch.

Das war eine schwierige Frage. Eigentlich war es dasselbe. Die Sommervögel schenkten den Menschen ihre Schönheit und die Seide sei das Geschenk der Seidenspinner, die hässlich wie die Mottenvögel seien, hatte Piero gesagt.

«Die Sommervögel sind so schön und leicht, ihre Flügel wie aus Seide», flüsterte sie mit glänzenden Augen und packte ihren Freund am Arm. Wenn sie beide sich in Seide hüllten, wären sie so leicht, dass sie in der Luft tanzen könnten.

Er nickte, von ihrer Begeisterung angesteckt, morgen komme er mit zu Piero, danach könne er Monsignore von diesem Wunder Gottes berichten.

Lorenza spürte einen Stich. Sie mochte es nicht, wenn er mit ihren Geheimnissen zu Pater Matteo, bei dem er seit Kurzem lesen und schreiben lernte, rannte, machte aber keine Einwände, zu begierig war sie, von den Erzählungen Monsignores zu hören.

Pater Matteo war ein weltgewandter, weitgereister Geistlicher, von dem es hieß, er sei kurz vor seiner Ernennung zum Kardinal in Ungnade gefallen und in eine unbedeutende Kirche der unzähligen Gotteshäuser Roms verbannt worden. Wofür er vom Papst bestraft worden war, wusste niemand, doch die Leute im Viertel nannten ihn ehrfurchtsvoll Monsignore.

Dank der Reiseerzählungen des Geistlichen waren die beiden schon zusammen in London gewesen, einer großen Stadt auf einer großen Insel. Monsignores Beteuerungen, es gebe dort nur Nebel und Regen, war ungeheuerlich, ganz glauben konnte Lorenza es nicht. Wenn Raffi ihr von Russland erzählte, wo das Volk raue Sitten pflegte und die Damen und

Herren des glanzvollen Zarenhofes sich in Bärenfelle hüllten, um mit offenen Kutschen ohne Räder über das vereiste Meer zu fahren, lief ihr ein wohliger Schauer über den Rücken.

Von Prag konnte sie gar nicht genug bekommen. Immer wieder kehrten sie in die goldene Stadt zurück, wo Lorenza mittlerweile von alleine in die Gasse der Goldmacher des Königs fand.

In Wien, wo er lange Jahre verbracht hatte, hatte Monsignore engen Kontakt zum Hof gepflegt. Dort sei sogar eine Frau Kaiser, behauptete Raffi.

Überall redete man eine andere Sprache, Monsignore sprach sie alle, meinte aber, beherrsche man Französisch, genüge dies, denn alle vornehmen Leute auf der ganzen Welt sprächen wie der König in Frankreich. «Und die Königin?», hatte Lorenza sich gefragt.

«Monsignore will es mir beibringen», berichtete Raffi jetzt stolz. Französisch solle dem Italienischen ähnlich und nicht schwer zu lernen sein, aber er wolle trotzdem auch noch alle anderen Sprachen studieren.

Wozu das denn, wenn Französisch die Sprache der Vornehmen war? Doch Lorenza wollte jetzt nicht mit ihm streiten, sie wollte lieber noch einmal von dem großen Schloss hören.

Er hob seinen tintenbefleckten Zeigefinger in die Höhe und wiederholte gedehnt: «Wer-sai», sein «r» schien von weit hinten aus dem Gaumen zu kommen. Doch Lorenza brachte wie schon die Tage zuvor nur einen harten Laut hervor. Immer wieder ließ er sie das Wort wiederholen, bis sie schließlich die Geduld verlor, entweder höre er jetzt endlich auf, sich als Lehrmeister aufzuspielen, und erzähle ihr mehr vom größten Schloss der Welt oder sie ginge nach Hause.

Er schilderte ihr noch einmal die unfassbare Größe, den Prunk und Glanz des französischen Königspalastes. «Und gestern, Lorenza», sagte er mit glühenden Wangen, «hat mir Monsignore von einem Saal im Schloss erzählt, dessen Wände ganz aus Spiegeln sind. Dort gehen Könige und Prinzessinnen, Fürsten und Gräfinnen in Samt und Seide auf und ab und bewundern in hundertfacher Spiegelung sich und die anderen.»

Stumm versanken sie in das Bild von Prinz Raffaele und Prinzessin Lorenza, die in langen Seidenroben, übersät mit leuchtendem Gold und funkelnden Diamanten, die Bewunderung aller vornehmen Herrschaften auf sich zogen. Sie tastete nach seiner Hand, er nahm sie und erwiderte ihren Druck.

Und wenn sie in Paris seien, sagte er und schaute sie dabei mit glänzenden Augen an, kaufe er ihr die schönsten Kleider, denn dort, habe Monsignore gesagt, gebe es die elegantesten Damen und Herren der Welt.

Als Königskinder würden sie mit ihren seidenen Flügeln von Stadt zu Stadt fliegen, überall nur das Beste nehmend wie die Schmetterlinge, die von Blume zu Blume flatternd vom süßen Nektar kosteten.

Aber jetzt wollten sie erst einmal im Park Orangen stibitzen gehen.

Rom, 1765

Fast zwei Jahre waren inzwischen vergangen. Raffi hatte nur noch seine Bücher im Kopf und keine Zeit mehr für sie. Zufällige Begegnungen in dem kleinen Quartier waren nicht zu vermeiden, und doch schien es ihr, als liefe er ihr mehr über den Weg als andere. Wenn sie ihn von Weitem sah, versuchte sie ihm auszuweichen, ertappte sich jedoch dabei, wie sie ständig nach ihm Ausschau hielt. Sie tat es als schlechte Gewohnheit ab, die sich mit der Zeit legen würde.

Freunde gehen, wenn man älter werde, meinte Piero und schaute sie dabei nachdenklich an. Sie zuckte mit den Schultern, neue würden kommen. Sie glaubte aber nicht daran. Sie hatte sich die Namen der Städte gemerkt, sie würde sie finden, auch ohne ihn.

Ja, ohne ihn, den Verräter, der sich jetzt Raffaele nannte und der nicht mehr mit ihr und den anderen Kindern durch die Gassen jagte, der es so ernst nahm mit dem Lesen und Schreiben und dem Studieren der fremden Sprachen, dessen Besuche bei Piero und die stundenlangen Streifzüge mit ihr durch die Welt ihrer glanzvollen Zukunft abrupt aufgehört hatten, nachdem er ihr erklärt hatte, für solche Kindereien keine Zeit mehr zu haben.

Dahinter steckte Monsignore. Was rannte er auch zu seinem Pater und erzählte ihm von ihren Plänen? Und mit so einem hatte sie die Welt erobern wollen.

Lorenza sog den Duft des Weihrauchs ein. Die Knie taten ihr schon weh, aber sie wollte ihre Bitte noch einmal vortragen:

«Heilige Mutter Gottes, bitte hilf mir, eine Prinzessin zu werden, du bekommst dafür das Kostbarste, das ich habe.»

Sie holte ihren Spiegel hervor, hauchte darauf und wischte ihn mit ihrer Schürze ab, doch das Glas vernebelte sich von Neuem. Sie fuhr noch einmal darüber. Das Glas blieb blind.

Sie seufzte, blinzelte und konzentrierte sich auf den Spiegel, bis sich der Nebel darin verflüchtigt hatte.

Es duftet nach Blumen. Eine blühende Wiese. Kinderlachen. Ein kleines Mädchen erscheint, die Zöpfe stehen ihm vom Kopf ab. In der Hand hält es einen Blumenstrauß. Es rennt los, landet in den offenen Armen einer Frau. Zusammen wirbeln sie lachend herum.

Lorenza zitterte vor Freude. Das Mädchen hatte ausgesehen wie sie, als sie klein war. Und die schöne Frau in dem Seidenkleid und mit den langen Locken hatte eindeutig ihre Züge getragen, so würde sie in ein paar Jahren aussehen. Aus der kleinen Lorenza würde eine Prinzessin werden! Sie blickte zur Marienstatue und stammelte ihren Dank.

Schon wollte sie ihr den Spiegel hinlegen, ließ ihn aber nach kurzem Zögern wieder in der Schürzentasche verschwinden, zog stattdessen einen glatten Stein daraus hervor und legte ihn auf den Altar neben die brennenden Wachslichter.

Zuhause verschwand sie unbemerkt in der Schlafkammer, zerrte das Laken vom Bett und begann sich darin einzuwickeln. Dabei verhedderte sie sich im Stoff, stolperte und fiel hin. Als sie endlich ganz in das große Tuch gehüllt aufrecht im Zimmer stand, fehlte nur noch die Schnur, um sich wie eine Puppe aufzuhängen und auf die Verwandlung zu warten.

Die strenge Stimme ihrer Mutter holte sie aus ihren Träumen. Den restlichen Tag schrubbte Lorenza Böden, holte Wasser, pulte Erbsen und tat, was ihr sonst noch aufgetragen wurde.

Beim nächsten Mal würde sie es geschickter anstellen. Sie würde so lange die Abfälle der Seidenfäden sammeln, bis sie genug beisammenhätte, um sich darin einzuwickeln. Dann würde die Verwandlung gelingen.

Gegen Abend schlüpfte sie aus dem Haus, die anderen Kinder erwarteten sie schon auf der Piazzetta.

Gleich würde er rauskommen und stolpern, raunte sie ihnen zu. Sie standen dicht gedrängt hinter der Mauer und starrten gebannt auf das ockerfarbene Haus auf der anderen Seite des Platzes. Endlich öffnete sich die Tür und die schwarze Gestalt Monsignores erschien auf der Schwelle. Er blinzelte in die untergehende Sonne, zog seinen Hut in die Stirn – und schon lag er auf dem Boden. Verwünschungen ausrufend rappelte er sich auf, verhedderte sich in seinem langen Priestergewand und fiel noch einmal hin. Die Kinder lachten laut. Die Jungen nickten Lorenza anerkennend zu, die Mädchen blickten ehrfürchtig zu ihr empor, dann stoben sie davon. Sie warf noch einen Blick zurück und sah gerade noch, wie Raffaele Monsignores Bücher zusammenlas.

Schon an der nächsten Straßenecke warteten ihre Kameraden auf sie. Das sei wirklich gut gewesen, wie sie das bloß gemacht habe, fragte einer der größeren Jungen begeistert.

Nichts habe sie gemacht, wehrte sie beleidigt ab. Sie habe gewusst, dass Monsignore über seine Beine stolpern werde. Dabei fixierte sie den Jungen so lange mit ihrem Blick, bis er verschämt den Kopf senkte.

Einen Augenblick war es ganz still. Dann fragte Massimo, ein Junge, dessen Gesicht aussah wie das einer Spitzmaus: «Hat jemand meine Jacke gesehen? Mein Vater schlägt mich tot, wenn ich ohne sie heimkomme.»

Die Kinder schüttelten die Köpfe, alle schauten erwartungsvoll zu Lorenza. Sie gebot ihnen, einen Schritt zurückzutreten, schloss die Augen, öffnete sie wieder und richtete den Blick starr in die Weite. Mit geheimnisvoll raunender Stimme, die nicht die ihre zu sein schien, sagte sie: «In der Nische hinter dem Heiligen Franziskus», kniff noch einmal die Augen zusammen, schüttelte sich und fragte mit verschlafener Stimme: «Wo?»

Stumm deuteten die Kinder in die angegebene Richtung. Lorenza rannte los, niemand rannte so schnell wie sie. Außer ihm: Er bekam sie immer zu fassen. Aber er war nicht da.

Sie bogen um die Ecke und trauten ihren Augen nicht. Neben der Statue des Heiligen Franziskus stand Raffi und schwenkte grinsend Massimos Jacke in der Luft; dieser wollte sie ihm entreißen, doch Lorenza kam ihm zuvor: «Gib sofort die Jacke her!»

«Nicht bis du zugibst, dass du sie hier versteckt hast», erwiderte Raffi von oben herab. Er war zwei Jahre älter als sie, in letzter Zeit ein gutes Stück gewachsen und überragte sie jetzt um mehr als einen Kopf.

«Habt ihr gehört, was Monsignores Liebling behauptet?», lachte sie in die Runde.

Mit einem schnellen Griff riss sie Raffi die Jacke aus der Hand und warf sie Massimo zu, der sie an sich presste.

«Und nun verschwindet! Ich habe noch ein Wörtchen mit dem da zu reden.» Sie zeigte auf Raffaele.

Die anderen zögerten.

«Haut endlich ab!», schrie sie und verscheuchte sie mit fuchtelnden Armen.

«Nicht so gut wie sonst», hörte sie ihn dicht hinter sich flüstern. Ein kalter Schauer lief ihr über den Rücken, gleichzeitig brannte die Haut wie Feuer. Langsam drehte sie sich um, sie maßen sich mit stummen Blicken. Sie standen so nahe beieinander, dass sie den Kopf nach hinten neigen musste, um in sein Gesicht blicken zu können. Keiner blinzelte. Er wollte etwas sagen, senkte aber stattdessen die Augen.

«Lass mich los!», rief sie wütend und versuchte ihre Handgelenke aus der plötzlichen Umklammerung zu befreien.

Sie wisse, er kriege sie am Ende immer, erwiderte er siegessicher. Sie würden jetzt auf der Stelle zu Monsignore gehen und sie entschuldige sich bei ihm, übertönte er ihr Toben.

«Wofür?», fragte sie keuchend.

Dafür, dass sie den Seidenfaden vor seine Tür gespannt habe, antwortete er und drückte ihre Hände so weit nach unten, dass ihre Körper sich beinahe berührten.

Abrupt hörte sie auf, sich befreien zu wollen. Das hatte er also auch herausgefunden. Eine Strähne seines Haars hing herab und kitzelte ihre Nase. Sie blickte forschend in die Augen dicht über ihr, diese zitterten leicht, hielten ihr aber stand.

Spionierte er ihr nach?

Er ging nicht auf ihren aggressiven Ton ein und schlug vor, sie könne gleich auch beichten, wie sie alle an der Nase herumführe und sich als Prophetin aufspiele. Sie schnaubte, aber er ließ sich nicht unterbrechen: Und dass sie sich da und dort nehme, was ihr nicht gehöre, ohne dafür zu bezahlen, schloss er ihr Sündenregister.

Lorenzas Augen wurden zu kleinen Schlitzen. Sie als Diebin zu bezichtigen war allerhand von einem, der Wache gestanden hatte, wenn sie sich in der Apotheke nach Kandiszucker umgesehen hatte, und der auch nie gefragt hatte, woher die süßen Erdbeeren, die sie ihm mitgebracht hatte, stammten.

Ihr Mund verzog sich zu einem spöttischen Lächeln. Er mache ihr keine Angst, blaffte sie ihn an, er habe keine Beweise. Die Kinder des Quartiers ständen alle hinter ihr. Sie würden jedem, der es wissen wollte, sagen, dass sie keine Lügnerin sei, sondern Dinge sehe, die andere nicht sehen könnten.

«Glaubst wohl, du bist eine Heilige?», ätzte er und ließ sie endlich los, ohne jedoch von ihr abzurücken.

Auch sie blieb stehen und blickte in die Richtung, in die die Kinder gelaufen waren. Die anderen bewunderten sie. Da war sie sich sicher. Sie wusste aber nicht genau, ob sie ihr wirklich glaubten, dass sie weissagen konnte, oder ob sie sich nur gerne ein wenig von ihr an der Nase herumführen ließen. Doch darauf kam es gar nicht an. Hauptsache, Lorenza bereitete ihnen allen ein paar vergnügliche Stunden und es wurde nie langweilig mit ihr.

Er habe doch bis vor Kurzem auch seinen Spaß dabei gehabt, sagte sie und ärgerte sich über den trotzigen Ton in ihren Worten.

«Es ist gefährlich, Lorenza», antwortete er und rückte einen Schritt von ihr ab.

Seine Ernsthaftigkeit irritierte sie. Das hatte ihm Monsignore eingeredet. Oder es stand in diesen Büchern, die er jetzt las und deren staubiger Geruch an ihm hing und sich mit dem Weihrauchduft vermischte, der von den vielen Exerzitien in der Kirche nicht mehr aus den Kleidern zu bekommen war. Sie trat vor ihn hin und schaute ihn herausfordernd an; er hielt ihrem Blick nicht stand, drehte sich um und ließ sie stehen.

«He, was ist los?», rief sie ihm hinterher. «Wir wollten doch zu Monsignore, damit du mich bei ihm verpfeifst, du Streber.» Sie rannte ihm nach. «Sag schon, tust du das alles in seinem Auftrag?» Nur weil der Pater ihm umsonst fremde Sprachen beibringe? Raffi sei der, der glaube, ein Heiliger zu sein. Seit er sich ständig in seine Bücher verkrieche, sei er zu nichts mehr zu gebrauchen. Er sei sich wohl zu fein, um sich noch mit ihr abzugeben, und Monsignore helfe ihm, seine Nase noch höher zu tragen. «Wer braucht schon Bücher?», keuchte sie verächtlich. Konnte der nicht mal stehen bleiben? Er konnte es doch auch, das andere. Warum wollte er plötzlich nichts mehr davon wissen und ließ sie alleine damit und lief stattdessen zu Monsignore. Und so was nenne sich Freund. Sie spuckte auf den Boden.

Er werde sie nicht verpfeifen, erwiderte Raffi kleinlaut. Er war so plötzlich stehen geblieben, dass sie beinahe in ihn gerannt wäre.

Sie lachte. Es ging ihm gar nicht darum, sie zu schonen. Er schwärzte sie nicht bei Monsignore an, weil er wusste, dass sie die Wahrheit sagte. Raffi wusste genau, dass sie Dinge sah, die andere nicht sehen konnten. Er war auch der Einzige, dem sie verraten hatte, dass sie vieles davon lieber für sich behielt, weil es die anderen nur unnötig beunruhigen würde. Immer wieder tauchten Bilder vor ihr auf, die sie selbst nicht verstand, die sie erschreckten und die sie so schnell wie möglich zu vergessen versuchte. Deshalb erfand sie lieber Dinge, die niemandem Angst machten, oder dachte sich lustige Streiche aus. Sie wollte ihre Freunde zum Lachen bringen, sie mit ihren Geschichten verblüffen und sie wollte, dass die anderen Kinder sie bewunderten. Doch als er noch dabei gewesen war, war es schöner gewesen.

«Verstehst du», flüsterte sie, «ich kann nicht beeinflussen, wann die Bilder kommen oder ob sie überhaupt kommen. Manchmal erscheinen die Dinge in einem Spiegel, in einem Wasserstrahl am Brunnen oder ich blicke jemanden an und weiß einfach, wie es um ihn steht, und dann wieder will jemand etwas wissen, und ich sehe gar nichts. Es kommt nicht auf Abruf.» Aber wem erzähle sie das, ihm gehe es doch genauso. Wie sonst hätte er Massimos Jacke finden können? Er sei noch nie ein besonders guter Schauspieler gewesen, aber wenn er jetzt glaube, er sehe so aus, als wisse er nicht, wovon sie rede, mache er sich lächerlich.

Er sei ihr nachgegangen, erklärte er zaghaft.

Sie schüttelte den Kopf. Zufällig wusste sie, dass er zu dem Zeitpunkt, als sie die Jacke hinter der Statue versteckt hatte, in Pieros Garten nach ihr gesucht hatte. Die Jacke hatte er gefunden, weil er es einfach wusste. Und weil es zwischen ihnen beiden eine geheime Verbindung gab, die immer da war, auch wenn sie nicht zusammen waren. Das war von Anfang an so gewesen, und sie hatten beide darin nichts Außergewöhnliches gesehen. Ihr konnte er nichts vormachen. Feigling, dachte sie, er glaubte alles, was Monsignore von sich gab, anstatt an das zu glauben, was Gott ihm selber zeigte.

Lorenza breitete ihre Arme zu Flügeln aus und umschwirrte ihn wie ein nervöses Insekt. Dann blieb sie abrupt stehen. «Glaubst du überhaupt an Gott?»

Sie sah Furcht in seinen Augen aufblitzen, aber sogleich hatte er sich wieder gefangen. «Du bist ja nicht ganz gescheit, Lorenza. Flatterst noch immer wie ein Schmetterling herum und kannst doch deine Gestalt nicht ändern.» Es klang verächtlich, aber sie hörte den unsicheren Ton darin.

«Raffaele Monsanto. Du wirst schon sehen, dass ich es kann.»

«Du bist doch bloß ein Mädchen.»

«Ach, Raffi, friss Schnecken!»

Zu ihrer Verwunderung schluckte er die Beleidigung hinunter und bemühte sich um einen versöhnlichen Ton. Sie solle aufhören mit dem Unfug, das sei Kinderkram. Sollte Monsignore dahinterkommen, würde er ihr sagen, dass es Sünde sei.

Lorenza lachte laut auf. Das werde er ohne Zweifel, weil Raffi ja jetzt gleich zu ihm renne.

Ob sie das wirklich glaube, fragte er auf einmal traurig.

Er habe es soeben selbst gesagt.

Er habe sie doch nur ärgern wollen. Weil sie immer von ihren Seidenkleidern rede.

Die sie schon bald tragen werde, erwiderte sie mit tränenerstickter Stimme.

Niemals würde er sie verraten, beteuerte er.

Wozu dann die ganze Aufregung, dachte sie. Und die Seidenkleider, die kaufe sie sich selber, rief sie, aber da war er schon auf und davon.

Rom, 1768

Trotz des schweren Wäschekorbs, den sie auf dem Kopf balancierte, wirkte ihr Gang geschmeidig. Der bunte Rock war an mehreren Stellen geflickt, doch die Bluse leuchtete weiß in der Sonne und unter dem nachlässig um den Kopf geschlungenen Tuch quollen die dunklen Locken hervor.

Das muntere Geplauder der beiden Frauen vor der Bäckerei senkte sich augenblicklich zu einem Flüstern, als Lorenza freundlich grüßend an ihnen vorbeiging. Sie bog um die Ecke, wo ein breiter Karren ihr den Durchgang versperrte, stellte den Korb ab und wartete, bis die beiden Männer ihre Melonen abgeladen hatten.

Als ob sie nicht genau gewusst hätte, was man über sie redete. Die Mütter hatten ihren Jungen verboten, sie auch nur anzuschauen. Sie schnaubte. Nur weil sie nicht bei jedem fröhlichen Gruß züchtig ihre Augen niederschlug, war sie noch lange nicht das, was die Frauen gerne in ihr gesehen hätten.

Sie wusste, was sie wollte, sie würde nicht den Erstbesten nehmen, nicht wie ihre Freundin Graziella, die schon verlobt war, weil ihre Mutter es nicht erwarten konnte, sie unter die Haube zu kriegen.

Lorenzas Zukünftiger müsste schon einiges zu bieten haben. Sie wollte raus aus dem Quartier. Raus aus der Enge der Häuser und dem Gestank der Hinterhöfe, raus aus den geflickten Kleidern und der Schufterei, raus aus dem Leben, in dem die sonntägliche Messe den Höhepunkt der Woche bedeutete.

Sie liebte alle Feierlichkeiten im Kirchenjahr, staunte über den Prunk der Prozessionen und sonnte sich im Licht des goldenen Altars. Doch wenn sie dann in der Kirchenbank zwischen den schwarz gekleideten Frauen und ihren Freundinnen saß, die wie sie sonntäglich herausgeputzt den Segen des Priesters empfingen, machte sie die Kluft zwischen den Leuten in ihren abgetragenen Kleidern und der Farbigkeit, die sie in der Kirche umgab, wütend.

Einmal hatten Graziella und sie sich zur Messe in die Kirche eines noblen Quartiers geschlichen. Die Pracht des herrschaftlich gekleideten Adels war mit dem kühlen Marmor der Kirchenwände verschmolzen, und der Schmuck der Damen, der auf ihrer olivfarbenen Haut schimmerte, hatte mit dem goldenen Altar um die Wette geglänzt. Lorenza war es erschienen, als wären diese Leute näher bei Gott und als wären sie und Graziella geradezu eine Beleidigung für den Herrn.

Das Rattern des Karrens, der die Gasse wieder freigab, rüttelte sie aus ihren Gedanken. Schwungvoll hievte sie den schweren Korb wieder auf den Kopf und schlug, obwohl sie schon spät dran war, den kurzen Umweg zur Putzmacherin ein.

«Ciao, Lorenza!», riefen die Jungen, die vor den Werkstätten ihr Frühstück verzehrten. Mehr als ihr ein paar schmachtende Blicke zuzuwerfen trauten sie sich in der Nähe ihrer Lehrmeister nicht.

Sie ging unbeeindruckt weiter. Nichts an ihr verriet, wie sehr sie die Aufmerksamkeit genoss. Heute Abend würde sie mit Graziella die Gasse auf und ab flanieren und sich noch einmal bewundern lassen, und dann würden sie alle zusammen zur großen Piazza rennen, wo seit gestern ein Zauberer auftrat, der wahre Wunder vollbringen sollte.

Kaum war sie außer Sichtweite ihrer Verehrer, beschleunigte sie ihren Schritt und stand schon bald vor dem Laden der Putzmacherin. Sie musste sich nicht mehr wie früher auf die Zehenspitzen stellen, um die Auslage zu bewundern. Bänder, Stoffblumen, Federn in allen Farben, Formen und Größen lagen in Griffnähe vor ihr hinter der Fensterscheibe. Ihr Blick blieb sehnsüchtig an einem roten Seidenband hängen.

Plötzlich stand Massimo neben ihr, noch immer in seiner alten verschossenen Jacke, aus der die Arme nun lang hervorlugten. «Krieg ich einen Kuss, wenn ich dir das Band kaufe?»

Sie lachte. Bis dieser picklige Junge ihr hier etwas kaufen könnte, wäre sie grau und zahnlos. Sie gab ihm einen freundschaftlichen Knuff in die Rippen und eilte nach Hause. Massimo war ein lieber Kerl und durfte, seit Raffi nicht mehr mitmachte, die mit Wasser gefüllte Karaffe ins Licht halten, wenn sie ihre Weissagungen machte. Nicht mehr so oft wie früher, nur noch samstags, wenn sie sich nach der Abendmesse alle auf der Piazzetta trafen. Sie versteckten sich auch nicht mehr in den Hinterhöfen, jagten nicht mehr durch die Gassen und spielten den Leuten keine Streiche mehr; ihre Freunde wollten alle nur noch wissen, wer ihre Braut oder ihr Bräutigam sein würde.

Einmal war Raffi doch noch überraschend in ihrer Mitte aufgetaucht. Doch kaum hatte er das Gefäß in der Hand gehabt, hatte er es fallen lassen, als hätte er sich verbrannt, und war davongerannt.

Seitdem fragte sich Lorenza, was er darin gesehen hatte, das ihn so entsetzte. Vielleicht seine hässliche Braut, hatten die anderen gelacht, obwohl alle wussten, dass sich Raffaele als angehender Priester keine Gedanken um die Schönheit seiner Braut zu machen brauchte.

Lorenza hatte beschlossen, nicht mehr weiter darüber nachzudenken, er hatte sich von ihr losgesagt und gestern hatte er sie einfach sitzen lassen.

Er hatte ihr von Piero ausrichten lassen, sie solle auf der Brücke, die zum Castel Sant'Angelo führte, auf ihn warten, er habe ihr etwas Wichtiges mitzuteilen. Sie wäre nicht gegangen, wäre Piero ihr nicht ständig damit in den Ohren gelegen, sich mit ihm zu versöhnen.

Von Raffi war zur vereinbarten Zeit noch nichts zu sehen gewesen und so hatte sie Zeit gehabt, die Engelsstatuen, die auf beiden Seiten entlang des Brückengeländers aufgestellt waren, eingehend zu betrachten.

Es waren schöne Engel, jeder sah anders aus. Ihre Gesichter zeigten weiche, weibliche Züge, doch lag auf ihnen auch männliche Entschlossenheit. Einer hatte es ihr besonders angetan. Etwas an ihm kam ihr seltsam bekannt vor, sie wusste nicht, an wen er sie erinnerte und am Ende schalt sie sich für ihre Dummheit. Engel waren himmlische Wesen, sie glichen keinem Menschen auf Erden. Sie war so in ihre Betrachtungen versunken gewesen, dass sie ganz vergessen hatte, warum sie auf der Brücke stand, bis es sie blitzartig durchfuhr, an wen der Engel sie erinnerte. Wütend blickte sie sich um. Die spätnachmittägliche Sonne zeichnete bereits die Schatten der Statuen auf die Brücke, aber Raffi, wie sie ihn immer noch nannte, war nicht gekommen. Als ob sie ihn in den Tiber hätte stoßen wollen, hatte sie sich mit aller Kraft mit dem Rücken gegen den Sockel der steinernen Statue gestemmt und war dann den ganzen Weg nach Hause gerannt.

Erst heute Morgen war ihre Wut verebbt und sie hatte die Enttäuschung gefühlt, die gleich wieder in Zorn umgeschlagen war. Ob gegen Raffi, der nicht gekommen war, gegen Piero, der sie dazu überredet hatte und nicht einsehen wollte, dass die einst unzertrennlichen Freunde geschiedene Leute waren, oder doch am meisten gegen sich selbst, weil sie sich lächerlich gemacht hatte, wusste sie nicht genau.

Zuhause empfing ihre Mutter sie schon ungeduldig. Lorenza rümpfte die Nase: Bohnen, schon wieder! Dicke, weiße Bohnen. Ihre Mutter verstand zwar, sie mit Kräutern und Öl schmackhaft zu machen, aber Lorenza hatte den Geruch nach Bohnen und Kutteln, der im ganzen Quartier hing, satt. Er gehörte zu alldem, was sie bald hinter sich lassen würde. Manchmal allerdings kamen ihr Zweifel, ob man Gerüche, in die man hineingeboren wurde, die einem in jede Pore drangen und wie eine Glocke umhüllten, je wieder los werden könnte.

Doch es gab duftende Wasser. Teure, nach Rosen, Lilien, Veilchen und Maiglöckchen duftende Flüssigkeiten, abgefüllt in kunstvoll gefertigte kleine Flaschen, mit denen sich die vornehmen Damen großzügig parfümierten.

Ohne auf den unfreundlichen Ton der Mutter einzugehen, fragte Lorenza: «Mamma, wann kaufst du mir endlich das versprochene Seidenband?» Oder wenigstens eine Papierblume für ihren Strohhut, das hätten jetzt alle Mädchen, behauptete sie.

Statt einer Antwort begann die Mutter mit der alten Leier, sie solle langsam daran denken, sich für einen ihrer vielen Verehrer zu entscheiden, die Leute redeten schon.

Lorenza verdrehte die Augen. Graziella mochte sich zufriedengeben mit einem gewöhnlichen Handwerker, doch sie würde keinen ihrer alten Spielkameraden heiraten.

Es müsse doch einen geben, der ihr gefiel, insistierte die Mutter, der das ungewohnte Erröten ihrer Tochter entging. Keiner sei ihr gut genug, seufzte sie weiter, Lorenza glaube wohl, sie verdiene einen Palazzo, eine goldene Kutsche, eigene Pferde und jeden Tag ein neues Kleid aus Atlasseide. Wenn sie nicht aufpasse, nehme das kein gutes Ende, schloss sie müde und warf einen strengen Blick auf das Mädchen, das ihn trotzig erwiderte.

Lorenza stapfte in den Hinterhof, riss die einzelnen Wäschestücke aus dem Korb und fing an, sie achtlos über die Leine zu hängen.

Lange würde sie sich das nicht mehr anhören, dass sie überhaupt noch hier hockte, war allein seine Schuld.

«Raffi!»

Er war wie aus dem Nichts hinter einem Leintuch hervorgetreten und stand nun dicht vor ihr. Sie funkelte ihn zornig an. «Was willst du noch?», stieß sie endlich hervor.

«Lorenza, es tut mir leid. Ich wurde aufgehalten, Monsignore ...»

Seine Ausreden interessierten sie nicht, sie wollte, dass er verschwand.

«Lorenza, bitte, hör mich an. Ich will dich warnen», begann er eindringlich. Sie solle aufhören zu glauben, sie könne es mit ihren Spielereien zu etwas bringen. Er fiel bereits wieder in diesen belehrenden Ton, den sie noch nie hatte ausstehen können.

Sie denke nicht daran, zischte sie zornig, sie kriege ihre Seidenkleider!

Indem sie die Leute belüge, erwiderte er.

Sie nutze nur, was Gott ihr geschenkt habe, berichtigte sie und erschrak. Soeben war etwas mit seinem Gesicht passiert. Es zeigte einen Ausdruck, den sie noch nie darauf gesehen hatte.

Raffi musterte sie von oben bis unten, ließ seinen Blick wieder hinaufgleiten, einen Moment auf der Höhe ihres Hemdausschnittes verweilen und errötete. Als er wieder zu ihr aufblickte, war der fremde Ausdruck auf seinem Gesicht verschwunden und er sah nur noch wütend aus: «Meinst du damit, den armen Jungen schöne Augen machen und sie zum Stehlen verführen?»

Sie warf den Kopf zurück und schaute ihn herausfordernd an.

Man rede über sie.

Und was gehe ihn das an, flötete sie ihm über die Schulter hinweg zu. War er gekommen, um ihr das zu sagen?

Er schluckte. Er sei gekommen, um sich mit ihr zu versöhnen.

Jede Heftigkeit in ihm war verflogen und der harte Ausdruck auf seinem Gesicht hatte einer Entschlossenheit Platz gemacht, die Lorenza neugierig machte.

Er müsse sich nun entscheiden, ob er die Weihe empfangen oder die Gelehrtenlaufbahn einschlagen wolle, brachte er hervor.

Sie lachte und klimperte mit den Wimpern. Was das mit ihr zu tun habe, wollte sie wissen. Er könne tun, was ihm beliebe, ihr sei es vollkommen egal, meinte sie ein wenig zu laut und griff nach der Wäsche.

Doch er war schneller, fasste nach ihrer Hand, zog sie zu sich hinauf und sagte mit heiserer Stimme: «Lorenza, wenn du mich heiratest, dann lasse ich das Priestersein, werde Gelehrter und wir haben unser Auskommen.»

«Du Verräter!», rief sie und entzog ihm mit einem Ruck ihre Hand. Das nenne er die Welt erobern? Das habe er sich ja schön ausgedacht. Er schließe sich in seiner Studierstube ein, und sie koche ihm sein Mittagessen und wasche seine schmutzigen Strümpfe. Sie bemerkte das nasse Hemd in ihrer Hand und schmiss es auf den Boden. Da solle er sich eine Dümmere suchen oder besser noch schleunigst zu Monsignore rennen und sich so bald wie möglich die Weihe geben lassen.

Sie bebte vor Zorn und Enttäuschung. Er und sie, zusammen wären sie unschlagbar gewesen. Hatte er vergessen, wie sie als schönes Geschwisterpaar in den noblen Quartieren der

Stadt gebettelt und die Leute zum Heulen gebracht hatten mit ihren Geschichten über Eltern, die gestorben seien, und dass sie niemanden mehr auf der Welt hätten als sich? Und wie die Leute ihnen Essen und Geld geschenkt hatten? Und wäre Monsignore nicht dahintergekommen, hätte das vornehme Grafenpaar sie adoptiert und sie würden schon längst in seidenen Betten schlafen und von goldenen Tellern essen. Aber auch ohne fremde Hilfe hätten sie es schaffen können. Sie wären losgezogen, hätten auf den Piazze den Leuten eine glänzende Zukunft vorausgesagt, dabei gutes Geld verdient und sich bis zum Spiegelsaal in Paris hochgespielt. Man musste den Menschen einfach sagen, was sie hören wollten, und dazu lächeln, dachte sie, und dass sie beide dabei ein schönes Paar abgegeben hätten, hätte auch nicht geschadet.

Kraftlos zog sie ihr Tuch vom Kopf. «Paris», sagte sie leise und legte all das, was sie ihm nicht sagen konnte, in ihren Blick. «Hast du alles vergessen?»

Er hatte ihr während ihres Ausbruchs stumm zugeschaut, wie sie Stück um Stück der frisch gewaschenen Wäsche von der Leine gerissen und auf den staubigen Boden geschmissen hatte. Als sie nun erschöpft vor dem letzten hängen gebliebenen Leintuch stand, kam er langsam auf sie zu. Er habe nichts vergessen, sagte er sanft, aber das seien Kindereien und sie seien keine Kinder mehr. Er wolle sich nicht durchs Leben schlängeln wie ein Betrüger, das wäre Sünde.

Sagt Monsignore, dachte sie und schüttelte den Kopf. Sünde sei, wenn man mit dem, was man bekommen habe, nicht versuche, das Beste zu machen. Sie ging um das Leintuch herum, wollte zurück ins Haus, zögerte und drehte sich noch einmal um. Hätte sie seine Umrisse dahinter nicht erahnt, hätte sie geglaubt, er habe sich hinter dem Laken in Luft aufgelöst. Vorsichtig trat sie einen Schritt näher. Der Schatten kam ebenfalls dicht an die Wäscheleine heran und räusperte sich. Sie standen sich jetzt so nahe, dass sie seine Wärme auf der anderen Seite des Leintuchs spüren konnte. Sie hielt den Atem an.

Vor allem habe er sie nicht vergessen, sagte er leise, er habe es versucht, aber er könne es nicht. Er riss mit seinen tintenbefleckten Fingern den Stoff zur Seite und schlang seine Arme um sie, hielt sie fest und flüsterte: «Lorenza, willst du meine Frau werden?»

Ihr Kopf lag an seiner Schulter. Sie roch den vertrauten Duft nach staubigem Papier, Weihrauch, Orangen und etwas, das sie heute zum ersten Mal wahrnahm und von dem sie nicht wusste, wie sie es benennen sollte, spürte, wie auch seine Brust sich schnell hob und senkte. Sein Atem kitzelte ihren Nacken, und er war viel weicher und wärmer als der steinerne Engel auf der Brücke, trotz des nassen Leintuches, das sich zwischen ihnen verheddert hatte. Wie einfach wäre es gewesen, für immer so stehenzubleiben, nachzugeben, loszulassen.

Mit einem heftigen Ruck riss sie sich von ihm los und begann mit schnellen Schritten im Hof auf und ab zu gehen. Wenn überhaupt, würde sie nur den heiraten, der ihr das rote Seidenband aus dem Fenster der Putzmacherin holte. Raffi müsste sich schon sputen, sonst würde ihm einer seiner ehemaligen Gefährten zuvorkommen. Jeder von denen habe mehr Traute im kleinen Finger als er in seinem ganzen stolzen Körper. Sie hielt im Gehen inne und schaute ihn zornig an. Er solle nur weiter fleißig lernen und sich nach oben schleimen, bis er die purpurne Robe der Kardinäle trage und bis von ihm, Raffi, nichts mehr übrig bleibe.

In seinem Gesicht zuckte es: «Gib mir den Spiegel zurück», forderte er und hielt ihr seine offene Hand hin. Er hatte es leise gesagt, aber der bedrohliche Ton, der in seiner Stimme lag und den Lorenza noch nie bei ihm gehört hatte, ließ sie zusammenzucken. Doch dann lachte sie ihm ins Gesicht und warf mit einer aufreizenden Kopfbewegung ihr aufgelöstes Haar nach hinten. Er meine doch wohl nicht das wertlose Stück Bruchglas, das er ihr als Kind geschenkt habe, diesen Kinderkram, sie spuckte ihm sein eigenes Wort vor die Füße und erklärte genüsslich, sie habe den Spiegel längst weggeworfen.

«Du lügst.»

Lorenza spürte die Macht, die sie über ihn hatte. Ihre Lippen kräuselten sich zu einem Lächeln und sie schüttelte ganz langsam den Kopf.

Er wurde bleich, drehte sich um und ging, ohne ein Wort zu sagen, langsam zum Tor hinaus. Sie schaute ihm nach. Das purpurseidene Gewand würde ihm stehen. Er hatte schon jetzt den geschmeidigen Gang der Kardinäle, mit dem er sich bis ganz nahe an den Heiligen Stuhl schlängeln würde wie eine giftige Schlange.

Sie holte den Spiegel aus ihrer Schürzentasche und presste das kühle Glas an ihre heiße Wange. Plötzlich schreckte sie auf und lief auf die Gasse, aber er war nirgends mehr zu sehen. Sie rannte, bis ihr Herz so heftig schlug, dass sie den Schmerz darin nicht mehr spürte.

Als sie gegen Abend mit Graziella durch die Gassen der vornehmen Viertel schlenderte und in die Auslagen der Schneider blickte, waren die Spuren der heftigen Gemütsbewegung auf ihrem Gesicht kaum noch zu sehen, den fröhlichen Gruß des Perückenverkäufers vermochte sie aber nur halbherzig zu erwidern.

Ob sie nicht auch gerne so eine Perücke haben würde, wollte ihre Freundin wissen, sie würde sie ihr mit Schleifen und kleinen Spiegeln schmücken. Ihre eigene Perücke hingegen müsse einen ganzen Blumengarten mit einem See darauf haben, schwärmte Graziella.

Natürlich wollte Lorenza auch aussehen wie eine Dame. Aber es schauderte sie jedes Mal vor dem Perückenmacher, der aussah, als böte er Köpfe feil.

Graziella lachte. Sie wunderte sich längst nicht mehr über die seltsamen Ideen ihrer Freundin. Die an Stöcken hin und her baumelnden Perücken und Haarteile seien doch einfach die Ware, mit der sich der Perückenmacher seinen Lebensunterhalt verdiene, erklärte sie und ahmte die gebückte Haltung der Damen nach, die mit ihren hoch aufgetürmten Frisuren kopfvoran in die Kutschen stiegen.

Lorenza ging nicht darauf ein. Seit sie Graziella in einem Racheanfall gegen Raffi von der französischen Hauptstadt erzählt hatte, schwärmte auch diese von Paris, doch mit der Freundin wollte Lorenza diesen Traum nicht teilen.

«Komm jetzt», sagte sie, sie wolle doch den Zauberer nicht verpassen.

«Signore e Signori – nicht so stürmisch!», rief eine volltönende Stimme in die Menge, die den Mann umringte, der auf einer grob gezimmerten Holzkiste mitten auf der Piazza stand. Seine grünen Pluderhosen und die rote Jacke mit dem gelben Halstuch gaben der runden Gestalt etwas Fantastisches.

Lorenza stutzte. Das war er. Das war der Mann, den sie und Raffi vor Jahren einmal in ihrem Spiegel gesehen hatten. Dieser Buffo, der ausgesehen hatte wie einer der Puppenspieler, die am Jahrmarkt auftraten, und über den sie so hatte lachen müssen. Raffi hatte nicht gelacht und sie entsetzt angesehen, sie hatten den Vorfall nie wieder erwähnt.

Sie zitterte vor Aufregung. Was hatte das zu bedeuten? Sie schielte zu Graziella hinüber, doch die schien nichts von der Erregung ihrer Freundin mitzubekommen, sondern stieß einen tiefen Seufzer aus und schaute Lorenza mit glasigen Augen an, bevor sie den Blick wieder nach vorne wandte, wo der bunt gekleidete Mann auf dem Podium gerade ein Bündel Spielkarten aus seiner Tasche zog.

Das Publikum hielt den Atem an, als er mit seinen kurzen, flinken Fingern die Spielkarten in der Luft tanzen und plötzlich wieder verschwinden ließ, sein Gesicht in Falten legte und betrübt in die Menge blickte: Die Herrschaften müssten ihm helfen, seine Karten wiederzufinden.

Die Leute sahen sich fragend an, schauten wieder zu ihm hinauf und hoben dann bedauernd die leeren Hände.

Auf dem Gesicht des Zauberers breitete sich ein schelmisches Grinsen aus, er deutete auf einen Herrn in der ersten Reihe: «Bitte, Signore, wenn Sie wohl die Güte haben möchten, in Ihrer Hosentasche nachzusehen?»

Dem Mann war die plötzliche Aufmerksamkeit, die seiner Person zuteilwurde, peinlich. Nervös kramte er in seinen Taschen und zog verlegen lächelnd eine zerknitterte Karte heraus, die der Zauberer dankend entgegennahm und sie dem staunenden Publikum entgegenhielt. Auf diese Weise kamen die Karten eine nach der anderen aus den Taschen der Männer zum Vorschein.

Jetzt fehle nur noch die Letzte, rief er dann mit vor Spannung zitternder Stimme. In seiner Schulter begann es merkwürdig zu zucken, er schüttelte den rechten Arm, langte mit der linken Hand in den Ärmel und zog, scheinbar überrascht, eine bunte Feder daraus hervor. Grinsend beugte er sich zu der vollbusigen Frau, die dicht vor ihm stand, und bat sie, in ihrem Dekolleté nachzusehen.

Das Gesicht der Frau wechselte augenblicklich die Farbe, das Rot ergoss sich über die Brust, die sich vor Aufregung mächtig hob und senkte. Ohne den Blick von dem Magier zu lösen, griff sie in den Ausschnitt ihres Kleides und zog zitternd die letzte Karte daraus hervor. Er nahm diese behutsam entgegen, küsste der Frau die Hand und übergab ihr galant die schöne Feder.

Hatte das Publikum zuvor bei jeder gefundenen Karte lauter geklatscht, verfiel es nun vollends in Taumel. Die Leute stampften mit den Füßen, klatschten in die Hände und riefen laut Bravo. Lorenza unterdrückte ein Gähnen. Auch Graziella neben ihr hüpfte und klatschte vor Begeisterung. Der Umjubelte sonnte sich eine Weile in seinem Erfolg, legte die rechte Hand aufs Herz, verbeugte sich, hob schließlich die Hände und bat um Ruhe.

Dann holte er tief Luft und ließ seine stark hervortretenden Augen langsam durch die Menge schweifen, bis er sie auf einem Mann mit grauen Haaren und verschlafenem Gesichtsausdruck ruhen ließ. Sein Blick schien den Mann zu durchbohren. Er wollte von ihm wissen, ob es stimme, dass sein Bett zu Hause in der rechten Ecke neben dem Fenster stehe.

Der Mann konnte nur wortlos nicken.

Der Zauberer machte ein zufriedenes Gesicht und forderte ihn auf, nach Hause zu gehen und sein Bett in die linke Ecke zu schieben. Er solle sehen, wie gut er schlafen und am Morgen erquickt aufstehen würde. Die Leute tuschelten, die Unruhe in der Menge war immer deutlicher zu spüren.

Er wisse, worauf sie warteten, rief er jetzt und zog eine gläserne Karaffe aus seiner Kiste hervor, reichte sie einem Jungen und schickte ihn damit zum Brunnen. Kein Laut war zu vernehmen, als der Zauberer sich das gefüllte Gefäß auf Armeslänge vor das Gesicht hielt. Lorenza blickte direkt in das vom glühenden Abendrot erleuchtete Wasser. Es sah aus wie Blut.

Die Leute lauschten der entrückten Stimme des Magiers. Er sehe, wie sich die Gassen purpurn färbten, sagte er. Aber keine Angst, es sei keine Feuersbrunst, vielmehr das Leuchten des Purpurs der Kardinäle im Gefolge des Heiligen Vaters auf einem Besuch in diesem Viertel.

Lorenza hörte nur mit halbem Ohr zu und gab einen verächtlichen Laut von sich. Es war doch allgemein bekannt, dass der Papst den Zauberer hatte kennenlernen wollen, und bei dieser Gelegenheit hatte dieser sicher erfahren, dass seine Heiligkeit geruhen würden, ihr Viertel zu besuchen. Doch außer ihr schien keinem etwas aufzufallen; die Leute starrten mit großen Augen und offenen Mündern gebannt auf das Podium.

Und dann geschah es wieder: Ihr Blick verschwamm, ihr schwindelte. Das rot gefärbte Wasser in der Karaffe flimmerte, sie blinzelte und sah wieder klar.

Süßlich-klebriger Geruch. Hell gepuderte Perücken, Seidenblumen und Schleifen haben sich aus ihnen gelöst, schwimmen in einer roten Lache. Ein Aufklatschen und wieder schwimmt eine Perücke ihrem Blick entgegen, dreht sich. Ein weiblicher Kopf. Aufgerissene Augen starren ins Leere, die dicke, vorgeschobene Unterlippe grinst blöde.

Lorenzas Aufschrei ging in dem allgemeinen Jubel des Publikums unter, gewaltsam riss sie sich von dem grauenerregenden Bild los. Sie zitterte und fühlte den kalten Schweiß unter ihrem Hemd. Sie hatte keine Ahnung, was die Vision zu bedeuten hatte, wollte es auch nicht wissen, nur schnell die Bilder aus dem Gedächtnis wischen, an etwas anderes denken.

Nachdem sie sich wieder gefangen hatte, lenkte sie ihren Blick auf den Zauberer und konzentrierte sich mit aller Kraft auf ihn.

Langsam, gegen die unsichtbare Macht ankämpfend, drehte er sich in ihre Richtung und sah sie mit verwirrtem Blick an. Dabei gerieten seine Augen ins Flackern, seine Hand zitterte und er ließ die Karaffe los. Hätte Lorenza nicht blitzartig reagiert und sie aufgefangen, wäre sie auf dem Boden zerschellt. Mit einem Lächeln überreichte sie ihm das Gefäß und senkte dann züchtig die Augen. Er bedankte sich, reichte ihr die Hand und zog sie aufs Podest, wo sie sich beide vor dem applaudierenden Publikum verneigten. Als Lorenza wieder neben Graziella stand, bedachte ihre Freundin sie mit einem Schnauben.

Inzwischen hatte der Zauberer sich wieder an sein Publikum gewandt. Er wisse, wo es bei ihnen drücke, und er habe gegen jedes Zipperlein ein Mittel. Und weil er so glücklich sei, endlich in ihrer Stadt angekommen zu sein, verlange er heute nur die Hälfte dafür. «Ein halber Scudo, Signore, und», er zeigte auf die kleine braune Glasflasche in seiner Hand, «dieses heilbringende Elixier gehört Ihnen!»

Ein Mann mittleren Alters zwängte seinen dicken Bauch durch die Menge nach vorne. Er werde es nicht bereuen, schon heute Abend werde er die lindernde Wirkung des Elixiers auf seine strapazierten Gedärme spüren, versprach ihm der Zauberer.

«Schöne Signorina», fuhr er sich an eine junge Frau wendend fort, «warum so bange?» Ob sie ihm das Liebeselixier, das er ihr gestern gegeben, denn noch nicht eingeflößt habe.

Die junge Frau nickte schüchtern, und schon rief ein Mann von hinten über die Menge nach ihr. Die Augen der Frau leuchteten auf. Die Menge teilte sich, und sie lief dem jungen Mann in die Arme. Die Leute klatschten und jubelten, da und dort wurde eine Träne verdrückt. Der junge Mann verneigte sich vor dem Zauberer, die Frau küsste ihm die Hand und wollte ihm die wenigen Münzen in ihrem Beutel aufnötigen. Der Zauberer wehrte bescheiden ab, er habe doch nur zusammengeführt, was zusammengehöre.

Jetzt war kein Halten mehr in der Menge. Jeder wollte sich zuerst von diesem Wundermann bestätigen lassen, dass das große Glück auch noch über ihn komme, oder ein Mittel gegen das Bauchgrimmen und Ohrensausen haben. Die Frauen wollten sich seinen Schönheitsbalsam sichern, die Männer das Manneskraft fördernde Elixier haben.

Endlich zerstreute sich das schwatzende Volk. Lorenza stieß die noch immer verzückt vor sich hin lächelnde Graziella an, als sie die Hitze hinter sich spürte. Sie drehte sich um und sah gerade noch, wie Raffi um die Ecke biegend verschwand.

Auch in den darauffolgenden Tagen ging Lorenza der Kartenspieler nicht aus dem Kopf. Es gab keinen Zweifel, das war der Buffo, der ihr damals erschienen war. Sollte sie ihn fliehen oder suchen?

Sie musste Raffi fragen. Sie musste unbedingt wissen, was er damals gesehen hatte, das ihn so erschreckt hatte.

Ihn fragen. Es war wie eine schlechte Angewohnheit, die sie sich nicht abgewöhnen konnte. Aber sie musste. Und am besten fing sie sogleich damit an und fand alleine heraus, was es mit dem Zauberer auf sich hatte.

Ihr Mund verzog sich verächtlich, wenn sie daran dachte, mit wie wenig sich die Menge zufriedengab. Die Tricks, die er gezeigt hatte, waren banal, sie hatte sie sofort durchschaut, und ganz sicher konnte er nicht hellsehen. Dennoch war sie gegen ihren Willen fasziniert von seiner Ausstrahlung, in seinen Händen wurde das Publikum zu Wachs. Die spielerische Geschmeidigkeit, mit der er die Leute in seinen Bann zog, schien ihm angeboren zu sein.

Sie ärgerte sich, dass sie dieser Wunderheiler über Gebühr beschäftigte, und zum Überfluss lief er ihr auch noch ständig über den Weg. Vor ein paar Tagen hatte er ihrem Vater mit einem gefälschten Dokument aus einer Verlegenheit geholfen, der Mutter hatte er ein Mittel gegen das Reißen im Rücken empfohlen. Ihr selbst hatte er eine nach Rosen duftende Pomade überreicht, die sie mit spitzen Fingern gleich an Graziella weitergegeben hatte.

Sie hatte genug Freier. Allesamt jünger und hübscher als dieser eingebildete Sizilianer, für den sie ihn hielt, auch wenn er den Leuten eine andere Geschichte über seine Herkunft auftischte.

Er nannte sich Acharat. Geburtsort, Datum und Eltern unbekannt. Aufgewachsen in Medina, der erleuchteten Stadt, bei einem der höchsten Würdenträger des Islam. Sein Erzieher Althotas führte ihn in die Wissenschaften ein, lehrte ihn die Kunst des Heilens und die Herstellung der Heilmittel. Zusammen lebten sie drei Jahre in Mekka, mit fünfzehn zog er alleine in die Welt, bereiste Afrika und Asien und kam dann nach Malta in den Palast des Großmeisters der Malteserritter, wo sein Erzieher und Freund bereits auf ihn wartete. Von dort aus reiste er weiter, lernte immer mehr dazu, bis er schließlich vom Heiligen Vater nach Rom gerufen wurde.

In der Geschichte sei alles drin, was es brauche, um die Leute zu überzeugen, hatte sie Raffi erklärt, als sie ihm beim Wasserholen wider Willen über den Weg gelaufen war.

Sie wisse ja nicht einmal, wo Afrika und Asien lägen, hatte er erwidert.

Wer wisse das schon, das sei doch egal. Hauptsache von weit her, hatte sie ihm geantwortet. Wichtig sei die gute Geschichte, und der sagenhafte Orient höre sich nach uralten Geheimnissen an und halle wie ein Zauberwort im Ohr nach.

Er höre darin nichts als fantastische Lügen, hatte Raffi mit vor Verachtung zitternder Stimme entgegnet. Dieser Zauberer sei ein schamloser Spieler und gottloser Hochstapler und ziehe den Leuten das Geld aus der Tasche. Ein Buffo, der alle zum Lachen bringe, aber am Ende selber nichts zu lachen haben werde.

Natürlich hatte er den Mann aus ihrer Vision ebenfalls erkannt. Kurz hatte sie überlegt, ihn danach zu fragen, doch wie er da in seinem langen braunen Rock der Klosterschüler als Sprachrohr Monsignores vor ihr gestanden und über den Zauberer geschimpft hatte, war er ihr plötzlich nur noch erbärmlich vorgekommen und sie hatte es sein lassen. Dieser Mann tue genau das, was sie gemeinsam hatten tun wollen und was sie sicher tun werde, hatte sie ihm stattdessen erklärt.

Raffi hatte sie ausgelacht. Sie sei eine Frau, sie könne nicht alleine herumreisen und schon gar nicht sich auf einer Piazza zur Schau stellen.

Wer behaupte denn, dass sie sich auf einer Piazza feilbiete, hatte sie gefaucht, und überhaupt gingen ihn ihre Pläne nichts mehr an. Und was diesen Zauberer betreffe: Im ganzen Quartier seien die Leute des Lobes voll für seine Heilkünste. Ob er nicht gesehen habe, wieviel der damit verdiene!

Und sie habe sich nun vorgenommen, ihn zu schröpfen, hatte Raffi mit schmalen Lippen erwidert. Er habe gesehen, wie sie diesen Buffo im Griff habe.

Vielleicht wäre es ihr ohne Raffis Einmischung gelungen, sich den Zauberer aus dem Kopf zu schlagen, doch jetzt wollte sie ihm zeigen, dass er mit seinen feigen Warnungen falsch lag.

Immer wieder umkreisten sie dieselben Gedanken wie eine lästige Fliege. Dieser Zauberer wäre genau das, was sie bräuchte: einer, der es genauso wie sie genoss, den Menschen etwas vorzugaukeln. Einer mit reicher Erfahrung und Kenntnis der Welt, mit Wissen, das sie noch nicht hatte. Einer, der sein Geschäft verstand und das gleiche wollte wie sie. Und vor allem einer, der sich von ihr würde lenken lassen! Sie hatte bemerkt, wie unruhig er wurde, wenn ihre Blicke sich trafen. So einer würde tun, was sie wollte, und sie würde endlich von hier wegkommen.

Sie hatte gesehen, wie locker den Leuten das Geld in der Tasche saß, wenn er ihnen seine selbst hergestellten Arzneien anpries.

Nur für ihre eigene Krankheit gab es keine Tinktur, ihr Balsam waren Scudi, viele Scudi – und die würden kommen, wenn sie sich zusammentun würden, dieser Buffo von einem Zauberer und sie, die die wahre Kunst des Sehens beherrschte und dazu noch das Publikum mit ihrer Schönheit betören würde. Lorenza gefiel die Idee, dass sie auf dem Podium eine ungleich bessere Figur machen würde als dieser ein wenig lächerlich aussehende Mann.

Doch munkelte man nicht, er könne Gold machen? Weshalb logierte er dann in ihrem Viertel? Warum mietete er sich nicht einen noblen Palazzo? Und warum trug er diese lächerliche Kleidung, anstatt wie ein vornehmer Herr umherzugehen? Nun, das würde sich schnell ändern, wenn sie sich der Sache erst einmal angenommen hätte.

Wären da nur nicht die gedrungene Gestalt, die schwulstigen Lippen und diese glotzenden Augen gewesen, die immer öfter gierig an ihr hängen blieben. Alles in ihr zog sich zusammen, sie konnte sich einfach nicht vorstellen, sich mit ihm einzulassen. Sie brauchte keinen Hanswurst in orientalischen Hosen; sie würde jetzt endlich ihr Leben in die eigene Hand nehmen!

Hoch erhobenen Hauptes betrat sie das Geschäft, in dem die Putzmacherin gerade mit einer Kundin beschäftigt war. Ausgiebig begutachtete Lorenza die Auslagen, probierte einen Hut, legte ihn wieder zurück, öffnete einen Fächer, musterte die darauf gemalten Rosen und ließ ihn, als hätte man es ihr von klein auf beigebracht, geschickt wieder zuklappen.

Sie roch an einer Seidenblüte, fuhr mit dem Finger über das rote Seidenband im Schaufenster, umschloss es mit der Faust, drehte sich langsam um und verabschiedete sich freundlich von der misstrauisch blickenden Verkäuferin, trat dann auf die Gasse, ließ das Band in ihre Schürzentasche gleiten und ging ruhigen Schrittes bis zur nächsten Ecke, wo sie plötzlich so schnell sie konnte zu rennen begann.

«Lassen Sie mich los!»

Jemand hielt sie am Arm gepackt. Alles Um-sich-Schlagen half nichts, ermattet gab sie schließlich auf.

«Nicht schlecht für eine Anfängerin.»

Verblüfft erkannte sie den Zauberer. Jetzt, da er nicht auf seiner Kiste stand, war er kaum größer als sie, dafür wölbte sich der Bauch des noch jungen Mannes schon auffällig unter seiner roten Jacke.

«Lassen Sie mich los!», wiederholte sie.

Erst wenn sie verspreche, nicht davonzulaufen, lachte er, gab ihren Arm aber dennoch frei und meinte gönnerhaft, sie sei mutig, müsse aber noch einiges lernen.

Sie strafte ihn mit einem verächtlichen Blick. In dem Moment wurde sie von hinten grob an der Schulter gepackt. Der Inhaber des Geschäfts war ihr gefolgt und starrte sie drohend an.

«Finger weg von meiner Verlobten!», wies ihn der Zauberer barsch zurecht.

Der Ladenbesitzer war um einiges größer als ihr Beschützer. Seine schöne Verlobte habe ein Seidenband aus seinem Laden gestohlen, wetterte er.

Was er sich eigentlich erlaube, konterte ihr selbsternannter Verlobter mit der Haltung eines noblen Herrn, der gerade von einem niedriger Gestellten in seiner Ehre beleidigt worden war.

Weil er es gesehen habe, blaffte der andere zurück. Das rote Band aus dem Schaufenster. Er hätte es gerne wieder, ansonsten würde er die Ordnungshüter rufen. Der Mann schaute Lorenza herausfordernd an und streckte ihr die geöffnete Hand entgegen.

Der Zauberer trat dazwischen, beschwichtigte den Mann und zog das rote Seidenband aus der Hosentasche. Lorenza gelang es gerade noch, ihren Ausruf zu unterdrücken.

«Ein Missverständnis, guter Mann, wie es unter Verliebten zuweilen vorkommt.»

Dem Ladenbesitzer verschlug es für einen Moment die Sprache.

Der Zauberer indes küsste Lorenzas Hand. Sie erstarrte, ließ es aber wortlos geschehen.

«Mein Täubchen hier glaubte, ich hätte das Band schon bezahlt und sie könne es nur abholen.»

Ob er ihn für blöd halte, schrie der Ladenbesitzer aus seiner Erstarrung erwachend. Er habe schon viele Diebe erwischt, aber so etwas Dreistes sei ihm noch nie widerfahren.

Lorenza setzte ihr süßestes Lächeln auf, riss ihre großen Augen noch weiter auf und senkte sie dann züchtig zu Boden. Es tue ihr aufrichtig leid, sie habe gedacht, das Band sei schon bezahlt, flüsterte sie mit einem kleinen Schluchzer. Der Zauberer zog ein Goldstück aus der Tasche und legte es dem verblüfften Mann in die Hand, nahm ihren Arm und zog sie mit sich fort. Der Mann wünschte ihnen alles Gute.

Sobald sie außer Sichtweite waren, machte Lorenza sich von ihrem Retter los, bedankte sich rasch und drückte ihm das Seidenband in die Hand.

Ob es ihr denn nicht mehr gefalle, fragte er. «Nimm, ich habe es dir geschenkt!» Er warf ihr das Seidenband, das er an beiden Enden in den Händen hielt, um den Nacken, zog ihren Kopf zu sich heran und küsste sie auf den Mund.

Sie war so perplex, dass sie es einen Augenblick wehrlos geschehen ließ und sich dann empört von ihm losriss. Er solle sich schämen. Sie werde es ihren Eltern erzählen, rief sie und fuhr sich mehrmals kräftig mit ihrer Schürze über den Mund.

Dann müsse er ihnen leider berichten, dass ihre schöne Tochter eine Diebin sei, erwiderte er lächelnd. Lorenza schnappte nach Luft. Es sei denn, die schöne Tochter heirate ihn, fuhr er mit bedrohlich weicher Stimme fort.

«Wir kennen uns doch gar nicht», war alles, was ihr dazu einfiel.

Aber sie seien aus dem gleichen Holz geschnitzt, er und sie, zusammen seien sie ein unschlagbares Paar. Er werde ihr noch das eine oder andere beibringen und dann stehe ihrer Eroberung der Welt nichts mehr im Weg.

Dachte dieser selbstgefällige Betrüger, er könnte sie erpressen?

«Warum so reserviert, meine Schöne?» Er gebe ihr Bedenkzeit und erwarte sie in drei Tagen mit ihrer Antwort hier, er wies auf die Kirche vor ihnen. Damit ließ er sie stehen, winkte ihr an der Straßenecke noch einmal vergnügt zu und verschwand.

Erst jetzt merkte Lorenza, dass das rote Seidenband noch immer um ihren Nacken hing, und plötzlich erinnerte sie sich an eines der vielen Gespräche, die sie als Kind mit Piero geführt hatte.

«Raffi behauptet, ich wäre keine Prinzessin, Prinzessinnen hätten schöne Kleider und seidene Schleifen im Haar», hatte sie sich bei Piero beklagt. Dieser hatte wissen wollen, was sie ihrem Freund geantwortet habe. Man sehe einer Raupe auch nicht an, habe sie Raffi erklärt, dass einmal ein Schmetterling aus ihr werde und dass der ganze bunte Schmetterling schon in der kleinen Raupe drin sei. Und das sei eben Gottes Geheimnis, ein Wunder, man müsse es glauben, so wie man an die Heiligen glaube.

«Raffi tut immer so gescheit», hatte sie sich weiter beschwert. Er habe wissen wollen, was genau bei der Verwandlung der Raupe zum Schmetterling im Kokon passiere. Schon als kleiner Junge habe er immer alles verstehen wollen, wenn er etwas nicht verstehe, glaube er es nicht. Sie habe geantwortet: «Raffi, du bist eben zu blöd dafür.» Wenn sie erst mal eine seidene Schleife im Haar trage, werde er schon sehen, dass sie eine Prinzessin sei.

Piero hatte genickt und war ihr mit der Hand über den Kopf gefahren. Raffaele habe vielleicht wissen wollen, ob sie auch eine gute Prinzessin sei, eine, die den Armen gebe. Sie hatte heftig genickt und gesagt, Graziella würde alle ihre abgelegten Kleider bekommen.

«Denk dran, Lorenza, aufs Herz kommt es an!» Das hatte Piero ihr schon oft gesagt. Sie hatte ihre Arme gehoben und war lachend um seine Blumen herumgeflattert, bis sie schließlich erschöpft ins Gras gesunken war. «Fliege nur nicht zu hoch, Mädchen, sonst verbrennst du dich am Ende noch», hatte der alte Mann gemurmelt.

Sie würde hochfliegen, dachte Lorenza jetzt, sie würde es allen zeigen. Und dafür brauchte sie weder Pieros und Raffis Predigten noch die Ermahnungen ihrer Mutter.

Es war schon spät, als Lorenza an diesem Abend nach Hause kam. Sie wollte sich heimlich ins Haus schleichen, als sie bei Piero noch Licht im Fenster sah. Das passte nicht zu ihm, er pflegte früh schlafen zu gehen. Sie war schon auf dem Weg zu ihm, als sie stehen blieb und zögerte. Er hatte sie heute Morgen zu sich rufen lassen, doch sie war seiner Bitte nicht gefolgt.

Armer, alter Piero. Er kümmerte sich wie eh und je um seine Seidenraupen, die Frauen brachten ihm kräftigende Speisen, nötigten ihn zum Essen, aber sein Rücken beugte sich in letzter Zeit immer tiefer, sein Gang wurde langsamer. Immer seltener zog es Lorenza in den Garten des alten Freundes. Das Knistern ihrer Schritte auf dem getrockneten Kot der Seidenraupen, den sie als Kind mit bloßen Händen für das Feuer im Küchenherd gesammelt hatte, ekelte sie jetzt, und Pieros Geschichten kannte sie zur Genüge.

Wenn sie zusammen mit den schwatzenden Frauen angewidert im Kessel mit den Kokons rührte, fühlte sie Pieros traurigen Blick im Rücken. Sie versuchte dann zu lächeln, aber Piero durchschaute sie und sie war ihm böse deswegen.

Piero sah, wie sie sich bei der Arbeit absichtlich ungeschickt anstellte, alles mit spitzen Fingern anfasste und in der feuchtwarmen Luft, in der man schwitzte und in der es müffelte wie in einem Korb voller schmutziger Wäsche, die Nase rümpfte.

Sie wollte keine Brandflecken auf den Armen haben, wollte nicht wie ihre Mutter und all die Frauen, die sie seit ihrer Kindheit kannte, ihr Leben für einen Hungerlohn vergeuden. Sie verachtete ihre Freundinnen, die in die tiefen Fußstapfen ihrer Mütter traten, sich als Wäscherinnen oder billige Dienstmädchen verdingten und, wenn die Zeit gekommen war, einen der Burschen heirateten, mit denen sie in den dunklen Hinterhöfen ihrer Kindheit Verstecken gespielt hatten. Das ewig gleiche Hamsterrad, aus dem es kein Entrinnen gab, sollte ihr erspart bleiben.

Sie holte ihren Spiegel hervor. Zufrieden betrachtete sie sich im aus dem Fenster fallenden Lichtschein mit dem roten Seidenband. Dann verschwammen die Konturen ihres Gesichts, sie suchte Halt an der Hausmauer und blinzelte, bis sie wieder klar sehen konnte.

Ein Mann. Ein nobler Herr in Kniehosen und Seidenstrümpfen. Unter seiner bestickten Weste wölbt sich ein dicker Bauch.

Die Haare sind weiß gepudert und liegen in einem Haarbeutel im Nacken. An den Fingern glitzern Diamanten. Der Zauberer grinst. Plötzlich verdunkelt sich das Bild. Der riesige Schatten eines Flügels wischt den kleinen Mann weg. Die Brücke mit den steinernen Engeln bleibt leer zurück.

Das Bild verschwand und Lorenza erblickte wieder nur ihre eigenen, erschrocken geweiteten Augen.

Schon im Hauseingang hörte sie die klagenden Gesänge. Die Tür stand offen, Weihrauchduft schlug ihr entgegen. Auf der Schwelle zur Schlafkammer blieb sie stehen. Piero war nicht zu sehen, betende Frauen umringten seine Bettstatt. Neben ihnen stand Pater Matteo und reichte die Utensilien für die letzte Ölung Raffaele, der sie in einer ledernen Tasche verstaute.

«Nein», schrie Lorenza und wankte rückwärts zur Tür hinaus. Auf der Schwelle drehte sie sich um und rannte los in die Nacht, die Gasse hinauf zur Piazzetta, wo sie sich als Kinder alle immer getroffen hatten. Der am Tag belebte Platz lag jetzt dunkel und verlassen da, nur in ein paar Fenstern leuchtete es schwach. Sie wusste nicht wohin, lief ein paar Mal im Kreis und wäre fast über einen schlafenden Bettler gestolpert, dessen lautstarkes Schimpfen sie noch verfolgte, als sie schon in die nächste Gasse gebogen war. Blind vor Tränen rannte sie weiter. Sie hatte Seitenstechen, ihre Beine waren schwer wie Blei, dennoch rannte sie immer weiter, bis sie in eine breite Gasse kam, ihren Gang verlangsamte, endlich stehen blieb und sich umschaute. Hier war sie noch nie gewesen. Die Gasse war belebt wie am helllichten Tag, vor den Wirtshäusern standen Männer in Gruppen und diskutierten wild gestikulierend miteinander. Den Hauswänden entlang gingen leicht bekleidete Frauen auf und ab. Aus einem der Wirtshäuser drang das Zupfen einer Mandoline, dazu ließ eine Frau ihre dünne Stimme ertönen.

Neugierig ging Lorenza weiter, kam an einem Händler vorbei, der auf seinem kleinen Karren klebrige Honigmandeln anbot, und wich angewidert zurück, als er ihr mit seinen dicken Fingern eine davon in den Mund stecken wollte. Aus der Schenke gleich daneben drang Gebrüll ins Freie; der Wirt, in jeder Hand den Kragen eines sich lautstark wehrenden Trunkenbolds, bugsierte die beiden hinaus und ließ sie direkt vor Lorenzas Füße fallen. Vor Schreck blieb sie starr stehen, bis der kleinere der beiden den Rock vor seinen Augen erblickte, ihr Bein packte und mit schiefem Mund zu ihr hinaufgrinste.

Mit dem freien Bein holte sie aus und trat mit voller Wucht zu, sodass der Mann vor Schmerz aufjaulte und von ihr abließ. Sie rannte los, bog um die Ecke und landete direkt in den Armen eines vierschrötigen Kerls.

«Was haben wir denn hier Schönes?», raunte er ihr zu.

Sie gebärdete sich wie wild und versuchte ihr Gesicht von seinem sich nähernden, nach Wein stinkenden Mund abzuwenden. Plötzlich öffnete sich ein Fenster über ihnen und eine dröhnende Frauenstimme befahl dem Mann, sofort heimzukommen. Fluchend ließ er seine Beute los, spuckte auf den Boden und verschwand torkelnd im Hauseingang.

Lorenza zitterte am ganzen Leib, sie wollte weg hier, hatte aber keine Ahnung, wo sie war. Rasch ging sie die Gasse weiter, bis sie plötzlich auf einer Piazza stand, deren Brunnen ihr bekannt vorkam. Sie überquerte den Platz, bog nach rechts und stand plötzlich vor der Brücke.

Ihr Körper entspannte sich, jetzt könnte sie auf direktem Weg nach Hause gehen. Doch bei dem Gedanken an die Strafe, die sie dort für ihr nächtliches Wegbleiben erwartete, verkrampfte sich ihr Bauch sofort wieder. Und Piero würde nicht mehr da sein, um sie zu trösten. Ihr wurde eiskalt. Sie schleppte sich auf die Brücke und setzte sich erschöpft unter ihren Engel.

Vielleicht war er ja nur krank, und der Priester war zu früh gekommen. Bestimmt hatte sie alles falsch verstanden, und ihr alter Freund würde bald wieder munter in seinem Garten stehen.

Piero hatte heute Morgen nach ihr verlangt. Die Frage, ob sie dem letzten Wunsch eines Sterbenden nicht nachgekommen sei, hämmerte in ihrem Schädel. Sie legte die Stirn auf die Arme und schloss die Augen. Der beruhigende Duft von Orangenblüten umwehte sie, etwas Großes und zugleich Federleichtes legte sich wie eine warme Decke schützend um ihre Schultern und wiegte sie in den Schlaf.

Sie hörte leise ihren Namen, jemand berührte ihren Arm, sie schreckte auf und sah in sein Gesicht.

Sie rief seinen Namen, sprang auf, umschlang seinen Hals und weinte haltlos. Er sagte nichts, hielt sie nur fest und ließ sie weinen. Es dauerte lange, bis sie sich einigermaßen beruhigt hatte, sich schließlich von ihm löste und ihn beschämt lächelnd ansah. Er strich ihr die Haare aus dem Gesicht und trocknete mit dem Daumen ihre tränennassen Wangen. Sie erkannte ihre Trauer in seinen Augen wieder und in dem Moment wusste sie, dass Piero wirklich gestorben war.

«Raffi», sagte sie leise und mit vom Weinen heiserer Stimme, «willst du mit mir für Pieros Seele beten?»

Er nickte, nahm ihre Hand und umschloss sie fest mit beiden Händen.

Als sie später aus der Kirche ins morgendliche Sonnenlicht traten, war einen wunderbaren Moment lang alles gut.

Doch bereits am nächsten Tag, als sie auf dem Weg zum Zauberer war, um ihm zu sagen, dass sie ihn auf keinen Fall heiraten würde, traf sie wieder auf Raffi, der gerade aus Monsignores Haus trat. Sie sah das Leuchten in seinen Augen, das aber in dem Augenblick erlosch, als Monsignore ihn mit einem Buch in der Hand noch einmal zu sich rief. Sein Gesicht verhärtete sich, die Kiefermuskeln traten hervor, er wollte ihr noch etwas sagen, drehte sich dann aber abrupt um. Monsignore redete leise auf ihn ein, Raffi hörte mit gesenktem Kopf zu. Dann sah Pater Matteo in ihre Richtung, wies sogar mit der Hand auf sie, blickte wieder zu seinem Schüler, der kurz hochschaute, sich seinem Lehrer zuwandte und den Kopf schüttelte. In diesem Moment wusste sie, dass sie nicht nur Piero verloren hatte.

Mit aller Macht kämpfte sie gegen den Drang an, zu Raffi zu laufen und ihn zu schütteln, und ging stattdessen mit hocherhobenem Kopf an den beiden vorüber, nicht ohne Monsignore ehrerbietig zu grüßen.

Sie war noch nicht weit gekommen, als sie Raffi hinter sich hörte.

Würde sie losrennen, wäre sie schneller als er, mit seinen Büchern unter dem Arm würde er sie nicht einholen. Aber es hatte keinen Sinn, irgendwann würde er sie ja doch wieder abfangen. Sie blieb stehen und drehte sich um: «Geh, lass mich in Ruhe.» Er kam auf sie zu und sie freute sich über die Angst in seinem Blick.

Er habe gedacht, sie seien ..., fing er an, stockte, seine Finger verkrampften sich in den Büchern, als wollte er sich daran festhalten, und fand schließlich seine Stimme wieder. Er sei gekommen, um sie zu warnen, sagte er steif.

Sie verdrehte die Augen, wieder dieser belehrende Ton. Was hatte er ihr diesmal von Monsignore auszurichten?

Dieser Zauberer sei ein Scharlatan, ein elender Betrüger, wenn nicht noch Schlimmeres. Sie solle sich in Acht nehmen vor ihm, ob sie ihn denn nicht wiedererkannt habe.

Natürlich habe sie das, erwiderte sie und versuchte, sein angsterfülltes Gesicht nicht zu beachten, während sie wie beiläufig das rote Seidenband, das sie dem Zauberer hatte zurückgeben wollen, aus der Schürzentasche zog und es langsam über ihren Hals gleiten ließ.

«Und jetzt gehe ich und gebe ihm mein Jawort», erklärte sie und wandte sich zum Gehen.

Es knallte laut hinter ihr, als die Bücher zu Boden fielen.

«Das tust du nicht», sagte er tonlos.

Sie lachte ihm ins Gesicht.

«Gib mir den Spiegel wieder!», stieß er hervor.

Sie funkelte ihn böse an. Wie oft müsse sie es noch sagen, sie habe ihn nicht mehr.

«Du lügst», zischte er mit einer Stimme, die ihr Angst machte, und zerrte sie in einen Hauseingang. Dann langte er in ihre Schürzentasche und zog den Spiegel hervor.

Sie stürzte sich auf ihn, der Spiegel fiel auf den steinernen Boden und zerbrach in zwei Teile. Er hob einen davon auf und rannte mit wehendem Rock davon. Die Bücher ließ er liegen.

Lorenza schaute sich stolz in der Kirche um. Alle waren sie gekommen, die Eltern, die Freunde, die Nachbarschaft. Die Frauen, die immer über sie hergezogen hatten, konnten, als sie ihrer Mutter gratulierten, ihren Neid nicht verhehlen; Graziellas Umarmung war ein wenig zu heftig ausgefallen, aber das machte ihr heute ebenso wenig aus wie der zusammengewürfelte Sonntagsstaat ihrer Gäste. Und Massimos fast neue Jacke, die er sich zur Feier des Tages irgendwie beschafft hatte, rührte sie sogar.

Sie war die Erste ihrer Bande, die vor den Altar trat. Die Mädchen blickten neidisch auf ihr neues Kleid und die rote Schleife im Haar, die Jungen starrten eifersüchtig auf diesen

Fremden, der ihnen ihre Prinzessin entführte. Aber niemand zweifelte an der Richtigkeit dieser Verbindung. Lorenza und der geheimnisvolle Zauberer aus dem Orient, alles war, wie es sein sollte, und Lorenza sehr zufrieden mit sich. Nur einer fehlte, und wie sie sich auch streckte, sie fand ihn nicht.

Sie hatte dafür gesorgt, dass nicht Monsignore sie traute, doch als der rotwangige Priester den Segen über dem Brautpaar sprach und ihnen freundlich zulächelte, lief ein eiskalter Schauer durch sie hindurch und sie musste all ihre Kraft zusammennehmen, um nicht vornüber zu kippen.

Sie konnte ihren Blick nicht von dem glänzenden Kruzifix lösen, das auf seiner Brust lag und vor ihren Augen zu verschwimmen drohte. Sie blinzelte, konnte jedoch dessen Umrisse nicht mehr deutlich erkennen. Furcht ergriff sie. Sie presste ihre gefalteten Hände zusammen, betete stumm: «Bitte nicht jetzt!», blinzelte mehrmals und sah dann das Kruzifix wieder in aller Schärfe vor sich.

Es stinkt nach verfaultem Stroh und Exkrementen. Sie ringt nach Luft. Frauen stöhnen. Säuglinge wimmern. Eine Frau kauert auf dem Boden. Ihr Seidenkleid ist nass vom klitschigen Unrat. Sie zieht die Füße unter ihren Rock, doch die hungrigen Ratten finden den Weg zu ihren Zehen. Sie steht auf, rüttelt an den Gitterstäben, bis der Rost sich auflöst und blutige Spuren auf ihren Handflächen hinterlässt. Sie ringt nach Luft. Sie will noch nicht sterben.

Sie versuchte, gleichmäßig zu atmen. Ihr neues Kleid klebte am Rücken, ihr war schlecht. Sie war von einer grauenhaften Angst gepackt. Verwundert schaute sie dem Priester ins Gesicht, er lächelte ihr freundlich zu. Der fremde Mann, der neben ihr kniete, schien auch nichts bemerkt zu haben.

Als das frischvermählte Paar sich vor dem Altar erhob und die Braut sich dabei auf den Arm des Zauberers stützen musste, lächelten alle Anwesenden verständnisvoll. Der Mann neben ihr grinste stolz in die Runde und zog alle Aufmerksamkeit auf sich. Sie zwang sich zu einem Lächeln und schleppte sich mühsam dem Ausgang zu, durch den das warme Licht der Nachmittagssonne hineinflutete.

Keiner der jubelnden Gäste bemerkte den Schatten, der über Lorenzas Gesicht glitt.

Paris, 1785

Sie hätte gerne gewusst, was aus Graziella geworden war, hätte den Neid im Gesicht der Freundin sehen wollen. «Schau her, wie weit ich es gebracht habe!», rief sie ihr in Gedanken zu. «Ich bin Gräfin, sieh nur, Graziella, mein duftendes Seidenkleid. Und mein Konterfei auf dem Medaillon, das alle Damen zwischen Paris und Sankt Petersburg jetzt tragen. Graziella, so schau doch!»

Die Kutsche fuhr gleichmäßig federnd dahin. Selbst der Regen, der an die Fenster peitschte, konnte ihrem Hochgefühl keinen Abbruch tun. Sie war auf dem Weg nach Versailles. Sie, Serafina Gräfin di Cagliostro. Wenn sie sie jetzt doch nur alle sehen könnten! Mutter mit ihren abgearbeiteten Händen, die Frauen mit ihren bösen Mäulern, die Spielkameraden, die Putzmacherin und der Schneider. Nur Piero hatte gewusst, wer sie wirklich war, und ...

Serafinas Hände verkrampften sich ineinander. In den siebzehn Jahren, in denen sie nun schon mit ihrem Mann unterwegs war, war sie ihm nie wieder begegnet, doch wo sie ging und stand, sah sie ihn. Er tauchte an jeder Straßenecke, hinter jedem Kirchenpfeiler, an jedem Souper auf. Doch jedes Mal, wenn sie sich ihm näherte, entpuppte sich die Gestalt als gewöhnlicher Straßenhändler, Priester oder Lakai. Sie schalt sich für ihre törichte Angst, doch stets begann ihr Herz von Neuem zu rasen und oft war sie einer Ohnmacht nahe. Nie fühlte sie sich sicher vor ihm. Es gab Momente, in denen sie seine Wärme am Rücken spürte, wie damals, als sie zusammen mit Graziella in der Menge um den Zauberer gestanden hatte, dann wieder überfiel sie ohne ersichtlichen Grund ein Stechen in der Brust.

Wenn sie abends neben ihrem Mann im Bett lag, zwängte er sich zwischen sie, so dass Cagliostro von ihr abließ und sofort einschlief. Nicht immer hatte sie die Kraft, ihn fortzuschicken.

Das Rumpeln der Kutsche riss Serafina aus ihren Gedanken. Sie schielte zu ihrem Mann hinüber, der zu beschäftigt mit seinem bevorstehenden Auftritt vor dem Königspaar zu sein schien, als dass er das Unbehagen seiner Gattin bemerkt hätte. So oft sie es ihm schon als Mangel vorgeworfen hatte, so erleichtert war sie wieder einmal, dass er nicht über die wahre Gabe des Hellsehens verfügte. Vor allem jetzt, da sie daran dachte, was vor ein paar Monaten geschehen war. Noch bei der Erinnerung daran begann ihr Herz heftig zu klopfen.

Hier in Paris war es gewesen, an einer Soirée. Sie hatte sich bemüht, den Ausführungen der Hausherrin über den letzten Ball zu folgen, war aber gleichzeitig von einer Vision gefangen genommen worden, gegen deren Erscheinen sie sich nicht hatte wehren können.

In dem Bild schwebten sie beide hoch oben zwischen Himmel und Erde, über ihnen, umhüllt von einer weißen Wolke, blickte die Muttergottes auf sie hinab und legte ihnen die Hände zusammen. Mit all ihrer Willenskraft hatte sie sich losreißen müssen und war inmitten der Gesellschaft bewusstlos geworden. Er war seitdem verschwunden.

Doch jetzt, auf dem Weg nach Versailles, dem goldenen Spiegel ihrer gemeinsamen Kinderträume, versuchte sie vergeblich, die Gedanken an ihn abzuschütteln. Sie wusste nichts von ihm, hatte keine Ahnung, wo er sich aufhielt. War er schon Kardinal oder fristete er sein Leben als kleiner Priester mit einer elenden Pfründe? Lebte er überhaupt noch? Fühlte sie seine Gegenwart deshalb nicht mehr? Sie zog ihre Finger aus der Verkrampfung und richtete sich noch gerader auf.

Gleich würde sie in den Spiegelsaal hineintanzen. Und er nicht.

Ihr schönes Gesicht bekam einen harten Zug, endlich war es soweit.

Nach der Hochzeit waren sie zunächst in Rom geblieben. Ihr Mann hatte noch eine Weile seine Zaubereien vorgeführt und seine Arzneien verkauft. Als man aber den gefälschten Wechseln, von denen sie lange nichts gewusst hatte, auf die Schliche gekommen war, mussten sie schleunigst abreisen. Von da an waren sie um das ganze Mittelmeer gefahren, ihr Mann hatte weiterhin Dokumente gefälscht und gemeinsam hatten sie alchemistische Experimente vorgeführt. Sie hatte als seine Assistentin gedient, hatte ihm die Utensilien gereicht und dazu gelächelt. Nie waren sie lange an einem Ort geblieben. Immer wieder hatten sie sich neue Masken angelegt, sich neue Namen gegeben und die passenden Geschichten zu ihrer jeweiligen Identität zurechtgelegt. Gleich einer Raupe hatte sie immer wieder ihre Haut abgestreift und eine neue angezogen, bis sie endlich das geworden war, was sie wirklich war: Serafina Gräfin di Cagliostro.

Schließlich hatten sie mit dem Eintritt ihres Mannes in die Freimaurerloge in London den Passierschein in die höchsten Kreise erlangt und reisten seitdem als Grafenpaar von Fürstenhof zu Königsschloss. Durch ganz Europa eilte ihnen ihr Ruf voraus. Man riss sich um sie, jeder, der auf sich hielt, wollte sich rühmen, das illustre Paar zu Gast bei sich gehabt zu haben. Jede Soirée mit dem berühmten Grafen Cagliostro war ein besonderes Erlebnis. Ihr Mann führte seine Heilkünste vor, dozierte über seine Errungenschaften und unterhielt im Alleingang ganze Gesellschaften mit seinen Reiseanekdoten und Ideen zur Reformation der Freimaurerlogen. Nebenbei verkaufte er mit Erfolg seine Arzneien und Schönheitsmittelchen. Die Herrschaften ließen sich die Zukunft von ihm voraussagen und feierten ihn als ihren Erretter.

In jeder Stadt empfingen ihn die Logenbrüder begeistert als großen okkultistischen Lehrer. An Orten, an denen sie länger verweilten, führte das Grafenpaar selbst ein großes Haus.

Dass man immer wieder hinter die Kniffe ihres Mannes kam, wenn er die Lottozahlen voraussagte, oder dass Ärzte und Apotheker sich lauthals gegen die Konkurrenz des Wunderheilers wehrten, tat seinem Ruhm, so lange er die Mächtigen und Reichen hinter sich wusste, keinen Abbruch und ließ ihn immer mehr jede Vorsicht vergessen. Galt er bei den einen als Scharlatan und warnte die Kirche vor dem gefährlichen Ketzer, so blieb er für die anderen der heilbringende Meister.

Alles drehte sich nur um ihn. Hatte er den Leuten anfangs nur die Bilder, die Lorenza ihm übermittelte, zum Besten gegeben, so war er mit der Zeit immer unvorsichtiger geworden, hatte ihre Visionen immer mehr ausgeschmückt, eigenes dazu erfunden, es mit den Weissagungen und Versprechungen übertrieben, bis er schließlich gar nicht mehr auf sie hörte.

Seine phänomenalen Heilerfolge, der Ruhm und das glanzvolle Leben waren ihm übermäßig zu Kopf gestiegen. Immer öfter stand er alleine auf dem Podest und ließ seine schöne Frau im Publikum sitzen, damit sie dafür sorgte, dass das Gold in den Taschen der noblen Herren noch lockerer saß. Sie war ausschließlich zur schönen Staffage geworden, ihre Aufgabe war es, zu lächeln und reichen Herren ihren weißen Hals darzubieten, damit sie ihn mit Diamanten schmückten.

Sie war all dessen unendlich müde. Sie sehnte sich nach der Leichtigkeit ihres Spiels, wie sie es sich früher immer vorgestellt und zu Beginn ihrer gemeinsamen Reise sogar gehabt hatte, doch die Geschichten wiederholten sich und das Repertoire ihres Mannes kannte sie auswendig.

Immer wieder war es zu brenzligen Situationen gekommen. Vom Zarenhof in Russland hatten sie Hals über Kopf fliehen müssen, in Polen waren sie gerade noch davongekommen, nachdem ein erzürnter Graf dahintergekommen war, dass der vergötterte Cagliostro durchaus nicht in der Lage war, aus Mist Gold herzustellen.

Er selbst merkte nicht, dass es an der Zeit gewesen wäre, vorsichtiger zu sein, und schlug alle ihre Warnungen in den Wind.

Immer öfter fragte sie sich, warum sie diesen Mann geheiratet hatte. Weil er ein gottgleicher Jüngling gewesen war? Sie unterdrückte ein Lachen. Was die Damen heute vornehm sein stolzes Embonpoint nannten, war in ihren Augen schon damals einfach nur klein und feist gewesen. Aber er hatte ihr ihr erstes Seidenband geschenkt. Rot war es gewesen und glänzend. Und er hatte ihr, wenn sie erst einmal verheiratet wären, so viele Bänder versprochen, wie sie haben wollte. Sie hatten es weit gebracht, doch in all den Jahren hatte er von ihrer Gabe profitiert, ohne dass irgendjemand davon gewusst hätte. Er war immer übermütiger geworden und hatte jede ihrer Warnungen mit einem Schwall von Worten beiseite gewischt. Genau wie er es mit seiner Klientel tat. Er zog Menschen an und stieß sie ab, flößte ihnen Vertrauen ein und bereitete ihnen Angst – und machte sich selbst dabei zum Narren.

Beschwerte sie sich bei ihm, dass er auch sie betrüge, verzog er beleidigt das Gesicht. Und was die Narren angehe, erklärte er, da seien sie sich doch einig, die behandle er nur gemäß ihrer Narrheit, gebe den vernunftgeplagten Fürsten, wonach sie sich sehnten, nämlich etwas, das mit Ratio allein nicht fassbar sei. Die Herrschaften dürften daran glauben oder auch nicht, er helfe ihnen lediglich, an sich selbst zu glauben, gebe ihnen, was sie vor lauter aufgeklärter Vernunft vergessen hätten.

Dass ihr Mann ihr entglitten war, wie sie sich jetzt eingestehen musste, hatte damit begonnen, dass sie ihm trotz seiner wiederholten Wutausbrüche keine Lottozahlen hatte voraussagen können. Er war rabiat geworden, und es hatte gedauert, bis er ihr geglaubt hatte, dass ihre seherischen Fähigkeiten bei Glücksspielen nicht funktionierten.

Sie konnte ihre Visionen nicht heraufbeschwören, nicht befehlen, wann und wo sie kamen. Oft sah sie in einem Wasserglas ganz alltägliche Dinge, wie jemand seiner Arbeit nachging, sich an sein Mittagsmahl setzte oder krank wurde. Wenn überhaupt, dann sah sie, was da kommen sollte und musste, und das war oft nicht das, was die Leute hören wollten. Dann umschrieb sie, was sie sah, sagte nicht ganz die Wahrheit, ohne dabei zu lügen.

Hätte sie die Lottozahlen tatsächlich voraussehen können, hätte sie sich schon längst von ihrem Mann losgesagt, wie ihr eben zum ersten Mal bewusst wurde. Sie hätte sich dem Glücksspiel gewidmet, mit dem gewonnenen Geld in Rom einen Palazzo gekauft und sich häuslich eingerichtet. Sie mochte nicht mehr pausenlos von einem Ort zum anderen reisen, immer auf der Hut, was ihr Mann als Nächstes anstellen würde. In letzter Zeit waren ihr sogar Zweifel an ihren eigenen Fähigkeiten gekommen und sie fragte sich, ob ihr Kopf ihr die Visionen nur vorgaukelte. Als sie jetzt daran dachte, wurde ihr klar, dass sie etwas ändern musste.

Sie erinnerte sich an eines der vielen Gespräche mit ihrem Kindheitsfreund, aus einer Zeit, als sie noch eine andere gewesen war. Sie hatte ihn gefragt, warum er, seit er bei Monsignore in die Schule ging, nur noch das zu sehen vorgab, was auch andere sahen.

Wie es seine Art gewesen war, hatte er lange überlegt, war aber nicht mit dem üblichen Argument, die Kirche verbiete solche Spielereien, ausgewichen. «Hellsehen existiert nicht, kein Mensch kann das», hatte er schließlich gesagt.

Sie hatte etwas erwidern wollen, doch er hatte ihr Einhalt geboten. Würde sie die Bücher kennen, die er las, würde sie wissen, dass es das nicht gebe. Für alles gebe es eine Erklärung, die Gelehrten könnten alles beweisen. Er streite nicht ab, dass er noch immer Dinge sehe, die man von bloßem Auge nicht sehen sollte. Aber er glaube, auch dafür eine Erklärung gefunden zu haben: Die Bilder, die sie beide sähen, seien bloße Spiegelungen von irgendwoher, die in ihrem Kopf zu Visionen verschmelzen würden.

Sie hatte ihn ausgelacht und ihn für seine Feigheit verachtet. Er hatte es nicht einmal bemerkt und einfach weitergeredet. Die Welt sei viel kleiner, als sie beide dächten, und auch wieder unendlich viel größer, als sie es je würden fassen können, hatte er ihr mit leuchtenden Augen erklärt. Doch alles hänge mit allem zusammen, und noch das kleinste Ding stehe für sich und trage doch die ganze Welt in sich. Es gebe so viel zu lesen, zu denken und zu entdecken, darüber, wie die Welt geschaffen sei und was sie zusammenhalte. Er werde nicht so lange leben, um alles zu erfassen.

Noch heute begriff sie nicht genau, was er ihr hatte sagen wollen, aber schon damals war sie bestürzt gewesen über die Zerrissenheit in seinem Gesicht und hatte verstanden, dass er über diese Dinge noch nie mit jemandem geredet hatte – und dass er den falschen Weg einschlagen würde, wenn er sich für die Kirche entschiede. Gleichzeitig war ihr auch klar geworden, dass er den schwierigeren Weg des Gelehrten nicht ohne sie würde gehen können. Sie hatte ihre Hand an seine brennende Wange gelegt und gefragt: «Und die Wunder Gottes, gibt es die auch nicht?»

«Alles kommt von ihm, zweifle nicht an meiner Gottesfurcht», hatte er brüsk geantwortet.

Sie linste zu ihrem Mann hinüber. Wie stand es um seine Gottesfurcht? Was würde er als Nächstes tun, das sie wieder zur Flucht zwingen würde?

In Straßburg hatten sie eine längere Verschnaufpause eingelegt. Ihr Mann war dort mit seinen Heilerfolgen zur Hauptattraktion der Stadt avanciert. Insbesondere die Dankbarkeit eines reichen Ehepaares aus der Schweiz schien keine Grenzen zu kennen. Die Verehrung und rührselige Freundschaft, die sie dem Wunderheiler entgegenbrachten, schloss ebenso die Gattin ihres Erretters mit ein.

Doch schließlich war auch der Protest der Straßburger Ärzte so laut geworden, dass Graf und Gräfin Cagliostro sich, mit einem Abstecher über Neapel, nach Lyon abgesetzt hatten. Dort hatte Cagliostro erstmals eine Loge nach eigenem Ritus eröffnet, seither galt er überall als Großmeister des Ordens. Und seit sie in Paris logierten, sie fühlte es deutlich und es machte ihr Angst, waren sie auf dem Höhepunkt ihres Ruhmes angelangt. Ihr Mann hatte auch hier eine eigene Loge eröffnet, und die Ehre, die man ihnen überall entgegenbrachte, wurde jetzt durch den Empfang in Versailles gekrönt. Aber was, wenn danach der Zenit überschritten wäre?

Sie zupfte nervös an einer Locke. Es sah ihrem Mann gar nicht ähnlich, dass er ihrem Wunsch, ohne Kardinal de Rohan, seinem treuen Freund aus Straßburger Tagen, nach Versailles zu fahren, protestlos nachgekommen war. Seine Exzellenz würde in der eigenen Equipage beim Königspaar vorfahren. Sie brauchten seine Empfehlungen beim Hochadel schon lange nicht mehr, zumal auch die Königin den Kardinal nicht ausstehen konnte.

Serafina zog den Vorhang zur Seite. Die Straße machte eine leichte Biegung nach rechts und gab den Blick frei auf das Schloss, das noch in einiger Ferne lag. Sie schlug die Hand vor den Mund, sie hatte es sofort erkannt, es war das Schloss aus der Vision. Alles sah genauso aus, wie sie es als Kind gesehen hatte, nur war für einmal die Wirklichkeit schöner. Der Regen tat dem Prunk keinen Abbruch, er ließ das Schloss umso mehr glänzen, die Farben der Blumen wirkten frisch wie im Frühling und die Springbrunnen schossen ihre Fontänen in den nassen Himmel hinein.

Sie öffnete das Fenster, um besser zu sehen. Aus der Erinnerung stieg ihr unwillkürlich Fischgeruch in die Nase, hörte sie das Stampfen und Schreien der marschierenden Frauen und verstand noch immer nicht, was es zu bedeuten hatte. Sie hatte nie jemandem davon erzählt. Nicht einmal ihm, vor dem sie kein Geheimnis gehabt hatte.

«Serafina, es regnet», rief ihr Mann ärgerlich. Sie schloss das Fenster und rückte ein wenig von ihm ab.

«Alessandro, du hast doch nicht etwa vor, bei der Königin mit deinen Goldmacherkünsten zu prahlen? Denk an Polen. Marie Antoinette ist äußerst verschwendungssüchtig und in ständiger Geldnot. Und», sie machte eine kleine Pause, «äußerst ungnädig, wenn man sie enttäuscht. Belass es also beim üblichen Programm heute Abend.»

Er tätschelte zerstreut ihre Hand. «Aber sicher, mein Täubchen, ich halte mich genau an deine Anweisungen. Wir wollen uns doch nicht den Unmut der Königin zuziehen.»

«Du wirst mit Königinnen speisen», klang es in ihren Ohren, als sie den goldenen Spiegelsaal betraten. Das Grafenpaar wurde jubelnd empfangen, man hatte sie schon sehnsüchtig erwartet. Sie war bemüht, nicht zu beeindruckt auszusehen, doch ihr Herz hüpfte vor Freude und ihre Augen funkelten mit den Diamanten des französischen Hochadels, die hundertfach gespiegelt im Kerzenlicht ihre Regenbogenfarben in den Saal schickten, um die Wette.

Strahlend schön schritt sie einher, als hätte sie nie etwas anderes gekannt. Endlich war sie angekommen, hier gehörte sie hin! Sie sah den breit grinsenden Mann an ihrer Seite und dachte: «Die Königin und ihr Possenreißer.»

Der Saal war schon jetzt erfüllt von Schwaden schweren Parfüms und dem Duft betörender Blumenarrangements aus Rosen und Lilien; die Wärme der in Hunderten von großen Lüstern brennenden Kerzen und die im Laufe des Abends sich erhitzenden Körper würden das ihre dazu beitragen, die Luft noch undurchdringlicher zu machen.

Serafina grüßte alte Bekannte, nicht wenige Comtessen und Baronessen kannte sie von früheren Soirées und Bällen, und nahm lächelnd die Huldigungen ihrer Ehegatten entgegen.

Noch immer sprach sie das «r» hart aus, aber sie hatte die leicht hingeworfenen, sich an allen Höfen wiederholenden Gesellschaftsfloskeln schnell gelernt und sprach das Französische leidlich, ohne dafür je ein Buch aufgeschlagen zu haben.

Auch mehrere hohe Würdenträger der Kirche waren vertreten. Sie erblickte Kardinal de Rohan in ein Gespräch mit einem jüngeren Amtskollegen vertieft, der ihr den Rücken zuwandte. Sie schwankte, ihre Finger krallten sich in den Arm ihres Mannes, der seinen Freund erst jetzt entdeckte und, Serafina im Schlepptau, durch die Menge auf den Kardinal zusteuerte. Von der heftigen Gemütsbewegung seiner Frau hatte er nichts bemerkt. Als sie de Rohan erreichten, war der fremde Kardinal verschwunden, doch der Duft, den er hinterlassen hatte, brachte sie schlagartig ins Schwitzen.

«Eure Exzellenz», begrüßte Serafina ihn und versuchte das Zittern in der Stimme zu verbergen, als sie sich nach dem unbekannten Kardinal erkundigte.

De Rohan, erstaunt, dass die Frau seines Freundes überhaupt das Wort an ihn richtete, antwortete galant: «Gräfin, welche Ehre, ich verneige mich vor Ihrer Schönheit, die Königin wird vor Neid erblassen.»

Sie lächelte gequält und wiederholte ihre Frage.

Der junge Bruder sei erst vor Kurzem aus Rom angekommen, erklärte der Kardinal, da habe er sich natürlich anerboten, ihn in Paris einzuführen. Er komme direkt von der Kurie, sie würden in den nächsten Tagen einiges miteinander zu besprechen haben, sagte er und verstummte augenblicklich, als das Zeichen zum Eintritt ihrer Majestäten ertönte.

Sie war weniger hässlich, als Serafina sie sich vorgestellt hatte. Eigentlich war sie weder hässlich noch hübsch zu nennen, sondern hätte, dachte man sich das golddurchwirkte Kleid und die königlichen Diamanten weg, ausgesehen wie irgendeine Frau.

Die Königin schritt am Arm ihres Gatten, hinter dessen freundlich lächelndem Gesicht Traurigkeit durchschien.

Die Menge teilte sich, und gleich allen anderen Gästen sank Serafina in einen tiefen Knicks, als das Königspaar sich ihnen näherte – allerdings eine Sekunde später, als es das Zeremoniell erfordert hätte. Die Königin stutzte, blieb stehen, und Serafina sah das erstaunte Aufblitzen in ihren Augen, bevor sie ihren Kopf neigte.

«Conte de Cagliostro», begrüßte die Königin ihren Gatten und gab ihm mit einer eleganten Armbewegung zu verstehen, dass er sich wieder aufrichten dürfe. «Enchanté. Endlich habe ich das Vergnügen, Sie und Ihre reizende Gattin», die Königin nickte auch ihr flüchtig zu, «in Versailles begrüßen zu dürfen.»

Der König seinerseits versicherte ihnen, wie sehr es ihn freue, den berühmten Cagliostro und seine schöne Gattin endlich kennenzulernen und äußerte den Wunsch, noch heute Abend vor dem Diner ein paar Kostproben von des Meisters Künsten zu sehen.

Während der kurzen Worte des Königs standen sich Serafina und Marie Antoinette stumm gegenüber und blinzelten sich feindselig an. Sie maßen sich, wie nur Frauen sich messen können, jeder Zentimeter der anderen wurde erbarmungslos taxiert.

Meine Toilette steht deiner an Kostbarkeit und Eleganz in nichts nach, wohingegen dein gewöhnliches Gesicht mit dem vorgeschobenen Kinn und der dicken Unterlippe sich mit meiner Schönheit nicht einmal annähernd messen lässt, dachte Serafina und lächelte ihr Gegenüber freundlich an. Das vor ihr aufsteigende Bild dieser Lippen, mit denen sie ein abgetrennter Kopf inmitten einer Blutlache angegrinst hatte, verdrängte sie augenblicklich.

Ein ungewohnter Anflug von Mitleid vermischt mit Neid überkam sie beim Anblick dieses gekrönten Hauptes. Sie, Königin Marie Antoinette, Tochter der österreichischen Kaiserin, hatte ihr Los nicht selbst gewählt. Ungefragt war sie in einer goldenen Kutsche in ein fremdes Land zu einem fremden Mann verfrachtet worden, zu einem Volk, das sie niemals lieben würde.

Sie, Gräfin Serafina, Tochter eines römischen Kesselflickers, hatte sich ihren Mann selbst ausgesucht und war freiwillig mit ihm in die Welt gezogen, wo sie hinkam, wurde sie bewundert und geliebt.

Aus dem Saal drangen die leisen Klänge der Sarabande an ihr Ohr. Sie stand im Garten und hielt ihr erhitztes Gesicht in die laue Nachtluft. Sie hatte getanzt und wie sie getanzt hatte! Mit Fürsten und Grafen, sogar mit dem König hatte sie getanzt.

Es ist anstrengend, einen Abend lang sein gelangweiltes Spiegelbild feindselig anlächeln zu müssen, nicht wahr, Comtesse?

Sie hatte niemanden kommen hören, doch ihr Rücken brannte, als sitze sie an einem Ofen, und ihr Herz begann heftig zu hämmern. Doch sie wagte nicht, sich umzudrehen, lauschte nur angestrengt, konnte aber nicht sagen, woher die Stimme gekommen war.

Die andere ist zwar rechtmäßige Königin, doch lebt auch sie in der Fremde, wo niemand sie will und keiner sie versteht. Die Königin und die Gräfin. Sie sitzen sich gegenüber und erkennen sich trotz hundertfacher Spiegelung nicht. Ich hingegen habe dich trotz deiner Maskerade wiedererkannt.

Welche Maskerade und wer erdreistete sich da, sie zu duzen? Sie stand außerhalb des Lichtkegels, der vom hell erleuchteten Saal nach außen drang, in der Dunkelheit und spähte angestrengt in die Nacht hinaus. Noch immer kam die Stimme von nirgends und überall her, und noch immer traute sie sich nicht, sich zu bewegen. Ihr Körper war auf das Äußerste gespannt, im Hals spürte sie das Pochen ihres Herzens, doch sie bezwang das Aufkommen ihrer Angst.

Meine Liebe, ich gratuliere zu deinem Erfolg. Alle Herren sind verrückt nach der Comtesse, einschließlich mir.

Schlagartig durchdrang der herb-süße Duft, den sie schon vorhin wahrgenommen hatte, wieder ihr Gehirn. Ihr Herz begann jetzt zu rasen, nur mit äußerster Kraft zwang sie sich zur Ruhe.

Sei gewiss, die Kunde ihrer Schönheit ist bis in die höchsten Kirchenkreise gesickert. Ich komme soeben aus Rom, selbst in der Kurie sind Graf und Gräfin Cagliostro Tagesgespräch. Schließlich ist die Contessa Römerin und der Heilige Vater in-

teressiert sich ganz besonders für die berühmten Schäfchen seiner Stadt.

Ihr Lachen geriet ziemlich schrill.

Doch leider ist er nicht sonderlich erfreut über die Gerüchte, die man über sie und insbesondere ihren Mann hört.

Ihr stockte der Atem.

Richte der Contessa aus, sie solle diese Warnung als Verneigung vor ihrer Schönheit und als Verdienst ihres Liebreizes ansehen und ihrem Mann sagen, er müsse unverzüglich damit aufhören. Die Geschichte wird sonst ein böses Ende nehmen – für beide.

Womit sollte ihr Mann aufhören?

Er wird schon wissen.

Sie knirschte mit den Zähnen. Weshalb sollte sie ihn warnen, mit seinen geheimen Winkelzügen hatte sie nichts zu tun.

Weil sonst er und auch seine Frau sich schon sehr bald hinter den Mauern der Bastille wiederfinden werden.

Sie schnappte nach Luft.

Tu, wie dir geheißen, und es wird dafür gesorgt werden, dass Cagliostro aus der gefährlichen Affäre, in die er sich hat hineinziehen lassen, ungeschoren davonkommt. Es steht sogar in meiner Macht, der Gräfin das kostbare Diamantencollier zukommen zu lassen.

Serafina hatte das Gefühl als wänden sich die leise gezischten Worte wie eine Schlange um sie, und sie erschauerte, als ein Finger sanft ihr Schlüsselbein streifte.

Die Bastille lässt die Erinnerung an ihre Insassen ganz schnell vergessen, bald schon wird niemand mehr nach Cagliostro und seiner schönen Frau fragen.

Sie hatte keine Ahnung, wovon da gesprochen wurde. In ihrem Kopf drehte sich alles, nur mit größter Willensanstrengung gelang es ihr, sich auf die lauter werdende Musik, die durch die geöffneten Fenster klang, zu konzentrieren.

Verlasse deinen Mann auf der Stelle. Noch weiß in Rom außer mir niemand, wem Cagliostro seine erstaunlichen Weissagungen verdankt. Es bleibt keine Zeit zum Überlegen, entweder du kommst mit mir oder ich lasse euch beide noch heute Nacht holen.

Plötzlich wurden hinter Serafina die Türen aufgerissen. Eine Gruppe erschöpfter Tänzer strömte laut schwatzend hinaus und rettete sie davor, der Stimme blindlings in die Nacht hinaus zu folgen.

Paris, 1785/86

«He, Weiber, Platz da für die Neue!», rief der Wärter und schlug an die schwere Holztür.

«Wir liegen doch jetzt schon wie die Karnickel», kam die wütende Antwort von drinnen.

«Kratz endlich ab, Alte, dann gibts Platz», erwiderte der Wärter.

«Na, na, junger Mann, wo bleiben deine Manieren? Du lagst noch nicht mal in den Windeln, da war ich schon die berühmte Madeleine, bekannt in ganz Paris», ertönte es heiser von drinnen.

«Klappe, Alte, du warst berühmt für deine langen Finger. Und jetzt haben wir dich endlich, und diesmal kommst du dran.»

«Schon gut, mein Kleiner. Das sagen sie mir schon seit Jahren, und noch sitzt mein Kopf fest auf meinem Schwanenhals.»

Der Mann brüllte vor Lachen. «Aber hier die Neue, die hat einen Schwanenhals, da würde man am liebsten reinbeißen.»

«Du doch nicht, Kleiner. Du hast ja noch nie eine Frau ...»

«Schluss jetzt!»

«Hast schon wieder den Schiss in den Hosen, Kleiner? Apropos, könntest den Scheißeimer mal wieder leeren, der quillt seit Tagen über und ...»

Der Schlüssel drehte sich schwergängig im Schloss. Der Wärter löste den Strick von Serafinas Handgelenken und zog die schwere Tür auf, dann wurde sie ins Dunkel gestoßen. Hinter ihr fiel die Tür krachend zu.

Der Gestank war so überwältigend, dass sie sich auf der Stelle übergab, so wie sie dastand, schoss es aus ihr heraus. Zitternd fuhr sie sich mit ihrem seidenen Fichu über den Mund.

«Was bist denn du für eine?», fragte die heisere Stimme, die eben mit dem Wärter geredet hatte. «Kommst rein, sagst nicht guten Tag und kotzt uns gleich die Stube voll! Das ist aber nicht die feine Art.» Die Alte ließ ihr gackerndes Lachen ertönen, andere fielen ein. Höhnisches, kicherndes, scheues, kreischendes und tiefes Frauenlachen hallte ihr aus verschiedenen Richtungen entgegen, ohne dass sie hätte abschätzen können, wie viele es waren.

Sie stand reglos in der Dunkelheit, unfähig, sich auch nur zu rühren. Irgendwo hustete jemand furchterregend.

«Magst nicht reden, was?», krächzte die Alte. «Bist wohl so eine ganz feine, ganz zarte», spottete sie. «Frauen, alle mal herhören: Sie haben grad eine Neue geliefert. Zeigt ihr, wo sie schlafen kann.»

Noch immer sagte keine der anderen etwas. Serafina spürte nur die Körper, die sich von allen Seiten auf sie zu bewegten, wie ein Ring, der sich immer enger um sie schloss. Panik ergriff sie, sie war völlig orientierungslos, wollte raus, wusste aber nicht einmal, wo in diesem schwarzen Loch sich die Tür befand. Sie schlang die Arme um ihren zitternden Körper und fiel auf den Boden.

Etwas Nasses berührte ihre Lippen, sie wollte es wegschieben, spürte den warmen, stinkenden Atem eines Menschen über ihr, der leise beruhigende Worte sprach.

«Eh, Eléonore! Lass das Kätzchen, die kommt schon wieder», fuhr eine grobe Stimme dazwischen. «Reiß ihr lieber das schöne Kleid vom Leib, morgen wird sich unser hübsches Ding hier dagegen wehren. Wirst es brauchen, Eléonore, wenn du wieder rauskommst. So was gefällt den Männern.»

Einige lachten, aber Eléonore strich ihr sanft die Haare aus dem Gesicht.

«Aufstehen, Essen fassen!»

Sie fuhr vor Schreck auf, ließ sich aber gleich wieder fallen. Der ganze Körper schmerzte, und die Erinnerung daran, wo sie sich befand, kehrte wieder in ihr Bewusstsein. Der Boden unter ihr war hart und eiskalt, faulig riechendes Stroh stach ihr in die Haut. Wieder spürte sie, wie in ihrem Magen alles hochkommen wollte. Aber da war nichts mehr, sie spuckte nur noch Galle und danach war es nicht besser.

«He, Weiber, wird's bald! Oder sollen die Straßenköter eure Delikatessen bekommen?»

Das war nicht die unsicher protzende Stimme des Wärters, der sie die immer kälter und enger werdenden Treppen und Gänge hinabgeführt hatte. Die hier klang älter, bestimmter, aber auch müder. Knarrend ging die Tür auf, schwaches Licht kroch kegelförmig hinein, ein Arm stellte zwei Eimer hinein und schlug die Tür gleich wieder zu.

Jetzt kam Bewegung in die Frauen. Sie stürzten alle vor, jemand stieß mit dem Fuß in Serafinas Rücken, stolperte, rappelte sich fluchend wieder auf und versetzte ihr noch einen Fußtritt.

«Halt!», befahl die Alte.

Die Frauen gehorchten augenblicklich. Serafina setzte sich auf, blinzelte und suchte nach dem Fenster, durch welches jetzt das fahle Morgenlicht hineinschimmerte. Die kleine Öffnung weit über ihr sah mehr wie ein vergessener Stein in der Mauer denn wie ein vom Baumeister gezeichnetes Fenster aus. Also waren sie noch nicht in den untersten Verliesen. Dort, wo man nie wieder herauskam und irgendwann zusammen mit dem Stroh verfaulte.

Die Frauen stellten sich in eine Reihe. Jede mit einer hölzernen Schale und einem Löffel in der Hand, die sie aus ihrer

Rocktasche zogen. Sie zählte zehn Frauen. Mit ihr und der Alten waren sie zwölf. In einer Zelle, die nicht einmal die Hälfte von den Schlafzimmern maß, die sie zu bewohnen gewohnt war.

Zwölf Frauen. Junge und alte, dicke und dünne, kleine und große. Es dauerte eine Weile, bis sie herausfand, dass es nicht die schmutzigen, abgerissenen Kleider, die verfilzten, lang über die Rücken herabfallenden Haare, die nackten Füße oder die freudlosen Gesichter waren, die diese unterschiedlichen Frauen verband. Die augenfälligste Gemeinsamkeit bestand darin, dass sie alle ganz und gar farblos waren. Sie hatte keine andere Bezeichnung für diese von oben bis unten fast durchscheinenden Körper. Ihre Kleidung mochte einmal farbig gewesen sein, sie sah hier ein verblichenes Blau, ein schmutziges Rosa, ein verwaschenes Grün oder Gelb. Mochten ihre Wangen einst rosig gewesen sein, so waren sie jetzt nicht einmal mehr grau, als ob alle Farbe aus ihnen gewichen wäre und mit den Farben auch das Leben. Kleidung, Haare, Haut, Gesichter, ob faltig oder noch glatt, alles war so durchscheinend, dass es nicht mehr von dieser Welt zu sein schien. Etwas hier drinnen hatte alles Leben aus ihnen gezogen.

Sie blickte an sich hinab. Die Seide ihres Kleides schimmerte noch immer hellblau, man wurde nicht in einer Nacht zum Geist. Ihr war eiskalt. War sie hier mit lebendigen Toten oder mit toten Lebendigen eingesperrt? Geister essen nicht, versuchte sie sich selbst zu beruhigen.

Eine nach der anderen tauchten die Frauen ihren Napf in den Eimer und verzogen sich damit an ihren Platz, alles ging still und ohne viel Geschiebe vonstatten. Solange die Alte beim Suppentopf stand und darüber wachte, dass niemand leer ausging, wagte keine aufzumucken.

Nur die Letzte in der Reihe, eine mittelgroße, schmale Gestalt mit kurzen, stoppelig abgeschnittenen Haaren und einem hageren Gesicht, aus dessen Zügen kein Alter zu schätzen war, sie hätte fünfzehn oder vierzig sein können, rief: «Brot! Wo ist unser Brot? Diese Schweine haben uns wieder kein Brot gegeben!»

Sie schmiss ihren vollen Napf auf den Boden, dass die Flüssigkeit an die Wände spritzte, war mit einem Satz bei der Tür und polterte mit aller Kraft dagegen: «Ihr Mörder lasst uns bei lebendigem Leibe verrecken. Gebt uns Brot!»

«Ruhe!», brüllte es von der anderen Seite. Die Luke in der Tür wurde geöffnet, ein Auge erschien darin: «Es gibt kein Brot, wir haben kein Brot, keiner hat Brot», sagte der Wärter jetzt gelangweilt und schlug die Luke wieder zu.

Die Frau an der Tür schrie auf wie ein wildes Tier und klappte schluchzend zusammen. Die anderen schauten sich betreten an und rollten mit den Augen.

Eléonore berührte leicht Serafinas Arm: «Willst du nicht essen? Es ist noch etwas da für dich», sie zeigte auf den Topf, in dessen schlammfarbener Brühe undefinierbare Brocken schwammen.

Schon zog sich in ihrem Mund wieder der Speichel zusammen, sie schluckte und schüttelte den Kopf.

«Hier», Eléonore hielt ihr ihren eigenen Napf und, nachdem sie ihn noch einmal abgeleckt und an der schmutzigen Schürze trockengerieben hatte, ihren Löffel hin. Entsetzt wandte Serafina den Kopf ab, lieber verhungerte sie.

Ein entsetzlicher Durst plagte sie; seit gestern Mittag hatte sie nichts getrunken. Aber sie konnte nicht aus dem Eimer trinken, den die Frauen der Reihe nach an die Lippen hoben.

Sie kauerte sich in ihre Ecke und tat, als sei sie tot, ein Geist, dem alle menschlichen Bedürfnisse abhandengekommen waren. Gleichgültig gegen Kälte und Nässe, Hunger oder Durst, Ekel oder Angst.

Außer Eléonore und der Alten musterten die Frauen die Neue ohne Neugier, doch jeder ihrer hasserfüllten Blicke sagte: «Du und deinesgleichen seid schuld, dass wir in diesem Loch sitzen. Säße die Alte nicht hier, würden wir dich anspucken, dich schlagen und dir das schöne Kleid vom Leib reißen.»

«So, mein Kätzchen», die Alte – dass sie Madeleine hieß, kam ihr erst viel später wieder in den Sinn – hatte sich wie aus dem Nichts kommend lautlos neben sie gesetzt, «jetzt erzählst du mir mal, wer du bist und woher du kommst und warum man ein so feines Frauenzimmer wie dich hinter diese Mauern gesperrt hat.»

Ihre Stimme tönte, wie mit Honig geschmiert, weich und schmeichelnd, nur eine Spur des sonstigen Krächzens war darunter zu hören. Immer näher rückte die Alte mit ihrem grinsenden Mund voller Zahnlücken, den fettigen Haarsträhnen und der sauren Ausdünstung des alten, ausgemergelten Körpers.

Serafina wich zurück, und als es nicht mehr weiter ging, drückte sie sich an die feuchte Mauer, als ob diese sich öffnen und sie vor dem neugierigen Gerippe schützen könnte. Die Alte war kleiner als sie, blickte sie von unten an, ließ das Weiße in den Augen, das bei ihr gelb und rot war, blitzen und lauerte ihr wie ein Tier seiner Beute auf.

Dann plötzlich schnellte sie vor, stützte sich mit den Händen an die Mauer und hielt ihr Opfer dazwischen gefangen.

«Wie heißt du, Mädchen?», begann sie das Verhör.

«Ich ...», stammelte Serafina.

«Na komm schon, wirst doch noch wissen, wer du bist.»

«Federica», flüsterte sie.

Sie sei nicht von hier, meinte die Alte.

Sie sei Italienerin, erklärte sie und hörte, wie ihre Stimme fester geworden war.

«Bist wohl eine verwunschene Prinzessin.»
Alle lachten. Mit einem Fingerschnippen gebot Madeleine ihnen Einhalt.
«Sag schon, wer bist du? Ist das dein Kleid oder hast du es gestohlen?»
«Gestohlen», stieß Serafina rasch hervor. Von ihrer Herrin, sie sei Zofe bei einer Gräfin gewesen. Serafina hatte sich wieder gefangen.
Die Frauen lachten, und die Alte sagte: «Ach, Mädchen, wegen eines gestohlenen Kleides bringt man dich nicht hier bis fast ganz nach unten in die sicheren Verliese der Bastille, da würden wir ja schon bis zur Decke gestapelt aufeinanderliegen. Da muss mehr gewesen sein als dieses Stück Stoff.»
Schmuck. Sie habe ihrer Herrin ein Armband und Ohrringe aus Diamanten gestohlen, erklärte Serafina. Sie hatte ihre Rolle wiedergefunden.
«Schon besser, Mädchen», erwiderte Madeleine, «und trotzdem weiß ich nicht, ob du eine von denen oder eine von uns bist? Deine Haut ist weiß und weich, dein Kleid hat, bis du darüber gekotzt hast, bestimmt nach Rosen geduftet, dein Haar glänzt seidenweich, deine Gestalt ist wohl genährt und gertenschlank – und doch sagt mir etwas in deinem hübschen Gesicht, dass du zu uns gehörst.»
Sie sage doch, sie sei die Zofe, nicht die Gräfin, wehrte sich Serafina mit Nachdruck.
«Schon gut, Mädchen, nur keine Aufregung. Dass mir keine die kleine Zofe hier anrührt.»

Sie schrie leise auf. Soeben hatte etwas ihre Röcke gestreift. Die Ratte huschte weiter über das feuchte Stroh und verschwand aus dem schwachen Lichtkegel in der Mitte des kreisrunden Verlieses. Zitternd lehnte sie den Kopf an die feuchte Wand.

Eifersüchtig spürte sie den Zusammenhalt dieser Frauen. Sie waren hier zuhause. Viele waren schon lange hier, wussten nicht mehr, wessen man sie beschuldigte, dämmerten vor sich hin, riefen nach ihren Kindern oder wiederholten pausenlos die gleichen Sätze und redeten unzusammenhängendes Zeug. Andere hielten sich an strenge Routinen, ließen sich nicht von ihrem Tagesablauf abbringen. Drei Schritte rechts, drei Schritte links, stehen bleiben. Sich wieder hinsetzen, stumm auf das Essen warten.

Stumm brachten sie auch ihre toten Kinder zur Welt, man nahm sie ihnen weg, die Toten und die Lebenden, und warf sie auf den großen Haufen der nutzlosen Kreaturen dieser Welt.

«Eléonore, jetzt reiß dich zusammen! Kriegst wieder einen Balg. Brauchst nicht einmal bitten drum, die kommen wieder zu dritt heut Nacht, wirst sehen», tröstete die Alte.

Endlich, nach Tagen, Nächten, Wochen – am Ende erfuhr sie, dass sie nur drei Tage und Nächte mit den andern zusammengepfercht gewesen war – öffnete sich die Tür: «Gräfin Cagliostro, bitte mir zu folgen.»

Man brachte sie in eine Einzelzelle. Auch dort war es dunkel und feucht. Ratten huschten über das stinkende Stroh, in dem das Ungeziefer wuselte. Auch dort hörte sie die Frauen, wie sie in ihren Zellen schrien vor Angst und Wut. Am schlimmsten waren nicht die unterdrückten Schreie des Grauens, am schlimmsten war das endlose, leise Wimmern, wenn die Wärter ihre Hose hochzogen und die eiserne Tür sich wieder schloss für die Geschändeten.

Sie, die Gräfin, rührte keiner an.

Nur einer kam jede Nacht. Er fürchtete sich nicht vor den Zaubermächten ihres Mannes, und sie hatte keine Kraft, sich gegen seinen Trost zu wehren. Und die Angst und die Hoffnung erhielten sie am Leben.

Serafina zuckte zusammen, als ihr Name laut ausgestoßen wurde. Sie hatte die Stimme der Gräfin de La Motte, eigentlich Jeanne de Saint-Rémy, als weich und schlängelnd in Erinnerung. Jetzt deutete sie mit dem Zeigefinger auf das Grafenpaar und krächzte: «Meine Herren, fragen Sie die da, wo sie die Diamanten des Colliers versteckt haben. Dieser Scharlatan Cagliostro und seine Frau, diese falsche Gräfin, bekommen nie genug von Gold und Diamanten.»

Sie war entsetzt. Hatte die Haft auch ihrer eigenen Schönheit so zugesetzt? Die vormals edlen Züge der de La Motte waren scharf geworden, unter den Augen lagen dunkle Schatten wie hingemalt, die verfilzten Haare hingen ihr ins Gesicht, mit einem Ausdruck voll erbitterten Hasses schoss sie ihre Giftpfeile auf Serafina.

«Madame, bitte beruhigen Sie sich, wir sind hier nicht im Theater», befahl der Richter gereizt.

Sie befanden sich zu Gericht beim obersten Parlament in Paris. Kardinal de Rohan, Gräfin de La Motte und das Grafenpaar Cagliostro hatten zehn Monate in der Bastille in Untersuchungshaft gesessen. Sie alle wurden beschuldigt, ein unermesslich wertvolles Diamanthalsband gestohlen zu haben, und saßen nun jeweils weit voneinander entfernt in einer Reihe, vor sich die Richter in schwarzem Talar und altmodischen Allongeperücken aus der Zeit des Sonnenkönigs, in der Anklagebank.

Serafina schien die Einzige zu sein, die noch immer nicht genau wusste, worum es eigentlich ging. Aber was sie soeben aus dem Mund der anderen Angeklagten und verschiedener Zeugen gehört hatte, enthielt alle Elemente eines Stückes, welches in der Comédie-Française mit großem Erfolg hätte gegeben werden können:

1. Akt

Ein Kardinal (gespielt von Kardinal de Rohan) lechzt nach der Gunst der Königin, die ihn nicht ausstehen kann (gespielt von Marie Antoinette daselbst). Eine von ihm protegierte falsche Gräfin (gespielt von der de la Motte) verspricht, ihm dabei zu helfen. Sie behauptet, enge Beziehungen zur Königin zu pflegen, und beweist ihm dies mit gefälschten Briefen, in denen die Königin den Kardinal ihrer Zuneigung versichert.

Zwischenakt

Die Gräfin de La Motte entstammt zwar einem Adelsgeschlecht, ist aber als Waise vollkommen verarmt, ohne Erziehung aufgewachsen und hat früh gelernt, sich durch Lügen und Gaunereien durchs Leben zu schlagen. Sie heiratet einen mittellosen Adligen mit ähnlichen Neigungen und Talenten; die beiden erheben sich mit ein paar gefälschten Dokumenten in den Grafenstand.

Für ihre angeblichen Vermittlungsdienste zur Königin zahlt der reiche Kardinal große Summen. In Wirklichkeit aber kennt die Gräfin de La Motte die Königin nicht persönlich, und außerdem wäre ohnehin jeder Versuch, Marie Antoinette umzustimmen, vergebens. Sie kann den Kardinal nicht ausstehen, geschweige denn, ihn sich als Liebhaber vorstellen.

Die de La Motte wird immer gieriger. Sie hört von einem unermesslich kostbaren Diamanthalsband, das zwei Pariser Juweliere der Königin angeboten haben, welches diese aber aus Geldmangel nicht erstehen kann. Die de La Motte läuft zum Kardinal und macht ihm weis, dass die Königin ihn um einen Kredit für das Halsband bitte. Als Gegenleistung für seine Großzügigkeit biete ihm die Königin ein nächtliches Stelldichein an. Dem liebestrunkenen Kardinal wird im dunklen Park von Versailles eine als Marie Antoinette verkleidete Schauspielerin vorgeführt. Er bemerkt den Betrug nicht und bezahlt das Collier. Sowohl die Diamanten als auch das Geld landen in der Tasche der Strippenzieherin de La Motte, deren Mann den Schatz sofort im Ausland in Sicherheit bringt.

2. Akt
Der Betrug fliegt auf. Sowohl der Kardinal als auch kurze Zeit später die Gräfin de La Motte werden festgenommen. Diese nun behauptet steif und fest, Graf Cagliostro habe in seiner nimmersatten Gier das Collier an sich gerissen. Jeder wisse, dass er ein enger Freund des Kardinals und ein gefährlicher Scharlatan sei und er wie auch seine Gattin, die mit ihm unter einer Decke stecke, müssten ebenfalls hinter Schloss und Riegel gebracht werden.

3. Akt
Dieser war soeben gegeben worden. Über das Finale ließ sich noch nichts sagen.

Und für diese Schmierenkomödie hatte sie unschuldig in der Bastille gesessen! Serafina konnte ihren Zorn kaum im Zaum halten.

Wussten diese Richter nicht, wer sie war? Sie konnte gar nicht mitgespielt haben, die Hauptrolle war bereits von dieser falschen Gräfin besetzt, und für eine Komparsenrolle hätte sie, Serafina, mit Sicherheit keinen Finger gerührt.

Sie blitzte in die Runde, sie hasste sie alle: die intrigante de La Motte, den schmierigen Kardinal de Rohan und all die selbstgefälligen Herren Richter, die auf sie hinabschauten, als sei sie Eléonore oder eine der anderen Frauen, deren Gesichtszüge sich im Kerker bis zur Unkenntlichkeit verwischt hatten.

Am meisten aber hasste sie die Königin und ihren eigenen Mann. Sie war überzeugt, dass die beiden die größte Schuld bei dieser Intrige traf.

Die Richter wollten sich soeben vor dem Urteilsspruch noch einmal zurückziehen, als im Saal plötzlich Unruhe aufkam. Hinter den Angeklagten war die Flügeltüre geöffnet worden, und der Luftzug eines langen Rockes streifte Serafina, ihr Atem stockte. Auch ohne den altbekannten Duft, der ihr in die Nase stieg, hätte sie den Rücken des Mannes sofort erkannt. Es war der römische Amtsbruder, den sie in Versailles an ihrem letzten Abend in Freiheit bei Kardinal Rohan stehen gesehen hatte.

Er war es, wollte sie rufen. Er hatte Cagliostro denunziert und jetzt kam er, um ihn der Kurie zu überstellen. Am liebsten hätte sie sich auf ihn gestürzt, doch dann hätte sie der Wahrheit ins Gesicht sehen müssen. Sie ballte die Hände zu Fäusten. Wer war er? Wozu war sie Seherin, wenn sie im entscheidenden Moment versagte? Sie wollte aufstehen, doch schon eilte ein Gerichtsdiener zu ihr hin und drückte sie zurück auf die Bank.

Der eingetretene Kardinal war ohne Hast nach vorne zu den Richtern getreten, stützte sich mit den Armen auf einen der Tische und beugte sich so leise flüsternd zu ihnen, dass es unmöglich war, seine Stimme zu erkennen. Kardinal de Rohan räusperte sich vernehmlich, und Serafina sah, wie er den Rücken seines Amtsbruders mit Blicken durchbohrte, als wolle er ihn zum Umdrehen zwingen.

Einer der Richter winkte den Gerichtsschreiber nach vorne, der unbekannte Kardinal diktierte ihm flüsternd ein paar kurze Zeilen, drückte sein Siegel auf das Papier und nickte den Richtern zu. Serafina gelang es gerade noch, ihren Kopf abzuwenden, bevor er sich umdrehte und ohne Hast aus dem Saal verschwand, den vertrauten Duft hinter sich zurücklassend.

Die Richter schüttelten den Kopf und verfielen in leises Reden und aufgeregtes Gestikulieren; mit ihren in die weiten Roben gehüllten Armen sahen sie aus wie ein Schwarm orientierungslos gewordener Fledermäuse.

Währenddessen steckten Cagliostro und de Rohan die Köpfe zusammen, die de La Motte hatte sich soeben erhoben und kam mit einem irren Grinsen im Gesicht auf Serafina zu, als endlich der Hammerschlag des obersten Richters alle zum Erstarren brachte.

Die Gräfin eilte auf ihren Platz zurück, die beiden Männer schreckten auseinander, nur Serafina saß aufrecht da und schaute den Richter erwartungsvoll an.

Die de La Motte wurde zum Pranger verurteilt, danach sollte sie gebrandmarkt und eingesperrt werden, während ihr Mann in Abwesenheit zu lebenslanger Galeerenstrafe verurteilt wurde. Serafina schluckte leer. Welches Schicksal erwartete sie? Noch war sie nicht an der Reihe, das Parlament sprach gerade den Kardinal frei, verurteilte ihn jedoch zur Bezahlung des Diamantcolliers an die geprellten Pariser Juweliere.

«Graf und Gräfin di Cagliostro, in allen Punkten unschuldig.»

Erst als sie aus dem Gerichtssaal ins Freie trat und von einer jubelnden Menge mit Blumen und Konfekt überschüttet wurde, begriff sie, dass sie nicht mehr in den Kerker zurück musste.

Das Gericht habe stark an Gräfin de La Mottes Version der Geschichte gezweifelt, hieß es später, aber Serafina wusste, wem sie den überraschenden Freispruch zu verdanken hatte, und sie fürchtete sich vor dem Preis, den sie dafür würde bezahlen müssen.

London, 1787

Es regnete. Serafina schüttelte ihren Schirm aus und trat ein. Wärme schlug ihr entgegen. Hierhin floh sie an den nasskalten Nebeltagen, deren es in London selbst im Frühling zu viele gab.

Sie schloss die Augen und schnupperte. Bereits hier konnte sie den Duft riechen, der sich wie eine beruhigende Hülle um sie legte.

Als sie die Augen öffnete, tanzten zwei Schmetterlinge vor ihr in der Luft. Sie waren groß, und die Farbe ihrer blaugrün schimmernden Flügel war selbst in dem grauen Regenlicht von einer Intensität, wie sie sie noch nirgends gesehen hatte. Sie folgte ihrem Tanz durch das dichte Grün bis an ihren Lieblingsplatz.

Die jagen sich auch.

Sie hielt inne, drehte sich jedoch nicht um, und blieb, den Blick starr auf die Schmetterlinge geheftet, vor dem blühenden Orangenbaum stehen.

Wenn man bedenkt, dass aus einem Ei eine kriechende Raupe schlüpft und am Ende ein fliegendes Wesen daraus entsteht. Öffnet man den Kokon, so kann man sehen, was sich darin vorbereitet.

Sie erschrak. Das war Sünde. Man durfte nicht Gottes Geheimnissen auf die Schliche zu kommen trachten. Man musste glauben, nicht wissen wollen.

Dann darf man also auch nicht einen Menschen aufschneiden, um zu sehen, wie es in seinem Herzen aussieht?

Serafina lief es kalt den Rücken hinunter, gleichzeitig brannte die Haut wie Feuer. Man musste glauben, was Gott einem zeigte, und es dann befolgen.

Und wenn Gott einem gebietet zu lieben, so muss man es tun.

Sie zitterte. Und wenn Gott einem sagte, dass es endlich Zeit sei, sichtbar zu werden und seine Flügel auszubreiten, so musste man davonfliegen.

Nach Hause.

Sie schaute um sich und klopfte nervös mit den Fingern auf den Knauf ihres Schirms.

Für einen Fetzen Seide bist du diesem Scharlatan gefolgt. Deine Seele ist verloren, wenn du länger bei dem Erzketzer bleibst.

Niemand war zu sehen.

Komm zurück in den Schoß der Heiligen Mutter Kirche. Beichte. Schwöre deinem Mann und euren Machenschaften ab und rette dich vor der Inquisition.

Ihr Herz schlug schneller. Ihre Hände waren nass und eiskalt. Mechanisch drehte sie an ihrem Käferring, steckte ihre Nase noch einmal in die weißen Blüten und strich über die poröse Haut der kümmerlich kleinen Orange, die im Baum hing. Sie würde abfallen, bevor man sie würde genießen können.

In Pieros Garten hatten die Orangenbäume gleichzeitig Blüten und reife Früchte getragen. Die Fremden aus dem Norden, die ihre Stadt besuchten, waren ganz verrückt nach Pieros Früchten gewesen. Es waren die besten, die sie je gegessen hatte, nur die gestohlenen hatten noch süßer geschmeckt. «Fang!», hatte sie gerufen, und dann hatten sie sich auf die Mauer gesetzt und es sich schmecken lassen. Der Saft war ihnen aus dem Mund bis zum Hals getropft. Er hatte ihr seine klebrigen Hände unter die Nase gehalten, und sie hatte den süß-bitteren Duft tief eingesogen, damit er für immer in ihr bliebe.

Plötzlich packte sie eine solche Schwäche, dass sie, gestützt auf ihren Regenschirm, zur nächstgelegenen Bank stolperte, sich unter eine blühende Bougainvillea setzte und die Augen für einen Moment schloss.

Sie sehnte sich nach der Sonne und Wärme Italiens, nach seinen Düften, nach seinen reifen Früchten, den Blüten, die auch im Winter sprossen, der Fröhlichkeit der Menschen, den Segnungen ihrer Kirche und der klingenden Sprache, in der alle sie verstanden.

Sie blickte durch die mit Wasserperlen übersäte Glaskuppel der Orangerie hinauf in den trüben Londoner Himmel. Unter der riesigen Kuppel des Pantheons, die sich über einen wölbte wie das Himmelsdach, war man nicht gefangen. Man könne jederzeit durch das Loch ins weite Blau, das dort leuchtete, fliegen, hatte sie ihm damals erklärt. Er hatte sie dabei mit glühenden Augen angesehen und gemeint, dass es für sie ein Leichtes wäre, dort hinaufzufliegen. Selbst dann noch, als er die Welt durch die Augen Monsignores betrachtet und ihr auseinandergesetzt hatte, welch ein Wunder der Baukunst diese Kuppel sei, und ihr vorgerechnet hatte, wie lang, wie breit und wie hoch sie war, selbst dann noch hatte sein bewundernder Blick sie nicht täuschen können, dass auch er an die Magie dieses Ortes glaubte.

Serafina öffnete verwirrt die Augen. Ein älterer Herr war zu ihr getreten und fragte sie höflich, ob sie Hilfe benötige.

Sie strich sich über die Stirn und dankte, ihr fehle nichts, sie habe sich nur ein wenig ausruhen müssen.

Neben dem Gentleman stand ein kleines Mädchen, das Serafina mit kritischem Blick beäugte. Die zarte, weiße Kinderstirn war in Falten gelegt und der Zeigefinger der rechten Hand steckte in seinem Mund, die blaue Seidenschleife in seinem hellen Haar wippte bei jeder Bewegung des Kopfes.

«Großvater, warum ist die Frau so traurig?», hörte Serafina das Mädchen fragen, als es an der Hand des Mannes dem Ausgang zuschritt.

«Ich weiß nicht, mein Kind. Ich glaube, ihr tut das Herz weh.»

Das Mädchen war mit den Gedanken schon wieder woanders, ließ einen Freudenruf ertönen, riss sich von seinem Großvater los und hüpfte einem Schmetterling hinterher.

Der Mann kam noch einmal zurück, verbeugte sich und sagte: «Verehrte Gräfin, wir sind nicht alle gegen Sie. Ich bete, dass Sie nicht für die Taten Ihres Mannes werden büßen müssen. Retten Sie sich, bevor es zu spät ist.»

Wut stieg in ihr auf. Wo war er, der Kardinal, der sie hatte retten wollen, der predigte und belehrte, sich aber nur als Schatten zeigte, ohne den Mut zu haben, vor sie zu treten. Sie stand auf, um mit ihrer gewohnten Runde durch die Orangerie zu beginnen. Sie folgte einem kleinen Gang, der mitten durch blühende Büsche zum Seerosenteich führte. Hier war die Luft noch feuchter; große, buntschillernde Libellen flogen um den Teich.

Das Pantheon, die Schmetterlinge. Viele Wunder von früher seien jetzt wissenschaftlich erklärbar, stellten die Aufgeklärten stolz fest. Seit Jahren war sie umringt von diesen Schwätzern, in deren vernünftige Zeit Unerklärliches nicht passte. Glaube sei Mangel an Wissen, behaupteten sie, je weniger Wissen, desto mehr Glaube und Angst. Alles bekam man heute erklärt, doch die Menschen sehnten sich nach Wundern. Jene aber hatten ihnen die Wunder aus der Kirche und aus dem Volk genommen und wunderten sich nun, dass der Wunderglaube nicht auszurotten war, weder durch König noch durch Papst. Doch Wunder zogen die Menschen magisch an, weil der Mensch ohne Wunder nicht leben konnte.

Serafina lachte leise. Sie wunderte sich selbst über diese fremden Gedanken, die sie sich in all den Jahren angeeignet hatte. Erst jetzt merkte sie, dass sie einen grünen Zweig, der ihr vor dem Gesicht hing, zerrupft hatte. Verstohlen um sich blickend warf sie die zerknüllten Blätter ins Beet.

Am meisten wunderten sich jene, dachte sie, die nicht mehr an die Wunder der Heiligen glaubten. Die Kirche selbst hatte alles getan, ihnen dies auszutreiben.

Es gibt keine Wunder. Gott allein ist ein Wunder.

Hatte sie je etwas anderes behauptet? Nicht einmal Cagliostro, den die Ärzte Scharlatan schimpften, der für die Kirche ein Erzketzer und für die, die ihn suchten, ein Heiler war, bestritt Gottes Allmacht. Der Glaube an das Wunder war viel stärker als der Glaube an die Vernunft, und wer heilte, hatte sowieso recht, ob das den Ärzten und Pfaffen nun passte oder nicht.

Du verteidigst einen Ketzer.

Sie schüttelte den Kopf, sie verteidigte nur sich selbst. Doch es stimmte, dass Gott seine guten Geister zu Cagliostro schickte, die ihm halfen, die Menschen zu heilen.

Du liebst ja deinen Mann!

Sie lachte spitz auf. Sie wusste, dass man Gottes Wunder nicht befehlen konnte. Wunder geschahen nicht von alleine. Man musste an sie glauben. Sie hütete sich davor, den Menschen irgendwelche Wunder zu versprechen, sie offenbarte ihnen nur, was sie insgeheim schon wussten. Das war nicht schwer, jedes Kind konnte es, nur durfte man keine Angst vor der eigenen Wahrheit haben. Leider beherzigte ihr Mann ihren Rat schon lange nicht mehr und hatte sich mit seinen selbstherrlichen Weissagungen auf gefährliches Terrain begeben.

Ein Wunder ist ein göttliches Zeichen, aber die Kirche bestimmt, was ein Wunder ist. Die Kirche braucht Wunder. Es ist ihre Waffe im Kampf gegen die Ungläubigen. Und niemand sonst als sie darf sich des Wunders bedienen. Die Kirche duldet keine lebenden Heiligen. Sei auf der Hut! Die päpstliche Inquisition ist euch dicht auf den Fersen. Noch kannst du dich retten.

Es reichte. Sie drehte sich abrupt um – und stieß einen erschrockenen Schrei aus, taumelte nach hinten und wäre gefallen, hätte der Herr, mit dem sie zusammengestoßen war, sie nicht im letzten Moment aufgefangen. Der Duft von feinem Orangenwasser kitzelte ihre Nase, und die Augen, die sich über sie beugten, waren ihr so vertraut, dass sie beinahe noch einmal geschrien hätte. Sie lag in seinen Armen und war unfähig, irgendetwas zu sagen. Die Schwerkraft drohte sie beide nach unten zu ziehen, doch er verzog keine Miene, nur in den Augen vermeinte sie Spott zu sehen. Sein Gesicht kam immer näher, berührte schon fast das ihrige, dann, mit einem eleganten Schwung, richtete er sich auf, verbeugte sich, hauchte «Comtesse» und war auch schon im selben Moment hinter einer Palme verschwunden.

Serafina lief unruhig im Salon ihrer Londoner Gastgeber hin und her, gleich würde sie diesen Franzosen empfangen, dessen Geschreibsel ihren Gatten auf schamloseste Weise diffamiert und sie beide in die Lage gebracht hatte, nirgends mehr willkommen zu sein. Die vielen Gerüchte über Cagliostros unlautere Methoden bei der Voraussage der Lotteriezahlen sowie die immer lauter werdenden Auseinandersetzungen darüber, wie es ihm ohne die Hilfe dunkler Mächte gelingen sollte, aus Blei Gold zu machen und Kranke zu heilen, hatten kein Ende gefunden. Ihr Mann hatte die Anfeindungen nicht mehr ertragen und die Insel bereits vor einem Monat verlassen. Seitdem war sie von allen Seiten bestürmt worden, nun endlich die Machenschaften ihres Gatten offenzulegen.

Wäre es nur darum gegangen, einen begnadeten Illusionisten und Schauspieler bloßzustellen, sie hätte ihn schon längst ohne Skrupel der öffentlichen Schmach ausgeliefert. Aber sie musste einen Weg finden, dabei ihre eigene Unschuld glaubhaft zu machen und ihre Reputation wiederherzustellen. Sie brannte darauf, der Welt endlich zu zeigen, was sie wirklich konnte. Stattdessen musste sie weiterhin die schöne, doch ahnungslose Frau des umjubelten Meisters spielen, dessen maßlose Selbstüberschätzung schließlich dazu geführt hatte, dass sie in der Bastille gelandet waren. Die zehnmonatige Haft saß ihr noch immer in den Knochen. Nie würde sie ihrem Mann dieses Grauen vergeben. Nun sollte er büßen dafür!

Zärtlich strich sie über die glatte Seide ihres Kleides, zupfte eine Locke zurecht, prüfte vorsichtig den Sitz des Schönheitsflecks über der Lippe und besprühte sich noch einmal großzügig mit Parfum. Wäre ja gelacht, würde sie mit diesem französischen Schmierfinken, der im Auftrag seiner Regierung hier in London die unglaublichsten Lügengeschichten über das Grafenpaar verbreitete, nicht fertig.

Triumphierend lächelte sie ihrem Spiegelbild über dem Kaminsims zu. Dieser Federkratzer sollte seine Geschichte bekommen, aber sie würde ihm jedes einzelne Wort darin diktieren.

Es klopfte, schnell setzte sie sich und drapierte ihr Kleid auf dem Sofa.

«Comtesse.»

Die Stimme ließ sie erbeben. Der Mann blieb an der Schwelle stehen, um ihr Zeit zu geben, ihn zu bewundern. Seine Erscheinung war tadellos. Die in modischem Weiß gehaltene, bunt bestickte Seidenweste unter dem das zarte Lindgrün der Pflanzenranken auf dem Gilet aufnehmenden Rock und die dazu passende helle Hose verschmolzen zu einem eleganten Gesamtbild, zu dem er ein undurchsichtiges Lächeln auf den Lippen trug. Sie atmete auf. Es lag zwar durchaus eine frappante Ähnlichkeit in Stimme und Gestalt vor, doch die wie mit dem Pinsel gemalte Vollkommenheit des Antlitzes vor ihr hob sich bei näherer Betrachtung doch deutlich von dem Bild ab, das sie immerzu verfolgte. Sie versuchte zu übersehen, was hinter seinem Samtblick lauerte: eine Gier, die nicht die Gier des Mannes beim Anblick einer begehrenswerten Frau war, sondern der Instinkt der Katze, die sich auf die Maus stürzt, um mit ihr zu spielen, bevor sie sie vernichtet.

Du bist diesem Blick schon einmal ausgeliefert gewesen, vor ein paar Tagen in der Orangerie.

Die Augen unverwandt auf sie gerichtet, kam der Mann gemessenen Schrittes auf sie zu, beugte sich tief über sie und hauchte ihr einen Kuss auf die Fingerspitzen. Sie hatte ihm die Hand huldvoll entgegenstrecken wollen, aber nur eine schlaffe Bewegung zustande gebracht. Wortlos und mit leicht fahriger Geste wies sie auf einen Stuhl.

Mit wenigen Griffen hatte er seine Schreibutensilien auf dem kleinen Tisch ausgebreitet. Er setzte sich und blickte sie an.

Keinerlei Erwartung lag auf seinem fein geschnittenen Gesicht, doch konnte man es durchaus nicht Ausdruckslosigkeit nennen, was sich hinter dieser Ruhe verbarg. Mit Unbehagen stellte sie fest, dass es die gleiche Siegesgewissheit war, mit der sie sich soeben selbst noch im Spiegel gemustert hatte.

Sie schluckte und sagte mit leiser, zitternder Stimme: «Monsieur de Morande, ich danke Ihnen, dass Sie gekommen sind.»

Er neigte leicht den Kopf. «Die Ehre ist ganz auf meiner Seite, Madame la Comtesse.»

Sie biss sich auf die Lippe. Nicht sie hatte ihn hergebeten. Er hatte sich ihr so lange aufgedrängt, bis sie schließlich nachgegeben hatte und ihn zu empfangen bereit gewesen war. Sie war nicht fähig, einen klaren Gedanken zu fassen. Sie hatte einen schmierigen Diener erwartet, mit dem sie leichtes Spiel gehabt hätte. Einen devoten Untergebenen, der sich mit Leib und Seele seinem Auftraggeber verkauft hatte, und nun brachte sie der Auftritt dieses Mannes völlig aus dem Konzept. Ein ebenbürtiger, wenn nicht gar stärkerer Gegner saß ihr gegenüber. Eine ungewohnte Situation, die sie bis jetzt nur mit einer einzigen Person verbunden hatte.

Sie knetete ihre Finger auf dem Schoß. Etwas musste doch gesagt werden. Diese Unhöflichkeit stand in unangenehmem Kontrast zu seiner eleganten Erscheinung. Sollte sie klingeln und ihm gleich wieder die Tür weisen?

Er schwieg und schaute sie unverwandt an. Und auf einmal wusste sie, was sie verstörte: Dieser vollkommene Mann bot sich ihr schamlos an. Die Erkenntnis gab ihr die Sprache zurück.

«Monsieur», forderte sie ihn auf und staunte selbst über die Schärfe in ihrer Stimme, «meine Zeit ist bemessen. Bitte, fangen Sie an.»

«Wie Sie wünschen, Madame», erwiderte er weich, tauchte seine Feder ein und kritzelte mit schnellen Bewegungen etwas auf das Papier.

«Madame la Comtesse», begann er mit gesenkter Stimme, die etwas ebenso Lauerndes wie sein Blick hatte, ihm sei bewusst, dass er sie mit seinen Artikeln über ihren Mann verärgert habe, indes sei es nie seine Absicht gewesen, «Ihnen, Madame la Comtesse, zu schaden», und wieder warf er ihr diesen unverschämten Blick zu. Gelassen maß er sie mit den Augen, bevor er, nun wieder lauter, fortfuhr. Es gehe ihm einzig und allein um das Finden und Zeigen der Wahrheit. Er sehe es als seine heiligste Pflicht an, seinen Lesern diese Wahrheit darzulegen. Sie wollte etwas erwidern, doch er war schneller. Er räume ein, dass Madame aufgrund dessen, was er geschrieben habe, dennoch Schaden zugefügt worden sei – kein Bedauern war in seiner Feststellung zu hören – und er sei gekommen, um ihr seine Hilfe anzubieten. Seine Feder bewirke Erstaunliches, es liege in ihr zuweilen eine größere Macht als in einem Gerichtsurteil oder selbst dem Befehl des Königs.

Sie lehnte sich noch weiter in ihrem Sessel zurück. Was wollte dieser Mann von ihr?

Er könne sie in der Meinung der Öffentlichkeit rehabilitieren, benötige dafür jedoch ihre Hilfe, erklärte er.

Sie wisse nicht, wie sie ihm dabei behilflich sein könne, erwiderte sie misstrauisch.

Sie solle einfach alles, was er bis jetzt über den Grafen geschrieben habe, bestätigen und ihm verraten, wie ihr Mann es zum Beispiel anstelle, die Zukunft vorauszusagen. Benutze er dazu die Kunst der Kabbala? Wo hatte er sich diese angeeignet? Vor allem aber, wer sei er? Woher komme er? Die Fragen prasselten wie Pfeile auf sie hernieder.

Sie habe keine Ahnung, stieß sie hervor. Sie sei eine unschuldige, unwissende Frau. Nie habe ihr Mann sie in seine Geheimnisse eingeweiht. Monsieur müsse ihr glauben.

Er verzog keine Miene, schien aber zufrieden. Sie solle sich bitte beruhigen. Er glaube ihr ja, und das würden seine Leser auch tun, wenn sie sich in aller Deutlichkeit von den Machenschaften ihres Mannes distanziere.

Sie nickte unsicher.

«Gut», fing er an, «beginnen wir doch gleich mit der Episode in Brüssel, folgen dann Ihrer Reiseroute durch die deutschen Städte, dann weiter nach Frankreich, England, Spanien, Lissabon», zählte er murmelnd auf, wobei er auf die vor ihm ausgebreiteten Notizen schielte. Besonders interessierten ihn auch die diversen Logeneröffnungen nach ägyptischem Ritus und dann wollte er unbedingt wissen, ob es stimme, dass Cagliostro die Baronin, er suchte mit dem Zeigefinger auf seinen Notizen nach dem Namen, die Baronin d'Oberkirch in Strasbourg, nicht gekannt habe, bevor er ihr verblüffende Details aus ihrem Leben erzählt habe, wie sie es selbst behaupte. Die Baronin sei eine glühende Anhängerin ihres Mannes, ihre Aussage sei mit Vorsicht zu genießen, erklärte er, deshalb möchte er es von ihr, der sehr verehrten Madame la Comtesse selbst hören.

Sie hätte nicht sagen können, wie viel Zeit vergangen war. Während de Morande jetzt seine Notizen beendete, griff sie, nur um irgendetwas zu tun, zur Klingel und ließ Tee bringen.

«Monsieur», fragte sie von einer plötzlichen Unruhe ergriffen, «nicht wahr, Sie haben doch alles so notiert, wie ich es Ihnen erzählt habe? Dass ich von nichts weiß. Und», sie zögerte, «auch, dass mein Gatte die Gabe des Heilens wirklich besitzt.» Sie senkte den Blick und rieb mit dem Daumen der rechten Hand den Zeigefinger ihrer Linken. Mit leiser, mädchenhaft sanfter Stimme fuhr sie fort: «Sie sollten ihn sehen, Monsieur, wie er die Kranken, die nichts mehr haben als ihre Hoffnung und ihren Glauben an ihn, behandelt.»

Du ärgerst dich doch immer darüber, dass er seine Zeit mit dem Pöbel vertrödelt und nichts dabei verdient. Willst du von dir ablenken?

Sie erzählte ihm, wie Cagliostro den Armen die Medizin umsonst aushändigte, ihnen Suppe und Geld gab, während die Reichen zahlten, wie sie es bei jedem beliebigen Arzt oder Apotheker auch tun müssten.

Sie hatte nicht bemerkt, wie de Morande zu ihr getreten war. Mit einem Finger hob er leicht ihr Kinn und schaute sie an. In seinem Gesicht stand ehrliche Verwunderung.

«Comtesse, Sie lieben ja Ihren Mann.»

Mit einer jähen Bewegung stand sie auf und rief nur leicht übertrieben: «Hätte ich ihn sonst geheiratet? Aber ich ertrage ihn nicht mehr.»

Beim letzten Satz stieß sie jedes Wort einzeln aus und bereute augenblicklich den Gefühlsausbruch. Um in ihre Rolle zurückzufinden, ließ sie sich wieder auf dem Sofa nieder. De Morande nickte und setzte sich ungefragt dicht neben sie. Ihr Mann habe sie im Stich gelassen und sei selbst vor den Anfeindungen geflohen, murmelte sie.

Er rückte noch näher und flüsterte: «Wie kann man eine so betörende Frau auch nur für einen Moment alleine lassen?»

Sie hätte ihm eine Ohrfeige verpassen müssen. Stattdessen umklammerte sie die Sofalehne, versuchte aufzustehen und gab es auf. Sie müsse doch sehr bitten. Sie sei eine ehrbare Frau und treue Gattin, stieß sie aus, merkte aber selbst, wie kraftlos ihre Stimme klang.

Daran zweifle er keinen Moment. Doch in einer Welt voller Gefahren lasse man keine Frau alleine, erwiderte er weich.

Da war es wieder, das Lauernde, beinahe Bedrohliche in seiner Stimme. Der süß-herbe Duft seines wohlriechenden Haarpuders wurde immer intensiver und lenkte sie ab. Sie versuchte, sich auf den hellen Kreis um seine Iris zu konzentrieren.

Er irre sich, verteidigte sie sich. Cagliostro habe sie nicht alleine gelassen. Sie wohne doch hier bei ihren englischen Freunden.

De Morande hatte sich erhoben und kritzelte etwas aufs Papier, jetzt erst bemerkte sie die Tintenflecke auf seinen perfekt manikürten Fingern.

«Comtesse, sehnen Sie sich nicht nach Rom?», fragte er leichthin.

Die Frage traf sie ohne Vorwarnung. Ihre Lippen begannen zu zittern. Es waren weniger die Worte, als vielmehr die Traurigkeit, die in seiner Stimme mitgeschwungen hatte und ihr den Rest ihrer nur mit Mühe beherrschten Haltung nahm. Schon saß er wieder neben ihr und reichte ihr sein parfümiertes Taschentuch.

Sie verstehe nicht, murmelte sie und tupfte sich die Augen.

Er kenne ihre Heimatstadt, begann er leise. Auch ihn habe sie verzaubert, vor allem aber teile er Madames Schicksal.

Sie blickte zu ihm empor, zum ersten Mal glaubte sie, sein wahres Gesicht zu sehen.

Auch er sei ein Heimatloser, auch er habe aus Paris fliehen müssen. Er stand auf und begann unruhig im Zimmer umherzugehen. «Verleumdungen, Madame, böse Zungen. Neidische Kollegen, die mir schaden wollen, aber lassen wir meine Angelegenheiten», winkte er ab, trat dicht vor sie hin und nahm seinen ungezwungenen Ton wieder auf. Von Rom sei er weitergereist nach Palermo. Dort sei er einem Engländer begegnet, der auf der Suche nach der Familie eines gewissen Giuseppe Balsamo gewesen sei. Er hielt inne, um ihre Reaktion abzuwarten.

Sie war bemüht, ihn arglos anzusehen, aber ihr Zusammenzucken bei der Erwähnung des Namens war ihm nicht entgangen.

Dieser Balsamo habe vor längerer Zeit seine Heimatstadt verlassen, in Rom ein mittelloses Mädchen geheiratet und ziehe seitdem zusammen mit seiner schönen Frau als Heiler und Hellseher durch die Lande. Seine englische Reisebekanntschaft habe sich als Balsamos Freund ausgegeben, um sich Zugang in dessen Familie zu erschleichen.

Entrüstet fuhr sie vom Sofa auf. Was ging sie das an?

Wie Madame wisse, erklärte de Morande unbeirrt weiter, habe er in seinen Artikeln Ihren Mann, den sogenannten

Grafen Alessandro di Cagliostro, als diesen Giuseppe Balsamo aus Sizilien identifiziert und ...

Wogegen sie protestiere, unterbrach sie ihn wütend.

«Der Zorn steht Madame gut,» erwiderte er amüsiert, «er macht Ihre Schönheit noch lebendiger.»

Sie wollte zur Klingel greifen, hielt aber mitten in der Bewegung inne und ließ es sein, er fuhr ungerührt fort. Dieser angebliche Engländer habe sich als der deutsche Maler Möller herausgestellt und dieser Möller wiederum sei kein Geringerer als der Geheime Rat von Goethe aus Weimar, erklärte er mit einem süffisanten, fast unmerklichen Lächeln im Mundwinkel, «und was der in die Finger bekommt, Madame, ist ihm Stoff für seine Dichtung. Vor seinem Kaliber kapituliert meine Feder kläglich.»

Sie warf den Kopf in den Nacken. Was ging sie dieser deutsche Schreiberling an? Ihr genügte der französische in ihrem Salon vollkommen.

De Morande konnte eine leichte Irritation nicht ganz verbergen. Ob ihre hübschen kleinen Ohren noch nie vom deutschen Dichterfürsten gehört hätten, fragte er, winkte jedoch gleich wieder galant ab. Eine Frau wie sie dürfe sich die schönen Augen nicht mit Lesen verderben. Doch dürfte es ihrer Aufmerksamkeit nicht entgangen sein, dass auch der Herr Geheimrat seine Lust am Maskenspiel habe. Doch habe er sich auf seiner Reise durch ihre schöne Heimat als etwas Geringeres ausgegeben, als er in Wirklichkeit sei. «Er führt seit der Adelung durch seinen Herzog rechtmäßig», de Morande warf einen prüfenden Blick auf sie und wiederholte das letzte Wort «rechtmäßig das Adelsprädikat vor seinem Namen, aber degradiert sich auf seinen Reisen zum einfachen Maler Möller. Doch ich fürchte, jetzt wo er wieder ‹von Goethe› ist und falls er zu schreiben sich entschließt, dass die Geschichte, auf die er in Palermo gestoßen ist, nicht nach Ihrem

Geschmack sein wird, Madame.» Immerhin, fuhr er nach einer kurzen Pause fort, könne sie sich schmeicheln, dass man nicht nur in Salons und Schlössern über die Cagliostros klatsche, sondern dass ihr Mann sogar Gegenstand von Gelehrtendisputen sei. Goethe soll sich seinetwegen mit Lavater entzweit haben.

Sie trommelte ungeduldig mit den Fingern auf das Sofa. De Morande war genau wie alle anderen, hörte sich gerne reden, monologisierte über irgendetwas, das nichts mit ihr zu tun hatte und sie nicht im Geringsten interessierte.

«Meine Liebe, Sie zittern ja», bemerkte er endlich, setzte sich wieder nah zu ihr hin und legte den Arm um ihre Taille. Sie fühlte den angenehm festen Griff und ließ es geschehen.

Ihr schwindelte. Die ganze Welt glaubte an diese Lügengeschichten. Was ging diese Gelehrten Cagliostros Herkunft an? Hatten die nicht Wichtigeres zu denken? Sie stöhnte leise auf, nirgends waren sie mehr in Sicherheit. Die französische Justiz würde sie einholen, der Kurie entkam man sowieso nicht, der Heilige Vater hatte seine Spitzel überall und Cagliostro stand zuoberst auf seiner Ketzerliste. Und dann war da noch Raffi, der sie verfolgte, wohin auch immer sie ging. Unter Tränen und mit gelegentlichen Zornesrufen ließ sie ihren Ängsten freien Lauf, am Ende barg sie das Gesicht an de Morandes Schulter.

Er tätschelte ihr den Rücken, die kraftlose Geste passte nicht zu ihm, doch wagte er noch nicht, seine Hand weiter gleiten zu lassen, die andere spielte mit einer losgelösten Locke ihres Haares. Als sie zu ihm hochblickte, lächelte er. Sie ignorierte den grausamen Zug, den sein schöner Mund dabei bekam, und er ließ sie schluchzen. Als er spürte, wie sich ihr Körper entspannte, wischte er ihr mit der Spitze seines Ringfingers die Tränen weg.

Wie komme es, dass sie so blühend jung aussehe, wenn doch Cagliostros Schönheitsmittel nur aus Gänseschmalz und ein paar Tropfen gemeinen Kräutersuds bestehen würden, fragte er.

Brüsk stieß sie sich von ihm ab und fuhr vom Sofa auf. Das, er solle es sich gut merken, sei ihr Geschenk des Himmels, rief sie. Er versuchte, sie wieder zu sich herunterzuziehen, aber sie entwand sich ihm mit einer geschickten Bewegung. Nicht sie schulde ihm etwas, er stehe in ihrer Schuld. Sie habe ihn empfangen, nun solle er gehen und schreiben, so wie sie es ihm berichtet habe, und aufhören, Lügen über sie zu verbreiten.

Als ob er sie nicht gehört hätte, sprang er auf und ergriff ihre Hand. Was das für ein Ring sei, fragte er interessiert.

Sie blickte auf den blaugoldenen Käfer an ihrer Hand. Die Damen würden ihr den Ring vom Finger reißen wollen, sagte sie geistesabwesend. De Morande runzelte die Stirn. Das habe ihr die russische Fürstin, von der sie den Ring geschenkt bekommen habe, prophezeit.

Ob er so kostbar sei, wollte er wissen.

Sie zuckte mit den Schultern. Es gebe kostbarere Ringe. Sie stellte sich dicht vor ihn, so nahe, dass sie seine Hitze an ihrem Rücken fühlte, und hielt die Hand ins helle Sonnenlicht, das durch die dunklen Wolken hindurch ins Fenster flutete. «Das ist ein Skarabäus, ein Heiliger Pillendreher, wie es sie in Ägypten gibt. Ein mächtiger Glücksbringer. Ein magischer Ring.» Sie bewegte ihre Hand leicht hin und her. Eine Weile betrachteten sie den in den Sonnenstrahlen aufblitzenden Schmuck.

Die Fürstin habe ihn ihr nach der Inauguration der ägyptischen Loge in Paris geschenkt, als Dank für ihre Aufnahme in die Frauenloge. Seitdem trage sie ihn als Pfand der fürstlichen Verehrung und als Zeichen ihrer Ernennung zur Großmeisterin aller Frauenlogen. Der Ring habe sie nicht vor der Haft in der Bastille bewahrt, aber dank seiner Kraft habe sie durchgehalten. Es sei ihnen nicht gelungen, ihr den Ring vom Finger zu streifen.

«Den Damen?», fragte er leise und streifte ihren Hals mit seinen Lippen.

«Den Häschern», antwortete sie erschauernd. Sie hatten ihr vor der Verhaftung alles Wertvolle genommen, nur den Ring hatten sie ihr lassen müssen. Keine Seife, kein Öl hatte genützt, der Ring hatte sich nicht abstreifen lassen, sie hätten ihr schon den Finger abhacken müssen. Dabei, sagte sie und konzentrierte sich krampfhaft auf das leuchtende Blau des Käfers, während seine Hand unter ihrem Arm hindurch mit dem locker sitzenden Ring an ihrem Finger spielte, sei er ihr sogar ein wenig zu groß.

Kurz bevor er sie mit beiden Armen umfangen konnte, drehte sie sich mit einer entschlossenen Drehung um, doch er hielt sie fest. Ihre Hände lagen flach an seiner Brust, mit aller Kraft stieß sie dagegen. In atemloser Erstarrung maßen sie sich mit den Augen. Wie einfach wäre es gewesen, nachzugeben, sich einfach gehen zu lassen.

«Serafina», flüsterte er mit scharfer Betonung des ersten Buchstabens, «die Brennende oder auch die Schlange. Der Name, den man sich wählt, ist von Bedeutung.» Er sah sie an, als hielte er eine Verbrecherin im Arm, doch sein Ton blieb ehrerbietig.

Etwas Unsichtbares, Brennendes drängte sich zwischen sie, Serafina stieß sich mit einem kräftigen Ruck von ihm ab. Im gleichen Augenblick erschlaffte die Spannung zwischen ihnen zu einem traurigen Bedauern.

«Und nun, Monsieur, gehen Sie», sagte sie schlicht und klingelte nach dem Diener.

De Morande verneigte sich. Als er sich wieder aufrichtete, lag echte Verehrung in seinem Blick. An der Tür wandte er sich noch einmal um: «Comtesse.»

Sie blickte zu ihm auf.

«Bonne chance.»

In der Kutsche, 1787

Die Gattin des angeblichen Grafen Cagliostro hat mir unter Tränen gestanden, dass es sich bei ihrem Mann in Wahrheit um den Sizilianer Giuseppe Balsamo, einen Ganoven, der seine Frau aus einem römischen Hurenhaus heraus geheiratet hat, handelt.

Was dieser gewissenlose Scharlatan selbst, unbelastet von jeglicher moralischen Hemmung abstreitet, hat seine Frau nun bestätigt: nämlich, dass er mit einem ausgeklügelten System die Zahlen der Lotterie voraussagt und mit Hilfe von gemeinen Tricks Gold macht. Auch seine zum Teil erstaunlichen Heilerfolge sind nur durch Täuschung und magische Operationen zustande gekommen. Mit Hilfe der Alchemie und des Freimaurertums macht sich dieser Taugenichts aus Palermo die ganze Welt zur Bühne und narrt sie. Das Bluffen und Blenden liegt ihm im Blut. Dazu ist kein Wissen, einzig eine kolossale Unverfrorenheit nötig.

Könige, Fürsten, Grafen, Herzöge, Kardinäle und Bischöfe und manch braven Bürger hat er an der Nase herumgeführt und ihnen das Geld aus der Tasche gezogen.

Er hat seine reizende Frau in London alleine gelassen und ist vor den Anfeindungen zu seinem treuesten Anhänger und Mäzen in die Schweiz geflohen. Einem reichen Seidenbandfabrikanten und Banquier, dessen Frau unser Erzzauberer vor wenigen Jahren von einem schlimmen Leberleiden geheilt hat. Seitdem ist das Ehepaar Sarasin seinem Meister blind ergeben. Der reiche Schweizer hat sich von ihm im eigenen Haus eine Loge nach ägyptischem Ritus einrichten lassen und überhäuft den selbsternannten Großmeister mit Wohltaten. Seine Gattin, Serafina Gräfin di Cagliostro, wird in Kürze zu ihm reisen, um sich als Großmeisterin der dortigen Frauenloge feiern zu lassen.

Dieser närrische Banquier ist leider bei Weitem nicht der einzige Anhänger, der Balsamo geblieben ist, noch immer sieht eine unüberschaubare Anzahl Anhänger in diesem König der Scharlatane einen göttlichen Propheten, ja ihren Erretter.

Mögen diese Zeilen, denen die Bekenntnisse seiner Frau zugrunde liegen, auch die Unverbesserlichen eines Besseren belehren.

Was meine Zeugin angeht, so kann ich nur berichten, dass der Ruf ihrer außerordentlichen Schönheit ihrer tatsächlichen Erscheinung nicht einmal annähernd gerecht wird. Ihre Schönheit ist von solchem Reiz, dass wohl kein Mann ehrlich von sich behaupten kann, ihr nicht erlegen zu sein.

Sie selber versicherte mir, mit den ganzen Taschenspielereien ihres Mannes nichts zu tun zu haben. Und was die Affäre mit dem Halsband ihrer Majestät, der Königin von Frankreich, angehe, sei sie vollkommen unwissend in die Bastille geworfen worden, erklärte sie mir unter falschen Tränen, wie ja auch das Urteil des Gerichts, das das Ehepaar freigesprochen hat, gezeigt habe. Auf ihre Beteuerung, sie sei eine ehrbare Ehegattin, muss der Schreibende selbst aus eigener Erfahrung entgegnen, dass kein Mann, der sich je der Anmut und Verführungskunst der Gräfin ausgeliefert sah, dem Glauben schenken kann.

Sie hatte den Artikel aus dem «Courier de l'Europe», der französischen Zeitung in London, so oft unfreiwillig mitanhören müssen, dass er sie auch jetzt noch, da sie nicht mehr mit fremden Reisenden in der hart gefederten Postkutsche saß, verfolgte.

Seit London war bei jedem Wechsel der Pferde jemand zugestiegen, der den Artikel noch nicht oder erst zweimal gelesen hatte, und so musste er immer wieder von Neuem zitiert werden. Unentwegt hatte sie sich die ungehemmten Urteile dieser selbsternannten Cagliostro-Experten anhören müssen. Die süffisant wissenden Blicke der Herren und die entrüsteten Ausrufe ihrer tugendhaften Gattinnen waren ihr unerträglich, doch ein Entrinnen aus der engen Postkutsche war unmöglich gewesen.

Ihre englischen Gastgeber, die mit ihr reisten, hatten ihren Mann lautstark verteidigt: Die Herrschaften glaubten doch wohl nicht, was dieser französische Spitzel de Morande schreibe. Er habe sich an die französische Regierung verkauft, nachdem er selbst wegen Diebstahls und Morddrohungen aus Paris nach London habe fliehen müssen, und schreibe nun in deren Auftrag.

Und einem solchen Halunken wäre sie beinahe erlegen. Einem, der selbst gegen Moral und Gesetz verstieß, doch keinerlei Skrupel zeigte, andere mit seiner spitzen Feder zu durchbohren.

Jetzt, da sie nur noch zu Dritt in einer bequemen Equipage saßen, kam der ganze Ärger darüber, der Anziehungskraft dieses verführerischen Betrügers um ein Haar nachgegeben zu haben, in Serafina hoch.

Größer noch als ihre Wut, war die Scham darüber, dass sein Verrat sie so enttäuschte. Wie hatte sie nur glauben können, das Unaussprechliche, das bei seinem Besuch in ihrem Londoner Domizil zwischen ihnen gewesen war, sei für ihn von Bedeutung gewesen und er sie folglich verschonen würde! Wie schändlich hatte dieser Schuft sie hintergangen, und sie hatte sich benommen wie eine Anfängerin.

Als er in den Salon getreten war, hatte es ihr im ersten Moment fast den Boden unter den Füßen weggezogen. Die Stimme, die Haltung, wie er ihre Tränen mit den von Tinte geschwärzten Fingerspitzen weggewischt hatte, das Lauernde, plötzlich Zuschlagende. Doch der Geruch nach Druckerschwärze war der falsche, und der Kuchenkrümel, der ihm nach dem Tee im Mundwinkel hängengeblieben war, passte nicht zu demjenigen, der sie verfolgte.

Aber irgendeine Verbindung musste es zwischen den beiden geben. De Morande hatte in London behauptet, sie habe in Rom ihren Verlobten zurückgelassen, dieser habe sich vor Kummer beinahe umgebracht und sei schließlich Geistlicher geworden.

Das seien infame Lügen, hatte sie sich entrüstet und sich bang gefragt, wie der Franzose darauf gekommen war.

Stand er in irgendeiner Verbindung zu dem geheimnisvollen Kardinal aus Versailles? Kannte er ihn?

Der Wagen fuhr gleichmäßig dahin, draußen fiel ein leichter Sommerregen. Sie machte sich nicht die Mühe, die beschlagene Scheibe abzuwischen, es gab ja nichts zu sehen als die immer gleichen öde dahinziehenden Landschaften.

Abwechselnd spannte sie ihre Beinmuskeln auf beiden Seiten an, zu spüren, dass das Blut in den Adern noch zirkulierte, gab ihr die Illusion, mehr lebendig als tot zu sein. Ansonsten hatte sie es längst aufgegeben, nach einer bequemeren Position zu suchen, und sich dem unvermeidlichen Schicksal aller Reisenden hingegeben, wie versteinert vor sich hin zu dösen. Ihr Rücken schmerzte von den langen Tagen in der Kutsche und den im Wechsel zu harten oder zu weichen Betten in den mehr oder minder zweifelhaften Unterkünften.

Sie hatte in ihrem Leben mehr Zeit in Kutschen verbracht als sonst wo. Am liebsten wäre sie auf der Stelle ausgestiegen und für den Rest ihres Lebens nicht mehr eingestiegen. Mit jeder Meile, mit der sie sich ihrem Ziel näherten, wuchs ihr Unbehagen und sie fragte sich: Hatte sie ihren Mann verraten?

Nein, verteidigte sie sich selbst zum wiederholten Male, sie hatte lediglich nicht abgestritten, was de Morande seit Monaten nicht müde wurde, in der Zeitung zu behaupten. Die übelsten Verleumdungen über sie und ihren Mann hatten sich von London aus auf dem Kontinent verbreitet. Noch waren sie in Frankreich, von wo aus sie erst vor Kurzem auf die Insel disloziert hatten, hoch angesehen. Das Gros der Pariser Bevölkerung hatte das Grafenpaar, als man sie nach zehnmonatiger Untersuchungshaft in der Bastille endlich freigesprochen hatte, hochleben lassen. Doch jetzt hatte de Morandes Artikel bewirkt, dass man keine Zeitung mehr öffnen konnte, ohne darin auf eine Lügengeschichte über Cagliostro zu stoßen.

Noch immer schüttelte es sie bei der Erinnerung an ihre lange Fahrt in der Postkutsche. Von London bis zur Schweizer Grenze war sie inkognito gereist und hatte sich als Kammerzofe der Lady, die sie begleitete, ausgegeben.

Der Wagen ruckelte, von Neuem überrollte sie eine Welle des Zorns. Weshalb zerriss man sich das Maul über sie und ihren Mann? Wen ging es etwas an, woher der berühmte Cagliostro kam, wer er war? Sie stöhnte leise auf und stellte erleichtert fest, dass ihre beiden Reisegefährten schliefen. Sie war nicht in Laune, ihnen zu gestehen, dass nicht einmal sie mit Sicherheit sagen konnte, wer ihr Mann wirklich war. Wusste sie doch kaum mehr, wer sie selber war, woher sie kam, wohin sie ging auf ihrer ewigen Wanderung, die oft genug übereilte Flucht statt geplanter Reise war.

Sie ballte ihre Hand zur Faust und zischte leise: «Marie Antoinette.»

Lucy Loutherbourg, eine lange, hagere Lady mit einem Gesicht wie ein Pferd, schreckte neben ihr aus ihrem Reiseschlummer auf: «Die Königin? Was ist mit ihr?»

Serafina kniff die Augen zu schmalen Schlitzen zusammen. Es sei ihre Rache, diese Autrichienne sei schuld daran, dass sie wieder einmal seit Tagen in einer rumpelnden Kutsche sitze, die Nächte in verwanzten Herbergen verbringe und nun völlig gerädert bei ihren Freunden ankommen werde, beklagte sie sich. Ohne Marie Antoinette würden ihr Mann und sie noch in ihrem Pariser Palais Freunde empfangen.

In Paris waren sie auf dem Zenit ihres Ruhmes gewesen, bevor man sie wie zwei Schwerverbrecher in die Bastille geworfen hatte. Zehn Monate! Sie sei eine Gräfin, Lucy solle das bitte nicht vergessen. Sie mache sich keine Vorstellung davon, wie es dort gewesen sei, ihre Stimme brach und ging in ein haltloses Schluchzen über.

Lucy tätschelte ihr mit der behandschuhten Hand unbeholfen den Arm, es sei vorbei, sie solle nicht mehr daran denken. Sie wischte über die beschlagene Scheibe und forderte Serafina auf, sich die schöne Landschaft anzusehen. Es habe aufgehört zu regnen, die Sonne breche durch, es sei Sommer. «Was glauben Sie, meine Liebe, wann endlich bekommen wir die richtige Schweizer Landschaft zu sehen, wann kommen die Berge?», fragte sie.

Serafina hob gleichgültig die Schulter. Es war ihr vollkommen egal, ob Berge oder Seen an ihr vorbeizogen. Sie hatte im Laufe der Jahre unendlich viele Landschaften gesehen, am Ende war es überall dasselbe: Wälder, Wiesen, Felder und Dörfer. Sie war mehr für Städte gemacht, das freie Land machte ihr Angst. Und was die an den Londoner Regen und

Nebel gewöhnte Lucy jetzt Sommer nannte, war nur ein müder Abklatsch gegen die Sonne in ihrer Heimat.

Aber diese Engländer mit ihrem Reiseenthusiasmus waren nicht zu bremsen, und nun gar die vielgepriesene Schweizer Landschaft mit ihren furchterregenden Bergen. Sollte Lucy doch mal die Alpen überqueren, wie sie es schon ungezählte Male hatte tun müssen, das würde sie von ihrer Begeisterung heilen, dachte Serafina.

Etwas ganz anderes war es, Landschaften durch die von Philipp Loutherbourg geschaffene Illusionsmaschine zu bewundern. Man schaute in den Guckkasten und schon war man selbst mittendrin in der bewegten, sich ändernden Landschaft, die viel schöner und echter wirkte als die langweilige Aussicht, die jetzt am Kutschenfenster vorbeizog. Geschickt eingesetzte Licht- und Toneffekte erzeugten eine Dramatik, die die Welt außerhalb dieses Zauberkastens als farbloses Jammertal erscheinen ließen. In London hatte sie den Kasten täglich besucht und war in dessen Zauberwelt eingetaucht, in der es keine bösen Zungen gab und in der sie ein sorgenloses Leben im eigenen Palast führte.

Als Lucy jetzt ungeduldig in den Falten ihres Rocks nestelte, tauchte Serafina wieder aus ihren Gedanken auf. Sie warf nur einen flüchtigen Blick auf das ihr dargebotene Taschentuch, zog geräuschvoll die Nase hoch und gab ein leises Glucksen von sich. Der Weinkrampf hatte sie erfrischt. Mit klarer Stimme erklärte sie, Marie Antoinette habe es partout nicht verwinden können, dass die Franzosen das Grafenpaar aus Italien jubelnd empfangen hatten, als sie aus der Bastille getreten waren, während die Königin wieder einmal den Spott ihres Volkes davongetragen hatte. Die Halsbandaffäre hatte den Ruf der Monarchin endgültig ruiniert. Sie konnte es nicht ertragen, dass das Ehepaar Cagliostro in allen Punkten freigesprochen worden war, und ließ sie nicht in Ruhe.

Serafina war schon wieder heftig geworden. Das alles habe man doch in den letzten Monaten ausführlich erörtert, lenkte Lucy in einer Atempause begütigend ein, der Arm der französischen Justiz reiche nicht bis hierher. In der Schweiz sei sie in Sicherheit, sie solle sich bitte beruhigen, das Echauffement schade ihrem Teint.

Mit ihrem Teint sollte ihr Lucy nicht kommen, dachte sie, wenn diesem etwas geschadet hatte, dann die Haft in der Bastille. Und diese ewige Reiserei. Natürlich würde man sie in der Schweiz nicht einsperren, aber war einmal ein übles Gerücht in die Welt gesetzt, wurde man es nicht mehr los. Die Königin hatte sich mit dem Gerichtsurteil nicht abfinden können und sie aus Frankreich verbannt. Doch damit hatte sie ihr Volk, welches die Habsburgerin nie geliebt hatte, mehr denn je gegen sich aufgebracht, weshalb sie wiederum das Grafenpaar mittels ihrer Handlanger und eingekauften Schreiber bis nach London verfolgt hatte. Diese vermaledeite Autrichienne!

Wie einen auswendig gelernten Text leierte Serafina die Sätze herunter, beim letzten Wort schlug sie ihre Faust gegen die Wagentür. Sofort hielt der Kutscher die Pferde an. Der Diener sprang vom Trittbrett und öffnete schwungvoll die Tür, sodass Serafina, hätte er sie nicht aufgefangen, aus der Kutsche gefallen wäre. Er hielt sie ein wenig länger als nötig im Arm, bevor er sie behutsam wieder in den Wagen schob und mit einer Verbeugung nach den Wünschen der Herrschaften fragte.

Zu einer anderen Zeit hätte Serafina diesen kleinen Zwischenfall genossen, es lag sich gut in den starken Armen des jungen, hübschen Lakaien, aber jetzt war nicht der Moment für Koketterien. Was er sich erlaube, herrschte sie den Burschen an, das sei ja lebensgefährlich. Er solle die Tür ordentlich verriegeln und sich wieder nach hinten auf sein Trittbrett verziehen.

Philipp, der die Szene durch seine halb geöffneten Augen beobachtet hatte, murmelte etwas Unverständliches. Sein Fall sei diese Gräfin nicht, zu kapriziös, aber wer sie nicht kenne, könne leicht auf ihren äußeren Liebreiz hereinfallen, hatte sie ihn einmal sagen hören. Sie strafte ihn mit Nichtbeachtung, sie war froh, den Maler bald nicht mehr täglich vor Augen zu haben.

Der soeben erlittene Schreck hatte ihren Groll auf die Königin noch angefacht. Marie Antoinette, die alles hatte, was sie selbst so sehr begehrte: einen rechtmäßigen Titel, den glänzendsten Hof Europas, Kleider, Putz und Schuhe, Lustbarkeiten ohne Ende, Hofdamen, Zofen und Lakaien, die ihr jeglichen Wunsch von den Lippen lasen.

Diese Tochter einer Kaiserin, die in ihrem ganzen Leben keinen Finger gerührt hatte, wohingegen sie sich ihren Titel, jedes einzelne Seidenband auf ihrem Kleid, jedes Stück Kuchen auf ihrem Teller seit zwanzig Jahren sauer verdienen musste. Und seit sie Paris hatte verlassen müssen, verfügte sie nicht einmal mehr über eine eigene Kammerzofe!

Konzentriert blickte sie auf die ihr gegenüberliegende Wand des Wagens und auf einen Schlag war ihr Groll verflogen. Sie musste nicht in den Spiegel schauen, um zu wissen, dass ihre Augen glänzten und ihre verkrampfte Miene sich entspannt hatte. Sie nahm Haltung an und sagte mit gänzlich veränderter Stimme: «Wie vornehm.»

Lucy blickte sie verständnislos an.

«Die Equipage», sagte sie fast zärtlich, die liebe Lucy solle sich diese mauvefarbene, mit feinen grauen Streifen verzierte Seide, mit der sie ausgeschlagen sei, ansehen. Hinsichtlich standesgemäßer Ausstattung zeigten die Sarasins einen untrüglichen Geschmack, man wähne sich beinahe in Frankreich. Lucy folgte ihrem Blick über die Wände und das Dach der geräumigen Kutsche. Und wie gut fügte sich doch Serafinas perlgrau schimmerndes Reisekleid in das vornehme Interieur. Sie hatte sich an der letzten Poststation umgezogen, niemals wäre sie im Zofenkostüm in die elegante Equipage gestiegen. Ob sie nicht auch finde, wandte sie sich in freundlichem Ton an ihre Reisegefährtin, dass nichts ein aufgebrachtes Gemüt so sehr beruhige, als wenn das Auge sich auf etwas Schönem ausruhen dürfe.

Lucy bemühte sich um ein Lächeln, das aber schief geriet und ihre gelben, zu großen Zähne zeigte, und blickte hilfesuchend zu ihrem Mann hinüber, der sich weiterhin den Anschein gab zu schlafen. Er solle doch auch einmal etwas sagen, versuchte seine Gattin es noch einmal und berührte sein Knie. Philipp brummte, drückte sich noch tiefer ins weiche Polster der Equipage und ließ einen lauten Schnarcher hören.

Serafina schnaubte leise. Diese edle Equipage mit Kutscher und Diener in Livree hatte er nur ihr zu verdanken. Jacques Sarasin hatte sie einzig zu ihrer Bequemlichkeit geschickt. Sonst säße er noch immer in der Postkutsche, in einem dieser schlecht gefederten, stinkenden und lauten Marterkästen, und hörte seine Knochen knacken.

Sie blinzelte ihn böse an. Sie hatte nicht vergessen, wie er ihr in London mit seiner Illusionsmaschine einen bösen Streich gespielt hatte: Ohne Vorwarnung hatte er sie in Marie Antoinettes Boudoir katapultiert, es hatte ihm eine seltsame Freude bereitet, sie mit ihrer Erzfeindin zu konfrontieren.

«Marie Antoinette!», rief sie auch jetzt wieder laut und weckte damit den Maler unsanft aus seinen Träumen. Geschah im recht, dachte sie schadenfroh. «Marie Antoinette!», rief sie noch einmal laut und lachte boshaft, die Königin werde sich die Liebe des Volkes nicht erkaufen können. Sie durchbohrte die Wagenwand mit den Augen, bis nach Paris reichte ihr Blick, und ihre Stimme bekam einen Klang, als käme sie aus weiter Ferne: «Nehmt Euch in Acht, Majestät. Wenn Ihr es so weitertreibt, wird sich das französische Volk in nicht allzu ferner Zeit gegen Euch erheben. Und dann Gnade Euch Gott!»

Lucy starrte sie entsetzt an. Serafina genoss den stummen Schrecken ihrer Reisegefährtin. Die Engländerin war zwar rasend eifersüchtig auf die Frau ihres hochverehrten Meisters, hatte sie aber bis jetzt nur als anstrengende, doch harmlose Gesellschaft angesehen. Sollte sie doch glauben, was sie wollte und ihren Meister mit sehnsuchtsvoll glotzenden Kuhaugen anschauen, Serafina kümmerte es nicht.

Ihr war aus einem anderen Grund bange vor dem Wiedersehen mit ihrem Mann. Selbstverständlich würde sie jegliche Mitverantwortung für den Artikel de Morandes abstreiten, doch Cagliostro kannte seine Frau, ihn zu täuschen würde nicht einfach werden.

Doch dass sie jetzt in dieser Equipage saß, kam einem Bekenntnis zu ihrem Gatten gleich und musste ihm als Liebesbeweis genügen, versuchte sie sich selbst zu beruhigen. Dennoch schweiften ihre Gedanken ständig zu dem Nachmittag mit de Morande zurück. Fieberhaft versuchte sie sich zu erinnern, was alles sie gesagt und zugegeben hatte, welche Behauptungen de Morandes sie bestätigt oder zumindest nicht abgestritten hatte.

Sie seufzte und lehnte sich noch tiefer in die Polster des ruhig dahinfahrenden Wagens zurück. Auf den alten Johann war Verlass. Der fuhr die Gräfin, für die er seit ihrem ersten Besuch bei seiner Herrschaft eine durch nichts zu erschütternde Verehrung an den Tag legte, schnell und dennoch sanft und sicher bis vor das Haus seines Herrn. An den einzigen Ort auf Erden, wo man sie noch mit offenen Armen empfing.

Sie griff unter ihr Fichu, zog ein verblichenes Seidenband aus ihrem Dekolleté und ließ es langsam durch ihre Finger gleiten. Das brüchig gewordene Band war einst von leuchtendem Rot gewesen, und doch war es dieses wertlose Stück Stoff, das sie, viel stärker noch als das Sakrament, an ihren Gatten band. Sie war, seit sie ihn im Alter von fünfzehn geheiratet hatte, auf Gedeih und Verderb an ihn gebunden.

Doch, er würde ihren Unschuldsbeteuerungen bezüglich des Zeitungsartikels Glauben schenken, dessen war sie sich auf einmal wieder ganz sicher. Denn viel stärker noch als sie an ihn, war er an sie gekettet. Er liebte sie.

Die Kutsche wurde langsamer und blieb schließlich stehen. Serafina schob den Vorhang zur Seite und streckte den Kopf aus dem Fenster. Der Palais der Sarasins lag schon in Sichtweite.

Was denn los sei, fragte sie Johann. Der Kutscher drehte sich zu ihr um. Die Frau Gräfin möge entschuldigen, aber da sei mal wieder kein Durchkommen, der Pöbel verstopfe die Gasse und den Innenhof des Hauses.

Um mit ihrer Ankunft nicht zu viel Aufsehen zu erregen, hatte sie angeordnet, nicht beim Haupteingang vorzufahren, sondern sie hinten im Hof abzusetzen, wo sie hoffte, im geschäftigen Treiben der Fuhrmänner, Fergger und Kontoristen, bei denen sich alles um das Herstellen und das Verkaufen von Seidenbändern drehte, unauffällig ins Haus schlüpfen zu können. Doch der Hof war voller Menschen, die auf den Wunderheiler Cagliostro warteten.

Johann stand von seinem Kutschbock auf und verschaffte sich mit rauer Stimme Platz. Mit einem kleinen Ruck setzten sie sich wieder in Bewegung. Als gleich darauf der Kutschenverschlag von einem livrierten Diener geöffnet wurde, sah sie ihn.

Cagliostro hatte den kurzen Moment, in dem die Aufmerksamkeit der Leute von der eleganten Equipage in Beschlag genommen worden war, genutzt, um vor die Tür zu treten. Einen winzigen Moment lang kreuzten sich ihre Blicke.

Dann kam Bewegung in die Menge, jemand hatte den Wunderheiler entdeckt, und nun wollten alle zu ihm. Schleunigst verschwand er wieder im Haus.

Der Stadtheilige, dachte sie voller Verachtung, il divo. Soeben war ihr wieder einmal bewusst geworden, dass der kleine Mann, an dessen Fingern Diamanten blitzten und dessen viel zu bunter Seidenrock über dem Bauch spannte, aussah wie ein italienischer Stegreifkomödiant.

In dem Moment wusste sie, dass sie nur gekommen war, um ihren Mann zu verlassen.

Basel, 1787

Serafina war froh, ihm fürs Erste entkommen zu sein und sich endlich auf dem großen Bett in ihrem Zimmer ausstrecken zu können. Sie hatte ihn am Nachmittag nur kurz begrüßt und ihm keine Gelegenheit gegeben, sie unter vier Augen zu sprechen. Doch ihr Mann hatte sie nach dem Diner abgefangen, in eine Nische gezogen und sie wegen de Morande bedrängt. Erst als sie zu schreien gedroht hatte, hatte er sie gehen lassen.

Sie hatte es noch nie gemocht, wenn seine dicken Finger über ihre Haut fuhren, hatte es aber, zumal er nicht zu Gewalttätigkeiten neigte, über sich ergehen lassen. Um sie zu Zärtlichkeiten zu überreden, war er zum Glück meist zu faul und viel zu beschäftigt mit sich selbst. Früher hatte er sie wenigstens noch amüsiert, aber jetzt war ihr seine Nähe unerträglich geworden.

Sie wollte sich gerade zwischen die nach Lavendel duftenden Laken legen und die Kerze auf dem Nachttisch ausblasen, als die Tür leise geöffnet wurde und jemand mit einem Nachtlicht in der Hand hineinschlüpfte.

«Verschwinde!», zischte sie, als sie ihren Mann erkannte.

Er schloss die Tür, blieb aber in einiger Entfernung vor ihrem Bett stehen.

«Tesoro, du weichst mir aus, seit du hier bist», setzte er mit schmeichelnd vorwurfsvoller Stimme an. Sein ins Groteske verzerrter Schatten bewegte sich im unruhig flackernden Schein der Kerze auf der seidenbespannten Wand.

Sie warf die Bettdecke zurück und stellte sich barfuß auf den dicken Teppich. «Nicht, wenn der Mann seine unschuldige Frau ins Gefängnis gebracht hat!», stieß sie zwischen den Zähnen hervor.

Cagliostro machte ein paar Schritte auf sie zu und griff vergeblich nach ihrer Hand. Wortreich erklärte er, das sei nun doch vorbei, sie solle sich keine Sorgen machen, sie sei jetzt wieder bei ihm und in Sicherheit. Er machte Anstalten, sie zu umarmen, doch sie wich noch weiter zurück. In einem unzusammenhängenden Wortschwall schüttete sie ihren ganzen Zorn über die ausgestandene Angst und Schmach, ihren ganzen Überdruss an ihrem Leben an seiner Seite und den ständig überstürzten Abreisen über ihn aus.

Er setzte seine Unschuldsmiene auf, die sie noch mehr gegen ihn aufbrachte, lenkte jedoch ein, es sei in den letzten Jahren recht turbulent gewesen, und versprach, dass jetzt alles anders werde. London sei ein Fehler gewesen, gab er kleinlaut zu, er hätte sie nicht alleine lassen dürfen. Er schimpfte über seine englischen Freimaurerbrüder, die sie verraten hätten, und verfluchte die bourbonischen Spitzel. Doch mit der Eröffnung der ägyptischen Loge habe er jetzt den größten Wunsch Sarasins und aller seiner treuen Anhänger in dieser Stadt erfüllt. Die Herrschaften würden dafür sorgen, dass sie hier endlich Ruhe und Frieden fänden. Dann veränderte sich seine Stimmung. «Apropos», sagte er und versuchte, sie in eine Ecke zu drängen, «wieviel hat de Morande dir für deinen Verrat gegeben?»

Sie spielte die Beleidigte: Wenn er lieber den Gerüchten glauben wolle anstatt seiner Frau, die ihn niemals verraten würde, sei er selber schuld.

Sofort tat es ihm leid, er stürzte zu ihr hin, sie wich zurück, und er entschuldigte sich, jetzt wieder unterwürfig klingend, für seinen Verdacht. Es sei ja auch nur, weil es heiße, der Franzose sei ein schöner Mann und kein Kostverächter.

Serafina atmete erleichtert auf. Das war es, er war nur eifersüchtig, nichts Neues, doch Hauptsache, er glaubte ihrer

Beteuerung, dass sie mit dem Inhalt des Artikels nichts zu tun hatte.

Er schien zwar noch nicht ganz überzeugt, ließ das Thema aber fallen und begann wie aus dem Nichts heraus zu lachen. Marie Antoinette, brachte er glucksend hervor, die Königin von Frankreich habe Angst vor ihm.

Sie blickte ihn entsetzt an. Diese königliche Angst war schuld daran, dass sie nicht mehr in Paris waren, und sie würde ihn auch noch weiter teuer zu stehen kommen. Im Bruchteil einer Sekunde fiel alle Ruhe von ihr ab. Sie stürzte sich auf ihn und begann, ihn mit Fäusten zu traktieren. Er packte sie an den Handgelenken, zog sie eng an sich und flüsterte eindringlich: «Tesoro mio. Keine Angst. Ich bin ja da. Man hat uns freigesprochen.»

Aber das sei es ja gerade, heulte sie wütend auf, sie wisse nicht, ob er unschuldig sei, sie vertraue ihm nicht, wie oft habe er auch sie zum Narren gehalten. Einmal habe er sich sogar totgestellt, nur um des Effekts willen. Wenn die Leute sie fragten, wer er sei, woher er komme, so spiele sie die Beleidigte und lasse keinen Zweifel an seiner Identität zu, aber sie wisse selbst nicht, wer er wirklich sei. Sie hatte aufgehört, sich aus seinem Griff winden zu wollen, ihr Kopf sank kraftlos nach vorne, die Spitzen seines Jabots kratzten an ihrer Stirn.

Was spiele es für eine Rolle, ob er Giuseppe Balsamo oder Alessandro di Cagliostro sei, Scharlatan oder Eingeweihter, aus Sizilien oder dem Orient stamme, lachte er. Alles habe man ihm schon vorgeworfen, Zauberer, Magier, Erzketzer und was der Schimpfworte noch mehr seien. Vom Sohn eines neapolitanischen Bartscherers bis hin zum portugiesischen Juden habe man ihm alles angehängt. «Doch», sagte er, schaute sie treuherzig an und wiederholte: «Was spielt es für eine Rolle? Ich bin dein dir angetrauter Gatte, der dich liebt.»

Sie machte einen halbherzigen Versuch, sich von ihm loszureißen. Er hatte damit gerechnet und hielt sie fest. Im schwachen Kerzenlicht erblickte sie ihr Abbild im Spiegel und wollte von ihm wissen, was er darin sehe.

Er sehe einen erfolgreichen Mann, der liebevoll auf seine schöne Gattin blicke, die aber nichts mehr von ihm wissen wolle, und deshalb fange dieser von so vielen Menschen hochverehrte arme Mann gleich zu weinen an, sagte er wimmernd.

Sie verdrehte die Augen. Gleich würde er vor ihr auf die Knie fallen und sie unter Tränen anflehen, sie möge ihn doch endlich zu sich lassen. Und so geschah es auch.

Vornehme Ehepaare schliefen nun einmal in getrennten Schlafzimmern, wies sie ihn ab. Marie Antoinette lasse ihren Louis auch nicht jede Nacht zu sich.

Er verzog sein Gesicht zu einem hämischen Grinsen: Freiwillig gehe der König dort nicht hin.

Sie ignorierte seinen Spott, packte ihn an den Schultern und stellte ihn vor den Spiegel. Großmeister und Großkoptha oder wie auch immer er heute genannt werden wollte, einen Gott hatte er aus sich gemacht. Dabei war er nichts ohne sie. Er hatte jegliches Maß verloren und mit der Halsbandaffäre den Bogen endgültig überspannt. Sie schüttelte ihn. «Begreifst du nicht, wie gefährlich das ist?» Der Heilige Vater habe die Freimaurerei verboten. Er aber stelle sich mit seinem lächerlichen Gehabe über ihn. Der Papst werde das nicht mehr lange dulden. Sie hatte sich in Rage geredet und begann mit schnellen Schritten im Zimmer umherzugehen.

«Serafina, was ist denn auf einmal in dich gefahren?», rief ihr Mann beunruhigt und ließ sich strauchelnd auf das Bett fallen. Die blinkenden Diamanten an seinen Fingern schwebten wie Glühwürmchen in der Luft und verschwanden schließlich ächzend in der weichen Matratze. Sie lachte boshaft. Unbeholfen nach Haltung ringend zeigte er auf den

Platz neben sich. Brüsk wandte sie den Kopf zur Seite, er tat, als bemerke er ihre Verachtung nicht. Seine Aufgabe sei es, erklärte er, die Menschen an ihn glauben zu machen, damit sie an sich selbst glaubten, und ihnen in der Zeremonie des ägyptischen Ritus die Mittel zur Wiedergeburt zu bieten, nach der sie so sehr lechzten. Er suchte ihren Blick, doch sie schaute beharrlich an ihm vorbei. Vieles von dem, was er für seine magischen Séancen brauche, habe er den Pfaffen abgeschaut. Als Kind des Südens habe er mehr Stunden in der Kirche als mit Spielen verbracht. Er habe die Vorbereitungen zum Wunder der blutenden Male gesehen und sei hinter das Geheimnis der tränenden Madonna gekommen. Niemand sei so raffiniert wie die römische Kirche, wenn es darum gehe, mit den Heilserwartungen ihrer Schäfchen zu spielen und sich ihren Wunderglauben zunutze zu machen.

Serafina schreckte aus ihrer demonstrativen Langeweile auf. Er wagte es, die Wunder der Kirche anzuzweifeln, er stellte sich über Gott.

Als er ihr Entsetzen sah, beeilte er sich, ihr zu beteuern, dass er weder an der Größe Gottes noch am Schutz der Heiligen zweifle. Er habe doch nur sagen wollen, dass die lang erprobte Praxis der Kirche ihm ein wunderbares Exempel ...

«Ich gehe. Ich verlasse dich», unterbrach sie ihn. Sie sagte es ganz ruhig.

Es dauerte, bis er begriff, dann schnellte er mit einer Gewandtheit, die sie ihm nicht zugetraut hätte, aus seiner Versenkung auf und lachte. Als Frau könne sie alleine nirgends hin, keiner würde ihr helfen, wenn sie ohne ihn unterwegs wäre. Er habe sie aus Roms Armenviertel herausgeholt und zu dem gemacht, was sie heute sei. Alles habe sie von ihm bekommen, Gold, Seide und Diamanten, er habe alle ihre Launen ertragen, sie könne ihn nicht verlassen.

Ein fürchterlicher Streit entbrannte, sie warf ihm erneut seine Lügen vor, er behauptete, ihre Verschwendungssucht ruiniere ihn.

Als er rief: «Du bist nicht Marie Antoinette!», stieß sie ihn wutentbrannt aus dem Zimmer.

«Mon dieu, Jacques! Was stinkt hier wieder so?»

Am nächsten Morgen trat Serafina aus ihrem Schlafzimmer, als vom Erdgeschoss Gertrud Sarasins Stimme heraufschallte und ein schwefelartiger Gestank bis in den 2. Stock des weitläufigen Hauses drang.

Sie war sofort im Bild: Die beiden Männer chimisierten wieder im hauseigenen Laboratorium.

Seit ihr Mann bei ihrem ersten Zusammentreffen vor fünf Jahren Sarasin in die Geheimnisse der Alchemie und die Kunst der Arzneiherstellung eingeführt hatte, war der Seidenbandfabrikant, wann immer die beiden Männer zusammentrafen, sein ständiger Gehilfe im Laboratorium. Er hatte darin eine solche Fertigkeit erreicht, dass Cagliostro, stand ihm auf seinen Reisen kein Laboratorium zur Verfügung, sich die erforderlichen Arzneien von Jacques herstellen und nachsenden ließ. Sarasin bediente sich dabei eines kleinen Büchleins, in das Gertrud mit ihrer zierlichen Schrift die Rezepte Cagliostros eingetragen hatte.

Die beiden Freunde zogen sich tagelang, oft schon vor dem Frühstück und noch nach dem Diner, ins Laboratorium zurück, was selten ohne kleine Unfälle vonstattenging. Meist entstanden dabei viel Lärm und harmloser Gestank, man konnte nur hoffen, dass es auch heute nicht ernsthaft brannte.

Serafina hielt sich ein Taschentuch vor Mund und Nase und stieg die Treppe hinunter. Sie war auf dem Weg ins Frühstückszimmer, als es noch einmal laut schepperte. Gertrud kreischte und rief lautstark nach dem Diener, er solle sofort das Biest aus dem Laboratorium holen und die Stubenmagd mit dem Kehrbesen herschicken.

Neugierig geworden, drehte Serafina sich auf dem Absatz um und ging in die Richtung, aus der der Lärm kam. Auf dem Korridor stieß sie beinahe mit dem davoneilenden Bediensteten zusammen, der eine sich wild sträubende Katze im Arm hielt.

Das Laboratorium bot ein chaotisches Bild. Überall lagen Glas- und Tonscherben herum, farbige Flüssigkeiten waren auf Tischen, Stühlen und Boden ausgelaufen, gelblicher Rauch – vermutlich die Ursache des Gestanks – schwebte über allem, die über die ganze Längsseite des Raumes sich hinziehenden Fenster standen sperrangelweit offen. Von weiter vorne im Korridor drangen Fetzen eines lebhaften Disputs an ihr Ohr, sie lauschte angestrengt, konnte aber nur einzelne Worte verstehen. Sie huschte nach vorne und spähte um die Ecke.

Gertrud redete mit hochrotem Kopf auf ihren Gatten ein, ihre Coiffure war wie stets, wenn sie in Aufregung geriet, im Auflösen begriffen. Zwischen ihren empörten Ausrufen vernahm man das klägliche Stammeln ihres Gatten. Gertrud warf ihm seine Verantwortungslosigkeit vor. Er solle endlich seine Finger von diesen gefährlichen Experimenten, von denen er nichts verstehe, lassen. Er habe an seine Kinder zu denken, wenn er so weitermache, jage er noch das ganze Haus in die Luft.

Als Gertruds Blick auf Cagliostro fiel, der neben Sarasin stand und gleich ihm mit gesenktem Kopf die Standpauke wie ein zu groß geratener Schuljunge über sich ergehen ließ, entschuldigte sie sich umständlich bei ihrem Meister, den natürlich keinerlei Schuld treffe, habe doch ihr Gatte wieder einmal sein ganzes Talent zum Missgeschick bewiesen. Seit ihr verehrter Meister ihren Mann in die Kunst des Chimisierens eingeführt habe, sei es leider sein liebstes Steckenpferd, sie mit Knall und Rauch zu erschrecken.

«Aber, meine Liebe, diesmal bin ich unschuldig, ich schwöre, es war die Katze», verteidigte sich ihr Ehemann kleinlaut.

«Die Katze», lachte sie schrill auf und schlug für das nächste Mal einen Elefanten vor. Sie habe ihm schon hundertmal gesagt, er solle sich vergewissern, dass die Katze draußen bleibe, wenn er mit seinen Experimenten beginne.

Es sei wirklich nicht Jacques' Schuld gewesen, schaltete Cagliostro sich beschwichtigend ein, die liebe Gertrud müsse ihm glauben, dieses Biest sei plötzlich durch das offene Fenster gesprungen und habe im Nu ein heilloses Durcheinander angerichtet.

Doch so schnell gab sich Gertrud nicht geschlagen, sie wollte wissen, warum denn, bitte schön, das Fenster offen gestanden habe, dabei senkte sie den Kopf und sah ihren Mann von unten streng an: «Nun, Jakob?»

«Nenn mich nicht Jakob!», jaulte Jacques.

Cagliostro wollte seinem Freund zu Hilfe kommen, aber der erklärte, er habe aus Versehen ein falsches Pulver genommen, deshalb habe es eine klitzekleine Explosion gegeben und plötzlich sei alles so voller Rauch gewesen, dass sie nichts mehr sehen konnten und die Fenster haben öffnen müssen.

Sie zeige ihm gleich, was eine klitzekleine Explosion sei und ..., rief Gertrud. Der Rest ihres Satzes ging in glucksendem Lachen unter. Die beiden Männer blickten sich verdutzt an, grinsten verlegen und stimmten schließlich erleichtert in ihr Lachen ein.

«Jacques, mon chéri, was bist du doch für ein Lausejunge. Wäre ich deine Mutter, würdest du jetzt eine Tracht Prügel und Stubenarrest bekommen. Lass dich umarmen.»

Die beiden fielen sich, einander Kosenamen zumurmelnd, kichernd in die Arme. Peinlich berührt wandte Serafina sich zum Gehen, als ihr Mann leise ihren Namen rief. Wie er so mit hängenden Armen neben den beiden Turteltäubchen stand und sie flehend anschaute, sah er erbärmlich aus.

In dem Moment entdeckte Gertrud ihre Freundin. Sie ließ von ihrem Gatten ab und wollte ihr berichten, was ihre beiden großen Jungen soeben angestellt hatten.

Sie sei im Bilde, wehrte Serafina schnell ab, und gehe jetzt frühstücken, blieb aber, sobald sie außer Sichtweite war, stehen und spitzte die Ohren. Mehr als Knall und Rauch hatte sie Sarasins Blässe beunruhigt. Er sah eindeutig aus, als habe er mehr zu verbergen als einen Schuljungenstreich. Seine Augen waren vorhin hektisch hin und her gewandert und er hatte sich an Alessandro festhalten müssen, um nicht zu schwanken. Es war ihr ein Rätsel, weshalb Gertrud das seltsame Verhalten ihres Mannes nicht bemerkt hatte.

«Was war das?», hörte sie Sarasin jetzt fragen.

Seine Frau sei ihm wegen der Sache in Paris noch immer böse, antwortete Cagliostro mit Unbehagen in der Stimme.

«Und dafür macht sie Sie verantwortlich?», fragte Gertrud ihn teilnahmsvoll und meinte, seine entzückende Serafina sei zuweilen ein wenig eigensinnig. Aber das bekomme sie schon wieder hin, man solle sie nur machen lassen. Die Herren mögen sie entschuldigen, sie verlange es jetzt nach einer Tasse starken Kaffee und einem kräftigen Frühstück.

Serafina raffte die Röcke und beeilte sich, vor Gertrud im Frühstückszimmer zu sein.

Es dauerte, bis Gertrud kam, und Serafina vertrieb sich die Zeit damit, sich im Frühstückszimmer umzusehen. Ihr war vorhin der Gedanke gekommen, dass es den beiden Männern im Laboratorium gelungen wäre, tatsächlich Gold zu machen, und sie es irgendwo im Haus versteckt hätten. Sie blickte hinter Bilder und Spiegel, suchte den Boden nach losen Brettern ab und tastete unter den Teppich. Gerade als sie unter dem Tisch kauerte, um dessen Unterseite abzusuchen, trat Gertrud ein. Sie stieß sich die Stirn an der Tischplatte und stammelte mit rotem Kopf etwas von einem verlorenen Ohrring. Gertrud sah eher besorgt als misstrauisch aus und ging nicht weiter darauf ein.

Gertrud forderte sie auf, ihr zu erzählen, was sie bedrücke. Es war schwierig, solcher Gutmütigkeit und aufrichtiger Freundlichkeit zu widerstehen. In Gertruds Augen war Cagliostro ein Gott, wie hätte sie dieser arglosen Frau, die auch nach zwanzig Ehejahren und sieben Kindern – das achte war sichtbar unterwegs – ihrem Gatten noch immer wie ein verliebter Backfisch begegnete, erklären können, dass sie das Leben an der Seite dieses Mannes gründlich satthatte.

Serafina gab sich Mühe, die richtigen Worte zu finden, um ihre Dankbarkeit für die großzügige Gastfreundschaft der Sarasins zum Ausdruck zu bringen, dennoch entschlüpfte ihr, dass sie dieser ewigen Reiserei überdrüssig war und sich nach einem Zuhause sehnte.

Sie seien doch in ihrem Haus immer willkommen, versicherte ihr Gertrud ein wenig beleidigt. Sie meinte es gut, aber welchen Kummer konnte sie schon haben, sie redete mit der Erfahrung einer Frau, die seit jeher ein Leben in heiterer Sorglosigkeit führte. Einer Frau, die einen aufrichtigen, liebenden Gatten hatte, der ihr ein Leben in ruhigem Wohlstand und Sicherheit bot. Wenn Gertrud in eine Kutsche stieg, so geschah dies freiwillig.

Doch dann beugte Gertrud sich näher zu ihr und verriet ihr, dass es auch bei ihnen nicht immer so heiter gewesen sei. Jacques sei immer ein treu besorgter Gatte gewesen, doch in den ersten Jahren ihrer Ehe sei er fast nie da gewesen.

Als Geschäftsmann war er ständig, oft sogar wochenlang unterwegs gewesen, mehrmals im Jahr in Frankfurt an der Messe. Alles, was sie in dieser Zeit von ihm gehabt hatte, waren seine Briefe gewesen. Diese waren durchaus zärtlich gewesen, aber hauptsächlich hatte er ihr die zahlreichen Lustbarkeiten, die das Messeleben neben den geschäftlichen Ärgernissen mit sich brachte, ausführlich geschildert. Sie aber hatte sich daheim entsetzlich gelangweilt, hatte auf der Chaiselongue gelegen, seitenweise über fremde Städte und Landschaften, über glanzvolle Empfänge und Diners gelesen und ihm das aufregende Reiseleben geneidet. Wie gerne hätte sie doch auch Opern und Gemäldegalerien besucht, die Frau Rat Goethe kennengelernt oder bis um vier Uhr morgens in angeregter Gesellschaft soupiert.

Serafina musste lachen, als sie hörte, wie Gertrud sommersüber auf ihrem Landgut in Pratteln in Beinkleidern umhergerannt war. Frei und leicht fühle man sich dabei, beteuerte diese mit leuchtenden Augen. Sie sei mit den Kindern herumgetollt und auf Bäume geklettert. Davon habe sie geträumt, seit sie ein Mädchen war, und dennoch sei es kein Ersatz für ihr Verlangen nach Abenteuer gewesen, schob sie gleich nach und sah Serafina dabei mit einem Blick an, in dem Sehnsucht lag, ein Ausdruck, den sie auf diesem gutmütigen, ein wenig konturlosen Gesicht noch nie wahrgenommen hatte. Ihr erschien die Freundin auf einmal in einem ganz anderen Licht.

Für einen winzigen Augenblick waren sie sich nahe, zwei ebenbürtige Frauen, deren Glück irgendwo in weiter Ferne lag.

Sie wusste, dass Gertrud in ihrer Jugend Reisen in die Hauptstädte Europas unternommen hatte, auch danach war sie mit ihrem Mann noch einmal in Paris gewesen. Doch dann waren die Kinder, die immerwährenden Schwangerschaften und das große Haus gekommen und hatten schon bald längere Abwesenheiten verunmöglicht.

«Ich glaube, vor lauter Trübsinn bin ich dann krank geworden», erzählte Gertrud, versicherte aber gleich darauf mit ihrer gewohnt heiteren Stimme, dass sie ihrem Mann nie einen Vorwurf gemacht habe. Er habe stets nur seine Pflicht getan und Gott wisse, dass er viel lieber zuhause bei seinen Büchern geblieben wäre, als den Geschäften nachzurennen. Sie ahne, dass er damals, als Junggeselle auf seiner großen Tour, am liebsten in Serafinas schöner Heimat geblieben wäre. Doch sei er sogar früher noch als geplant aus Italien nach Hause gerufen worden, um ins Familiengeschäft einzusteigen. Als gehorsamer Sohn habe er getan, was von ihm erwartet wurde.

Als sie dann so krank geworden war und die Ärzte hier sie schon aufgegeben hatten, waren sie nach Straßburg zu Serafinas Mann gereist. Wie die Geschichte weiterging, wusste Serafina: Gertrud war vollkommen genesen.

«Conte Cagliostro, lui qui est mon second créateur!», pflegte sie seitdem, ohne zu erröten, zu sagen. Cagliostro habe ihr das Leben wiedergegeben und er habe ihr gezeigt, wie gut ihr Leben sei. Zumal Jacques in der Zwischenzeit die Geschäfte vollständig seinem Bruder Lukas überlassen hatte und das Haus seitdem zum Mittelpunkt des kulturellen Lebens der Stadt geworden war. Die berühmtesten Literaten, Philosophen, Gelehrten und Aufklärer fanden sich bei ihnen ein. Sarasin stand in Korrespondenz mit namhaften Geistesgrößen. «Obwohl Jacques so stolz ist auf seine Handels- und Banquierfamilie, ist er nun einmal mehr für die Dichtkunst als für die Kaufmannswelt geschaffen», seufzte Gertrud nicht ohne Stolz. Es kümmerte sie nicht im Geringsten, dass die Ausgaben ihres Gatten nicht im rechten Verhältnis zu seinen Einnahmen standen. Schon beim Bau ihres prächtigen Hauses hatte er sich mehr von seiner Liebe zu verspielter Ausstattung als vom veranschlagten Budget leiten lassen. Er lebte gerne gut und vor allem liebte er es, alles Schöne und Genussvolle mit seinen zahlreichen Freunden zu teilen. Seinem gewissenhaften Bruder wurde es angst und bange, wenn sein streng kaufmännisch-rechnerischer Blick auf die Großzügigkeit traf, mit der Jakob Künstler unterstützte und Gäste bewirtete.

Gertrud musste nicht mehr hinaus, die Welt kam zu ihnen. Auch war sie mit den Jahren ruhiger geworden, mochte außer den jährlichen Badekuren oder gelegentlichen Verwandtenbesuchen keine Reisen mehr auf sich nehmen. Glaubte Serafina an diesem Punkt, mit Gertruds Bekenntnissen habe es sein Bewenden, so hatte sie sich gründlich getäuscht.

«Und doch, meine liebe Freundin», äußerte Gertrud mit einem scheuen Blick zu Serafina, «möchte ich Ihnen nicht verhehlen, wie sehr ich Sie manchmal beneide.»

Ein glänzendes Leben an der Seite des außergewöhnlichsten Mannes des Jahrhunderts, ein Leben voller Aufregung und Abwechslung, immer in Bewegung, ohne Sorgen um Haus und Kinder, ohne Dienstbotenärger. Gertruds Augen funkelten, sodass Serafina sich auf einmal vorstellen konnte, wie diese lebhafte Frau mit dem vollen Gesicht und den kleinen weichen Händen als junges Mädchen ausgesehen haben mochte.

«Ein Leben an den glanzvollsten Höfen dieser Welt», schwärmte sie. Da könne sie schon verstehen, dass Serafina in ihrem bescheidenen Heim trübsinnig werde.

Serafina wehrte kopfschüttelnd ab, aber Gertrud ließ sie nicht zu Wort kommen. Sie lehnte sich nach hinten, breitete die Arme aus und lachte leise, sie sei nie eine Schönheit gewesen und die vielen Schwangerschaften hätten auch noch den letzten Rest von Taille vernichtet, Serafina solle sie doch anschauen, eine richtige Matrone sei sie geworden. Und wenn sie daneben ihre Freundin betrachte, nur wenige Jahre jünger, in ihrer ganzen unveränderten Grazie, begehrt und umschwärmt, da sehne auch sie sich zuweilen nach den kleinen galanten Abenteuern, die Serafinas Schönheit gewiss mit sich bringe.

Gertrud gab ihr keine Zeit für einen Widerspruch, klatschte in die Hände und bat mit fröhlicher Gelassenheit um Verzeihung, wenn sie ihr mit diesen Bekenntnissen zu nahe getreten sei. Aber sie seien doch Freundinnen, und mit niemandem sonst könne sie über solche Dinge sprechen. Serafina solle sich nur das begeisterte Entsetzen vorstellen, wenn die Damen der Gesellschaft davon erführen, lachte sie.

Dann wurde sie ernst und sah sie mit entwaffnender Offenheit an. Serafina solle bitte nicht glauben, sie sei verbittert, das wäre ja Sünde, sie habe ja alles. Ein stattliches Haus, gesunde Kinder, eine angesehene und gesicherte Stellung. Und einen besseren Mann als Jacques könne man sich gar nicht vorstellen, das sei das wahre Glück auf Erden.

Das Gespräch hatte Gertrud erneut die Hitze ins Gesicht getrieben. Sie tätschelte Serafinas Wange und bedankte sich für ihr offenes Ohr. Beim Aufstehen stützte sie sich ächzend mit einer Hand am Tisch ab, mit der anderen hielt sie ihren schmerzenden Rücken und befand, Serafina solle sich jetzt ausruhen, sie müsse nach den Kindern sehen. Sie sei sich nicht sicher, ob das neue Kinderfräulein schon zurechtkomme.

Gertruds Aufrichtigkeit war Serafina während des Gesprächs unangenehm gewesen, rührte sie jedoch jetzt im Nachhinein auf eine Weise, die ihr ganz neu war.

Sie stellte sich noch einmal Gertruds runde Figur in Beinkleidern vor. Wie hatte sie ihre sicherlich entgeisterte Schneiderin zu dieser Kreation überreden können, fragte sie sich kichernd.

Dann rief sie sich die Ereignisse im Laboratorium in Erinnerung und ihr Herz begann schneller zu schlagen. Sie war sich sicher, dass es den beiden Männern gelungen war, Gold herzustellen, und dass ihr Mann alles daransetzte, es vor ihr geheim zu halten – ebenso wie er die Diamanten aus dem Halsband für sich behalten hatte. Doch sie würde beides finden und dann endlich frei sein, ihn zu verlassen.

Sie schloss die Augen und versuchte mit aller Macht das Versteck zu sehen, wieder und wieder konzentrierte sie sich darauf, doch die Bilder ließen sich nicht auf Befehl heraufbeschwören. Es würde ihr nichts anderes übrigbleiben, als das ganze Haus zu durchsuchen: die Enfiladen von Repräsentationsräumen auf der dem Rhein zugewandten Seite des Erdgeschosses und des ersten Stockes, im zweiten Stock dann die endlosen Privatgemächer, ganz zu schweigen vom Estrich, dem Keller und der unüberschaubaren Anzahl von Neben- und Wirtschaftsräumen, Heizkammern, Haupt- und Nebentreppen und verwinkelten Kammern und Nischen. Wobei sie die Stall- und Remisengebäude im Hof und die Geschäftsräume zu ebener Erde mit den Kontoren, Magazinen, Ferggstuben, Musterstuben sowie den Werkstätten für Dessinateure und Kopisten noch nicht einmal mitgezählt hatte.

Am Abend gelang es ihr, sich vorzeitig zurückzuziehen und ungesehen in Sarasins Kabinett zu schlüpfen.

Rubinfarbener Wein leuchtete im Schein des Kandelabers in der verzierten Kristallkaraffe, daneben standen zwei Gläser auf dem polierten Tisch bereit, der Rest des Zimmers wurde vom Licht auf dem Tisch nur schwach beleuchtet. Die Herren würden den Abend hier ausklingen lassen, aber es eilte nicht, sie waren noch nicht einmal beim Dessert angekommen, als Serafina sich mit Kopfschmerzen entschuldigt hatte.

Gleich beim Betreten des Raumes hatte sie Beklemmung verspürt, eine nicht nennbare Bedrohung ging von diesen Ecken und Kanten aus. Das Kabinett war auf Sarasins Wunsch hin als Oktagon angelegt worden, aber seine Beteuerungen über die Vollkommenheit des Achtecks hatten sie nicht überzeugen können. Für sie blieb der Raum unvollkommen, sie vermisste darin die Klarheit, die sonst im Haus herrschte.

Entlang zweier Wände waren von oben bis unten vollgestopfte Bücherregale zu sehen; auf einem Sekretär stand eine schwere Sanduhr. Sie stellte sie auf den Kopf, um die Zeit nicht aus den Augen zu verlieren.

Vorsichtig öffnete sie eine Schublade des Sekretärs. Darin lagen säuberlich geordnet verschiedene Papiere. In der nächsten schob sie Federn zur Seite, schaute in leere Tintenfässer, wurde aber auch hier nicht fündig. Hinter der kleinen Lade im oberen Teil des Möbels ertastete sie mit zitternden Händen ein verborgenes Fach, rüttelte daran, doch es ließ sich ohne Schlüssel nicht öffnen.

Zu spät bemerkte sie, dass das Stundenglas dabei gefährlich ins Wanken geraten war. Sie griff nach ihm, doch es fiel zu Boden und zerbarst. Wie gelähmt blickte sie auf das Malheur, als im Korridor Stimmen laut wurden. Zum Fliehen war es zu spät. Hektisch suchte sie nach einem Versteck, verhedderte sich in ihren Röcken und verschwand, gerade als die Tür geöffnet wurde, in der dunkelsten Ecke des Zimmers hinter einer Samtportiere.

Die beiden Männer traten ein, Wein wurde in die Gläser gegossen, und Cagliostro trank auf das Wohl seiner Gastgeber, seiner einzig wahren Freunde, wie er sagte.

Sie wagte kaum zu atmen, hob langsam ihren Arm und schob die Portiere nur gerade so weit zur Seite, dass sie mit dem linken Auge hinauslinsen konnte.

Cagliostro saß breitbeinig zurückgelehnt im Sessel, ließ sich den Wein genüsslich schmatzend auf der Zunge zergehen und küsste mit lautem Geräusch seine Fingerspitzen. Doch dann seufzte er und bekannte seinem Freund, dass er sich wegen Serafina Sorgen mache. Nicht nur, dass sie ihm ausweiche, seit sie hier sei, sie glaube scheinbar auch, er sei im Besitz des Pariser Halsbands, wenn nicht des ganzen Colliers, so doch einiger Diamanten daraus.

Sarasin lachte laut: «Sie wissen doch, die lieben Frauenzimmer haben ihre Launen, das hat ihnen die Natur so auferlegt. Sie können nichts für ihre Schwächen, aber deshalb verehren wir sie nicht weniger.»

Die rechte Hand aufs Herz gelegt, neigte Cagliostro den Kopf. In dem Moment fiel der Lichtschein der Kerzen auf die am Boden liegenden Glasscherben neben dem Sekretär. Serafinas Herz machte einen Sprung. Der Sand funkelte golden!

Das Funkeln verschwand, als ihr Mann sich wieder aufrichtete. Aber sie hatte genug gesehen. In ihrer Aufregung hielt sie es kaum mehr aus in ihrem Versteck. Sie hatte es gewusst. Wenn etwas so Niedriges wie eine Raupe sich in etwas so Schönes wie einen bunten Schmetterling verwandeln konnte, so musste sich auch Schmutz und Dreck in Gold verwandeln lassen.

Sarasin fuhr sich mit der Hand übers Kinn. Er zeigte die gleiche nachdenklich besorgte Miene, die ihr schon heute Morgen aufgefallen war. Was ihm mehr Sorgen mache als Serafinas Launen, sagte er, sei, dass Gertrud neuerdings wissen wolle, was er mit all den Arzneien, Tinkturen und Balsamen mache, die er im Laboratorium herstelle.

Cagliostro warf Sarasin einen alarmierten Blick zu, doch dieser winkte ab, Gertrud ahne nichts, sie traue es ihm schlicht nicht zu, aber zufällig habe sie den Brief von Apotheker Huber, den er dummerweise offen habe herumliegen lassen, gelesen.

Serafina spitzte die Ohren, jetzt würde sie den Grund für die Heimlichtuerei der beiden Männer erfahren.

Wie sie erfuhr, beschwerte sich der Apotheker in dem Brief bei Sarasin als Cagliostros bestem Freund darüber, dass ihm, ohne einen Grund dafür zu nennen, die Ehre, dem Meister zu dienen, entzogen worden war. Er wisse noch immer nicht, schrieb er, durch wen er ersetzt worden sei. Er wende sich an Sarasin in der Hoffnung, dieser könne Cagliostro umstimmen, die Aufträge für die Anfertigung seiner Arzneien wieder ihm zu erteilen.

Sie verstand. Würde der Apotheker herausfinden, dass der Bandfabrikant, Banquier und Nicht-Apotheker Sarasin in seinem Privatlaboratorium die Arzneien nach den Rezepturen des Meisters herstellte, würde er damit sofort zu seinen Zunftbrüdern rennen.

Sarasin fuhr sich mit zwei Fingern in den engen Kragen, schenkte beiden noch einmal ein, leerte sein Glas in einem Zug, hob es gegen das Licht und betrachtete interessiert die dunkelroten Tropfen, die an der Wand des bauchigen Glases hängen geblieben waren. Dann stellte er das Glas wieder auf den Tisch, schob es von sich und begann, wie er es nach den Mahlzeiten zu tun pflegte, mit dem spitzen Nagel seines Ringfingers die nicht vorhandenen Brotkrümel auf dem Tisch zu einem imaginären Häufchen zusammenzuschieben. Er könne doch seine Freunde und Bekannten nicht im Stich lassen, rechtfertigte er sich selbst, die verlangten nach ihren Mischungen. Bis jetzt hätten sie alle Stillschweigen bewahrt, aber es werde immer riskanter, er wisse nicht, wie lange sich das Ganze noch an der Zunft und dem Ärztekollegium vorbeischmuggeln lasse. Was für ein Skandal, wenn das rauskäme! Nicht auszudenken, wie sehr das seiner Reputation in der Stadt schaden würde.

Serafina schnappte lautlos nach Luft. In dem Fall wären auch sie und ihr Mann davon betroffen. Wieder einmal.

Cagliostro, der bis jetzt seinem Gegenüber schweigend zugehört hatte, machte eine besänftigende Geste. Es würde einen kurzen Aufruhr geben, wenn überhaupt, und die Geldbuße wäre schnell abgetan. Was sollte die Zunft der goldgierigen Pillendreher schon gegen einen Sarasin ausrichten? Praktisch jeder seiner Ratskollegen decke sich bei ihm mit Arzneien ein, er verdiene ja nicht einmal etwas dabei und verrechne nur die Rohstoffe. Die Apotheker täten gut daran, sich ein Beispiel an ihm zu nehmen und ihre Arbeit nicht mit doppeltem Gold aufzuwiegen. Außerdem seien die meisten seiner Kunden Logenbrüder, wer von denen würde es wagen, ihn zu verraten. Cagliostro fixierte den Freund mit seinem Blick, kniff die Augen zusammen und erklärte mit unterdrücktem Lachen: «Ihre wahre Angst, mein Lieber, ist, was passiert, wenn Ihre Frau dahinterkommt. Die Explosion, mit der sie heute gedroht hat, würde dann wohl eine gewaltige.»

Sarasin stutzte, breitete dann aber lachend die Arme aus: Cagliostro könne man eben nichts vormachen.

Die beiden Ehemänner schauten sich wortlos an und hoben seufzend die Augenbrauen, sie saßen im gleichen Boot und taten sich leid. Eine Weile lang verharrten sie, die kurzen Beine von sich gestreckt und die Daumen über den gut gefüllten Bäuchen drehend, in den nach hinten geschobenen Sesseln, bis Sarasin sich einen Ruck gab und aufstand.

«Kommen Sie, mein Lieber, es gibt noch viel zu tun.» Die Pillen seien noch zu vergolden, und bei den Damen wirke das Magistralwasser doppelt so gut, wenn es in elegante

Flakons abgefüllt sei. Den Rest des Wassers könne man in die kleinen braunen Flaschen für die Armen geben.

Cagliostro erhob sich erfreut. Mit der Herstellung der missratenen gelben Tropfen von heute früh sollten sie aber lieber ein paar Tage warten, grinste er, obwohl es nichts Besseres gegen die hysterischen Anfälle der lieben Frauenzimmer gebe – aber noch so ein Knall heute – und sie kämen nicht mehr ungeschoren davon.

Einen Augenblick noch wartete sie, bis das Lachen der Männer im Korridor verklungen war, dann kam Serafina hinter dem Vorhang hervor, schenkte sich Wein ein und trank das Glas in einem Zug aus. Sie schnappte sich den Leuchter vom Tisch und beugte sich über die zerbrochene Sanduhr. Ihr Herz tat einen freudigen Sprung, vorsichtig ließ sie den goldenen Sand durch die Finger rieseln.

Dann holte sie ihr Taschentuch hervor, sammelte den Sand darin ein und ballte ihre Hand fest um das Bündel.

In dem Moment fuhr ein Luftzug durchs Zimmer und löschte alle Kerzen, bis auf eine. Serafina wurde eiskalt, nur der Rücken brannte. Dort, wo sich die weiße Gardine vor dem geschlossenen Fenster leise bauschte, glitt ein Schatten vorbei.

*

Am nächsten Morgen wusste Serafina nicht mehr, wie sie in der Nacht auf ihr Zimmer gelangt war.

Während des ganzen Tages war sie auf der Hut, schaute sich ständig um und zuckte beim leisesten Geräusch zusammen. Der Schatten aus dem Kabinett verfolgte sie in ihren Gedanken und lag wie eine schwere Last auf ihr.

Aber noch schlimmer war die Enttäuschung, nichts gefunden zu haben. Sie war sich so sicher gewesen, dass ihr Mann im Besitze einiger Steine aus dem kostbaren Diamantencollier sei. Falls er Sarasin gegenüber ehrlich gewesen war, wäre ihre ganze Reise hierher umsonst gewesen. Sarasins Arzneimittelgeschäfte interessierten sie nicht. Es amüsierte sie, bei dem ehrbaren Mann einen Schönheitsfehler gefunden zu haben, doch niemals hätte sie ihren Wohltäter verraten.

Für heute hatte sie mit Gertrud vereinbart, gemeinsam ein paar Besorgungen in der Stadt zu machen, nach den Schrecken der Nacht würde ihr die Ablenkung guttun. Während sie auf ihre Freundin wartete, wollte sie einen Blick auf die Geschäftigkeit im Hof, die die Seidenbandproduktion mit sich brachte und die sie auf seltsame Weise erregte, werfen. Als der Lakai ihr die Tür öffnete, wäre sie fast über die Frau gestolpert, die vor dem Eingang saß und ihren Arm um ein Mädchen gelegt hielt.

«Frau Gräfin», stammelte die Frau und ergriff mit beiden Händen den Saum ihres Rockes. Sie wollte ihre Lippen darauf drücken, doch Serafina entriss ihr das Kleid mit einem Ruck.

Ihr Blick schweifte über den Hof. Eine unüberschaubare Menge Menschen saß auf dem gepflasterten Boden, den Fenstersimsen oder den Mauern der abschüssigen Rampe, die von der Gasse in den Hof hinabführte, oder lehnte sich gegen die Wand des dreistöckigen Palais. Die Leute sprachen leise miteinander oder dösten vor sich hin, einige Rastlose gingen unruhig auf und ab, da und dort hustete jemand. Serafina rümpfte die Nase, der Geruch von Armut und Krankheit lag wie ein muffiger Teppich über dem schmalen Hof.

«Frau Gräfin», fuhr die Frau fort, sie zu belästigen und deutete auf ihr Kind.

Serafina raffte ihr Kleid noch enger an sich und trat einen Schritt zurück. Mochte sich ihr Mann mit dem Pöbel abgeben, sie gingen diese Leute, die zum Überfluss jetzt auch noch alle die Köpfe in ihre Richtung reckten, nichts an. Sie unterdrückte den Impuls, aufzustampfen und warf stattdessen dem Diener neben ihr einen wütenden Blick zu. Der Kerl rührte sich nicht von der Stelle. «So tu Er etwas!», zischte sie ihn an.

Er bemühte sich nicht einmal, das freche Grinsen auf seinem Gesicht zu verbergen. Ohne Eile trat er hinaus und befahl den Leuten, der Frau Gräfin Platz zu machen. Widerwillig rückte die Frau zur Seite. Das Mädchen erhob sich und blieb mit hängenden Armen stehen. Rotz lief ihm aus der Nase, es hustete und starrte Serafina aus großen Augen an.

Es mochte an die sechs oder sieben Jahre alt sein. Der schmächtige Körper stand auf zwei mageren Beinen. Das bleiche Gesicht mit den dunklen Schatten unter den fieberglänzenden Augen war zart wie das eines Kindes, doch lagen darauf schon die wissenden Züge eines ganzen Lebens. Sie standen sich gegenüber, das hustende Mädchen und die elegante Gräfin.

Der Ausdruck der bernsteinfarbenen Augen des Kindes machte sie stutzig. Stolz lag darin und eine Entschlossenheit, die Serafina die Augen senken ließ. Ein stechender Schmerz durchfuhr sie. Als sie den Blick des Mädchens auf ihren Ring bemerkte, versteckte sie die brennende Hand schnell hinter ihrem Rücken.

Keine Gier hatte darin gelegen. Es war, als hätten diese viel zu großen Kinderaugen, die nie zu blinzeln schienen, durch den Ring in Serafina hineingeblickt.

Sarasin, der soeben aus dem Haus getreten war, erkundigte sich freundlich nach dem Namen des Mädchens.

Gertrud heiße sie, sie sei zehn Jahre alt, beeilte sich ihre Mutter zu antworten.

Das sei ein hübscher Name, just ebenso heiße auch die gnädige Frau, erwiderte Sarasin wohlwollend.

Sie sei nach der gnädigen Frau getauft, erklärte die Frau und sackte in einen ungeschickten Knicks.

«Ich bin Anna.»

Die Stimme war fest und viel tiefer, als der schmächtige Kinderkörper es hätte vermuten lassen. Sarasin blickte fragend von dem Mädchen zur Mutter und wieder zurück. Die Frau hatte schon die ganze Zeit nervös ihre Hände geknetet, jetzt versuchte sie ein entschuldigendes Lächeln, hielt sich an ihrer Schürze fest und sagte mit emporgezogenen Schultern, als wollte sie sich dazwischen verstecken: «Bitte ergebenst, gnädiger Herr. Die Gertrud, also die Anna», sie kam ins Stocken, das Kind sei auf den Namen Gertrud Anna getauft, doch, sie blickte flehend zu ihrer Tochter hinüber, die den Kopf von ihr abwandte, höre sie nur auf ihren zweiten Namen, beendete die Frau flüsternd den Satz und schlug die Augen nieder.

Auf Sarasins Gesicht zeigte sich Irritation. Diese Frau hatte offenbar ihre Mutterpflichten sträflich vernachlässigt. Mit strenger Miene wandte er sich ihr zu und wollte wissen, wer sie sei.

Die Frau wiederholte ihren Knicks, richtete sich dann aber gerade auf und schaute ihm offen ins Gesicht. Sie sei die Buser Hanni. Posamenterin von Beruf. Sie stehe in Diensten des gnädigen Herrn und bitte untertänigst, und hier drückte wieder ihre Angst durch, das Mädchen zu entschuldigen. Es sei ein gutes Kind, fleißig und schon sehr geschickt am Webstuhl, doch plage es seit Wochen dieser Husten. Der gnädige Herr möge doch bitte Nachsicht haben, flehte sie und senkte den Blick zu Boden.

Sarasin zog ungeduldig seine goldene Uhr aus der Rocktasche, er hatte jetzt keine Zeit, und überhaupt waren ihm solche Szenen unangenehm.

Der Tag hatte turbulent begonnen. Beim Frühstück hatte es Verzögerungen gegeben, weil die Köchin wegen einer ungehorsamen Küchenmagd den Kaffee nicht hatte servieren lassen wollen, bis die Sache geregelt worden war und die Magd einen Verweis von der Herrin persönlich bekommen hatte. Woraufhin die Magd sich mit in die Hüfte gestemmten Armen vor die Herrschaft gestellt und ausgerufen hatte: Jetzt wolle sie den gnädigen Herrschaften auch mal was sagen. Was sie eigentlich glaubten, wie lange das noch so gehe? Ihr Verlobter, der erster Lakai bei den Merians sei und die Zeitungen seines Herrn lesen dürfe, sage, dass es nicht mehr ewig so weitergehen könne in Frankreich und auch hier bei ihnen nicht, nämlich, dass die einen sich mit Seidenbändern schmückten und befahlen, und die anderen nichts hätten und nur buckeln müssten.

Kaum hatte die Magd ihre atemlosen Sätze vor ihnen ausgespuckt, hatte sie ihre Schürze auf den Boden geschmissen und war türenknallend aus dem Zimmer gelaufen. Woraufhin Gertrud des Riechfläschchens bedurft hatte, und Jacques eine volle halbe Stunde beruhigend auf sie hatte einreden müssen.

Jetzt fragte Serafina vorsichtig, ob ihm nicht wohl sei und ob sie nach Cagliostro schicken solle. Er schüttelte den Kopf.

Und was sei mit dieser Frau und ihrem frechen Kind, sollten sie nicht bestraft werden, erkundigte sie sich.

Sarasin winkte ab, was kümmerten ihn die Launen eines kleinen Mädchens. Es klang jedoch nicht überzeugend. Es sei schließlich kein Verbrechen, schob er nach, wenn einem der Name, den einem die Eltern gegeben hatten, nicht gefalle. Er zum Beispiel, lachte er übertrieben laut, höre auch nicht auf Jakob.

Plötzlich ertönte ein fürchterliches Husten. Das Mädchen lag gekrümmt am Boden und rang nach Luft. Auf seinem Gesicht flammten rote Flecke auf. Die Mutter stürzte zu ihm hin und flüsterte ihm beruhigende Worte zu.

«Jacques, geschwind, tun Sie etwas!», rief Serafina. Nun kam Leben in den korpulenten Mann: In barschem Ton befahl er einem Burschen in der Menge, das Kind aufzuheben und mitzukommen.

Serafina blieb an der Türschwelle stehen. Im abgedunkelten Zimmer war es stickig, es dauerte eine Weile, bis sie sich an das Dämmerlicht gewöhnt hatte. Das Mädchen lag jetzt ruhig auf der Liege. Gleich einem Diadem zierte eine Reihe winziger Schweißtropfen seine weiße Stirn. Der Hustenanfall hatte sich beruhigt, es atmete regelmäßig. Cagliostro sprach leise mit der Mutter und händigte ihr eine kleine Flasche aus. Die Frau solle unbesorgt sein, ihrem Kind gehe es bald besser. Er drückte ihr ein paar Geldstücke in die Hand und wies sie an, ins nahe Wirtshaus zu gehen, dort würde man ihnen auf seine Kosten Brot und Suppe servieren.

Das Mädchen setzte sich auf. Die roten Fieberflecke auf den Wangen hatten sich verflüchtigt, der heiße Glanz war aus seinen Augen verschwunden. Sein Blick war starr auf eine kristallene Wasserkaraffe gerichtet, die im Schein des Kerzenlichtes funkelte.

Niemand außer Serafina hatte auf das Kind geachtet, als es plötzlich zu sprechen begann. Erneut staunte Serafina über die tiefe und klare Stimme des Mädchens: «Fisch. Es stinkt nach Fisch. Die Straße ist breit und schnurgerade. Sie führt von einer großen Stadt zu einem riesigen Schloss. Hunderte von Füßen donnern über die Straße. Die Erde unter ihnen erbebt. Eine Traube von Menschen, fast alles Frauen, geht auf das Schloss zu. Sie schreien laut: A Versailles!»

Mit angehaltenem Atem starrten alle auf das Mädchen. Die Mutter schnellte auf ihre Tochter zu, doch Cagliostro packte die Frau am Arm und bedeutete ihr zu schweigen.

«Anna, was schreien die Weiber noch?», fragte er das Mädchen.

«A bas le roi!»

Sarasin stöhnte. Serafinas eiskalte Hände krallten sich in ihr Kleid und hinterließen nasse Spuren auf der zerknitterten Seide.

*

Stunden später warf sie den Hut auf die Kommode, streifte die Schuhe von den Füßen und ließ sich erschöpft in den Sessel fallen. Auf der Suche nach einem passenden Fächer zu ihrem neuen Kleid hatten sie die ganze Stadt abgeklappert. Alle paar Meter waren sie auf Bekannte von Gertrud gestoßen, die Serafina bedrängt hatten, sie doch bitte recht bald und unbedingt zusammen mit ihrem Gatten zu beehren. Kaum hatten sie sich umgedreht, war dann das Geschwätz losgegangen. Hatte man Gertrud soeben noch zu ihrem Glück, das Grafenpaar bei sich beherbergen zu dürfen, beglückwünscht, so zeigte man sich jetzt befremdet über deren Freundschaft mit dieser über alle Schicklichkeit hinaus geputzten und für ihren zweifelhaften Lebenswandel bekannten Gräfin. Es seien doch heranwachsende Töchter im Haus, hatte jemand hinter ihrem Rücken geflüstert, doch an Gertrud perlte jegliche Kritik an ihrer Freundin ab, sie war einzig um deren Wohlergehen besorgt.

Als sie danach Gertruds Schwester besucht hatten, war schon am Eingang das aufgeregte Durcheinander zahlreicher weiblicher Stimmen zu hören gewesen. Man hatte sie überschwänglich begrüßt und sie in die Mitte der neugierigen Damen gezerrt. Serafina sei genau im richtigen Moment gekommen, man diskutiere gerade die Transmutationslehre ihres Gatten, nur mit äußerster Mühe und allein aus Rücksicht auf Gertrud war sie nicht davongesprungen.

Sollten sie doch ihren Mann selbst fragen. Sie hatte das Ritual, mittels dessen er seinen Klienten die vollkommene körperliche und seelische Erneuerung versprach, nie ausprobiert.

«Die Transmutation macht aus jedem das, was er ist, nicht mehr und nicht weniger», behauptete er stets. Sie hatte diesen Zustand auch ohne sein umständliches Prozedere erreicht.

Doch seine Methode erfreute sich bei den Herrschaften großer Beliebtheit. Jeder, der sich noch nicht bei Vollmond auf das Land begeben, sich dort in ein Zimmer eingeschlossen, sich vierzig Tage lang mit magerer Kost begnügt hatte und dem während dieser Zeit nicht Blut abgezapft worden war, der nicht destilliertes Wasser getrunken und nicht ein paar Tropfen Materia prima eingenommen und am 39. Tage zehn Tropfen vom Balsam des Großmeisters bekommen hatte, um sodann am Folgetag wiedergeboren nach Hause zu kehren, der wagte es kaum mehr, sich in Gesellschaft zu zeigen.

Die meisten der anwesenden Damen hatten diesen ersten Schritt der körperlichen Verjüngung schon hinter sich. Nun diskutierte man angeregt über die weit wichtigere moralische Wiedergeburt.

Aller Augen hatten sich dabei auf Gertrud gerichtet. Sie und ihr Mann waren bereits an Körper und Geist vollkommen erneuert.

«Dazu begibt man sich wieder in vierzigtägige Quarantäne», hatte Gertrud geflüstert. Am 33. Tage kämen die sieben

Engel und drückten eigenhändig ihre Siegel und Chiffren auf ein Stück Pergament. Am letzten Tag hätten die Engel ihre Arbeit beendet und überreichten dem, der seine Retraite erfolgreich absolviert habe, ein Pentagramm. Wer es empfange, dessen Geist werde von göttlichem Feuer erfüllt, seine Einsichten würden unbegrenzt, seine Macht unermesslich, er strebe von nun an nur nach Ruhe und Unsterblichkeit, um von sich sagen zu können: «Ich bin, der ich bin.» Im Salon hatte man sich schon in dem seligen Zustand gewähnt, nach einer Weile allerdings waren die ersten Befürchtungen gekommen: die schmale Kost, die fehlende Zerstreuung, nicht einmal Lektüre war erlaubt.

Die Veredelung verlange nach Opfern, hatte Gertrud strahlend erklärt und sofort versichert, der Meister verlange nichts Unmögliches. Er wisse um die Zartheit ihres Geschlechts und sei darum besorgt, dass man während der Retraite mit einfacher, aber stärkender Kost genährt werde. Man wolle ja in der Zeit nicht abfallen, hatte sie augenzwinkernd hinzugefügt. Und wenn aus Versehen die neue Sophie de La Roche ins Gepäck gerate, würde der Meister beide Augen zudrücken.

Dass die Damen hier ihre Nasen in Bücher steckten und der allgemeinen Lesewut frönten, war nichts Neues, aber dass es Frauen gab, die selbst Bücher schrieben, befremdete Serafina. In London hatte sie diese Sophie de La Roche kennengelernt, die ihr mit Liebenswürdigkeit begegnet war, doch Serafina hatte ihr Misstrauen der geistreichen Dame gegenüber, die sowohl mit Gelehrten disputieren als sich auch mit Damen über die neuesten Stickmuster unterhalten konnte, nicht abgelegt. Die hiesigen Damen verehrten die Schriftstellerin, die mit Sarasin in Korrespondenz stand, und ihr Besuch in seinem Haus vor drei Jahren war ihren Anhängerinnen noch in lebhaftester Erinnerung. Selbstverständlich müsse man auch nicht auf die vom Meister verordneten lebenswichtigen Arzneien verzichten, hatte Gertrud einige, diesbezüglich besorgte Damen beruhigt. Keine der Anwesenden hätte sich ohne ihre Paradiespaste für den empfindlichen Magen oder ohne die Gewissheit, ihre Imperialpillen stets mit sich zu tragen, aus dem Haus gewagt. Allein schon der Anblick der Pillendose mit der Miniatur ihres verehrten Meisters beruhigte ihre Nerven.

Serafina hatte schon geglaubt, man habe sie vergessen, als Gertruds Schwester sich plötzlich zu ihr umgedreht und bemerkt hatte, wie wunderbar es doch sei, dass ihr Gatte nun auch eine Frauenloge errichtet habe, jetzt hätten endlich auch sie ihre geheimen Réunions.

« Und wir haben die schönste Großmeisterin », hatte die gutmütige Frau verkündet. « Ist sie nicht süß, unsere Frau Gräfin? », neckisch hatte sie sie dabei in die Wange gekniffen, « sieht sie nicht aus wie eine dieser Puppen aus Sèvres Porzellan? »

Serafina sank noch tiefer in den Sessel und atmete erleichtert auf. Gott sei Dank war sie wieder zuhause. Sie fischte nach einer Erdbeere, die in einer Schale auf dem Tisch neben ihr bereitstanden, schnupperte daran, tunkte sie in die silberne Zuckerdose und wollte gerade hineinbeißen, als es klopfte.

Mit träger Stimme befahl sie dem eintretenden Lakaien, ihre Einkäufe auf den Boden zu stellen und in der Küche eine Schokolade für sie zu ordern. Aber sofort, fügte sie hinzu, als der Bursche keine Anstalten machte, sich aus ihrem Zimmer zu entfernen. Es dauerte, bis das Stubenmädchen mit dem Gewünschten erschien und das Tablett mit einem lauten Knall auf den Tisch stellte, wobei Schokolade über den Tassenrand auf die Untertasse schwappte. Ohne Entschuldigung verließ das freche Ding mit einem geräuschvollen Aufziehen der Nase das Zimmer.

Serafina runzelte die Stirn, ließ sich jedoch genüsslich die Erdbeere auf der Zunge zergehen und blickte mit schläfrigen Augen auf den Berg von Schachteln vor ihr. Sie gähnte, auspacken würde sie später. Sie hatte hier nicht alles gefunden, Handschuhe, einen Sonnenschirm, zwei Paar Schuhe schon, zwar auch diverse Bänder, aber kein passendes für das Kleid, das sie an der Soirée, die man ihr zu Ehren geben würde, tragen wollte. Für diese kleinen alltäglichen Ausgaben hatte Sarasin ihr ein großzügiges Taschengeld zugesteckt, wollte sie aber Cagliostro verlassen, brauchte sie mehr. Sobald sich eine günstige Gelegenheit ergab, würde sie sich nachts auf die Suche nach dem Gold und den Diamanten machen, denn sie war nach wie vor davon überzeugt, dass ihr Mann diese selbst Sarasin gegenüber geheim hielt.

Ohne sich aufzurichten, streckte sie ihren Arm nach der Tasse aus, schob mit dem Finger die Haut, die sich bereits darauf gebildet hatte, angewidert beiseite, schleckte ihn ab, nahm einen Schluck und wartete vergeblich auf die entspannende Wirkung.

Das hustende Mädchen ging ihr nicht aus dem Sinn. Sie fröstelte und angelte nach dem weichen Schal, der neben ihr über einer Stuhllehne hing.

Cagliostro hatte sofort verstanden, was es mit diesem Mädchen auf sich hatte, und darum die Wasserkaraffe absichtlich so vor es hingestellt, dass der Blick des Kindes auf das Gefäß treffen musste. Es waren gerade genug Leute da gewesen, um zu bezeugen, dass die schreckliche Vision aus dem Mund eines fieberkranken Kindes und nicht von ihm gekommen war.

Sie presste die Kiefer zusammen, wie konnte man nur so blind sein. Es war gefährlich, den Untergang der französischen Monarchie zu verkünden. Solche Dinge verbreiteten sich in Windeseile, man redete schon in der Küche darüber und morgen wüsste es die ganze Stadt.

In ihren Fingern pochte das Blut, sie hatte die Fransen des Schals so fest darum gewickelt, dass sie schon eine bläuliche Färbung angenommen hatten. Sie zerrte und riss, bis sie sie endlich aus ihrer Verknotung befreit hatte.

Einmal mehr hatte ihr Mann sich in seiner Eitelkeit verrechnet. Es würde nicht lange dauern, bis es hieße, Graf Cagliostro habe den Tod des französischen Königs vorausgesagt. Das war Hochverrat, ihr Todesurteil! Serafina wickelte sich enger in ihren Schal.

Es klopfte, ihr Mann trat ein, sah den Ausdruck in ihrem Gesicht und wollte gleich wieder umkehren, doch sie hielt ihn zurück und stellte ihn wegen des Mädchens zur Rede. Er war taub für ihre Befürchtungen und beteuerte seine Unschuld, er habe nur seine Pflicht getan und das Mädchen von seinem Husten geheilt.

Serafina blieb ruhig und bat ihn lediglich noch einmal, mit seinen abenteuerlichen Weissagungen und alchemistischen Versprechungen aufzuhören und sich auf seine Heilkraft zu konzentrieren, ansonsten sehe sie sie beide innert kürzester Zeit in Gefahr.

Er setzte seine Unschuldsmiene auf, was könne er dafür, dass der größte Wunsch der Menschheit darin liege, Gold zu machen, und ihm diese Fähigkeit zugeschrieben werde. Man wolle an das Wunder der Wandlung von Dreck in Gold glauben, wie man an die Wandlung von Wein in das Blut Christi glaube, redete er sich in Fahrt. Die Noblen und Frommen schrien Blasphemie und seien doch begierig zu sehen, wie ihr Gold sich ohne Anstrengung vermehre. Serafina müsse verstehen, dass er seine Anhänger nicht enttäuschen könne, also gebe er ihnen, was sie wollten. Aus dem Nichts Gold machen, das könne selbst er nicht, gab er zu, allein der Allmächtige erschaffe aus dem Nichts. Aber er könne aus etwas Wertlosem durchaus etwas Wertvolles machen, schloss er selbstzufrieden.

Wie zuletzt in Polen, als er einen Haufen Kuhmist in Gold hatte verwandeln wollen, ihr Lachen klang böse. Nur leider war der Schwindel aufgeflogen, bevor er den fürstlichen Lohn hatte einstecken können. Die ganze Scheiße war über seine Erlaucht ausgeleert worden, und sie hatten einmal mehr um ihr Leben rennen müssen.

«Wieviel Gold hast du Sarasin versprochen?»

Die Frage überrumpelte ihn, doch dann erhellten sich seine Züge. Danach habe sie also gesucht, als er sie neulich abends nicht in ihrem Zimmer gefunden habe.

Ihr Gesicht verhärtete sich. Er spionierte ihr nach.

Er habe nur kurz nach seiner Frau sehen wollen, rechtfertigte er sich, da sie doch unpässlich gewesen sei. Später sei er der Sandspur vom Kabinett in ihr Zimmer gefolgt, habe sie aber wegen des Katzengolds nicht wecken wollen, übrigens finde man das wertlose Geglitzer hier überall im Flusssand.

Sie fühlte, wie alles Blut aus ihrem Gesicht wich.

«Hast du etwa geglaubt, wir machen hier Gold?», fragte er amüsiert. Das interessiere Sarasin nicht, er mache Gold aus Seide, er habe genug davon. Vor allem aber würde er, Cagliostro, seinen Freund nie übers Ohr hauen, da wäre er ja schön dumm. Das Bekenntnis verblüffte sie. Doch seltsamerweise glaubte sie ihm.

Einem plötzlichen Impuls folgend sprang sie auf und kramte in ihrem Reisekoffer, fand das verblichene rote Seidenband, nahm eine Schere aus dem Nähkorb, drehte sich zu ihm und zerschnitt es vor seinen Augen.

Er stürzte zu ihr hin und packte sie grob an den Schultern, sie wehrte sich nicht, stellte sich tot wie eine Raupe zu Füßen des gefräßigen Vogels, bis er aufhörte, sie zu schütteln, und mit mühsam beherrschter Stimme befand: «Serafina, Tesoro, du bist erschöpft. Trink deine Schokolade, das beruhigt dich doch sonst immer.»

Sie stand einfach da und starrte ins Leere. Wütend stieß er sie von sich, sie taumelte und fiel auf die Chaiselongue.

Sofort tat es ihm leid. Er sank vor ihr auf die Knie, umwarb sie mit sämtlichen Kosenamen, die er jemals für sie erfunden hatte, und flehte: «Ich bin nichts ohne dich. Ein Niemand. Ich verliere alle meine Zauberkraft, wenn du gehst.» Die Monate im Kerker getrennt von ihr seien fürchterlich gewesen, sie dürfe ihn nicht im Stich lassen. Erst ihre Gegenwart lasse seine Wirkung zu, nur ihr Liebreiz bringe die Menschen dazu, seiner Magie zu erliegen.

Endlich gab er es zu. Er war nichts ohne sie. Doch es war zu spät. In ihr regte sich keine Genugtuung. Sie hatte kein Bedürfnis mehr, mit ihm zu streiten. Sie wollte ihn nur noch los sein. Sollte er sich ins Verderben stürzen, sie hatte ihn oft genug gewarnt. Sie würde vorher abspringen. «Gib mir deine Diamanten, und ich will vergessen, was ich weiß.»

Er schaute sie verständnislos an. «Die Diamanten des Colliers, du hast sie», presste sie ungeduldig hervor.

Da fing er an zu lachen und konnte gar nicht mehr aufhören damit.

Als er endlich gegangen war, hallte sein Lachen weiterhin von den Wänden wider. Obwohl es ein warmer Sommertag war, fror sie noch immer. Sie öffnete die hohen, mit schweren Portieren umrahmten Fenster und ließ die warme Luft ein.

Von hier aus hatte sie das Zimmer noch nie betrachtet. Auf dem mächtigen Himmelbett türmten sich spitzenbesetzte Kissen auf einer damastenen Decke. Unter dem Bett lugten ein Paar silberbestickter Pantoffeln hervor, daneben lag ein zerbrochener Flakon auf dem nassen Teppich. Jetzt war ihr auch klar, warum es in dem Zimmer so penetrant nach ihrem Parfum roch. Das war bestimmt diese Marie gewesen. Serafina ließ sich in einen Sessel fallen und wippte ihren Pantoffel auf der Fußspitze auf und ab. Sie blickte um sich. Es war nicht auszumachen, ob Getruds Zofe in ihrem Zimmer herumgestöbert hatte. Unterröcke, Hemden und Mieder lagen wie gewohnt verstreut herum. Ein mit Seidenschleifen besetztes Kleid war achtlos auf das Bett geworfen worden. Auf den mit vergoldeten Füßen versehenen Stühlen und Sesseln stapelten sich Kleider in allen Farben, dazu Umhänge, Frisiermäntel, Hüte, Handschuhe, Seidenblumen, Federn, Fächer und Sonnenschirme.

Die Schuhe lagen, dort, wo sie sie abgestreift hatte, in allen möglichen Farben und Formen kreuz und quer auf dem Fußboden. Ein Stiefelchen aus rotem Saffianleder hielt Ausschau nach seinem Gegenstück. Bunte Bänder quollen aus halboffenen Schachteln. Seidenbänder, wohin das Auge reichte.

Serafina schüttelte empört den Kopf. Hätte diese Marie die Weisung ihrer Herrin befolgt, hätte sie hier für Ordnung gesorgt, anstatt dem Gast frech zu kommen.

Ihre Augen glitten weiter zum Frisiertisch. Ein Sammelsurium von Töpfen und Tiegeln, Flaschen und Schachteln lag darauf, unmöglich zu sagen, ob sich da jemand zu schaffen gemacht hatte.

Ihr Blick blieb auf der Hasenpfote hängen, sie selbst ließ sie nie im Pudertiegel liegen. Sie stand auf und strich mit der Pfote über die Marmorplatte. Die Spur, die die hauchdünne Mehlschicht hinterließ, glich dem Labyrinth ihrer verirrten Gedanken. Mit aller Kraft stützte sie sich mit den Händen auf die Tischplatte, um dem Sog der irreführenden Wege nicht zu erliegen.

Auf einmal fühlte sie sich beobachtet. Sie drehte sich um, aber da hing nur ein Kleid, dessen nachtblauer Samt mit goldenen Verzierungen bestickt war. Lange, blaugrüne Federn schimmerten darauf, in deren Mitte ein gefiedertes Pfauenauge saß und jede ihrer Bewegungen verfolgte. Sie machte ein paar Schritte und spähte über die Schulter nach hinten, das Auge folgte ihr auf Schritt und Tritt. Mit einem Ruck riss sie das Kleid vom Bügel, schmiss es in den offenen Schrank und warf die Tür zu. Sie ließ sich wieder erschöpft in den Sessel fallen und legte den Kopf auf die Rückenlehne. Ihre Augenlider waren schwer, sie kämpften gegen den unsichtbaren Faden, der sie immer wieder nach oben zog.

Die Stiefeletten aus rotem Saffianleder, die sich inzwischen gefunden hatten, gerieten als Erste in ihr unruhig flatterndes Blickfeld. Mit klappernden Absätzen marschierten sie geradewegs auf sie zu, erst im letzten Moment konnte sie ihre Füße in Sicherheit bringen.

Die Kleider, die am Schrank hingen, begannen leise hin und her zu wehen. Der Stoff vor den offenen Fenstern bewegte sich nicht. Stattdessen begannen die Tiegel, Flakons und Töpfe auf dem Frisiertisch leise zu klappern. Ein Fächer öffnete seine Flügel, flatterte auf sie zu und wedelte ihr so stürmisch Luft zu, dass sie meinte, sie halte ihren Kopf aus einem schnell dahinfahrenden Wagen, während die achtlos hingeworfenen Seidenbänder sich vollends entrollten. Als sei dies nur ein kleines Vorspiel gewesen, begann wie auf Kommando ihr gesamtes Hab und Gut auf sie zuzurasen. Sie wollte die Augen schließen, konnte aber der Kraft, die sie hinzuschauen zwang, keine Gegenwehr bieten. Dem Angriff ihrer Besitztümer hilflos ausgeliefert, zog sie sich tief in den Sessel zurück, ihr Schrei verhallte lautlos in ihrem Mund.

Im letzten Moment, bevor die auf sie zurasende Schirmspitze ihre Stirn durchbohren konnte, nahm sie mit größter Anstrengung ihren Verstand zusammen, klatschte in die Hände und rief laut: «Basta!»

Sie schnappte nach dem über ihrem Kopf wedelnden Fächer und griff ins Leere. Der Fächer lag schon wieder ordentlich gefaltet auf der Kommode.

Benommen fuhr sie sich über die Augen und stand mit einem Ruck auf. Wenn sie jetzt nicht sofort Ordnung in dieses Chaos brächte, verlöre sie den Verstand.

Vor ihren Füßen lagen, wie Tränen aus glänzendem Pech, schwarze Schönheitspflästerchen auf dem Boden. Sie kniete sich nieder, tippte mit der angefeuchteten Fingerspitze die aus Seide und Samt gefertigten Mouches auf und legte sie in die aus durchbrochenem Elfenbein geschnitzte Dose, dessen Deckel feinster Spitze glich. Wie wohl die Finger aussahen, die ein Leben lang diese winzigen Mondsicheln, Sterne und Herzen ausschnitten?

Sie sammelte die Haarnadeln auf der Chaiselongue ein und legte sie in eine perlmutterschimmernde Muschelschale auf dem Frisiertisch. Dann streckte sie sich auf der freigeräumten Liege aus, schloss die Augen und kicherte leise.

Ihre Züge entspannten sich. Bilder einer weit zurückliegenden Begegnung mit ihrem Landsmann Chevalier de Seingalt tauchten vor ihr auf. Das Grafenpaar und der berühmteste Herzensbrecher der Welt waren damals in der gleichen Herberge abgestiegen, an den Ort erinnerte sie sich nicht mehr. Ein unbedeutendes Nest, irgendwo im Norden ihrer Heimat, wo sie alle drei nur auf Durchreise gewesen waren. Der Chevalier war zwanzig Jahre älter als sie, schon damals kein ganz junger Mann mehr und hatte sie mit allen Mitteln seiner Kunst zu erobern versucht.

Sie seufzte, als sie jetzt daran dachte, mit welcher Raffinesse und Eleganz, mit wie viel Leichtigkeit und liebenswürdiger Schelmerei er dabei vorgegangen war. Mit größtem Vergnügen war sie in den Tanz der flüchtigen Worte und angedeuteten Gesten eingestiegen, hatte es verstanden, die Spannung zu halten, ohne es zu einer einzigen Berührung kommen zu lassen. Etwas anderes wäre ihrer Begegnung nicht würdig gewesen.

Sie spielten beide das gleiche Spiel, sprachen die gleiche Sprache, waren Verbündete gegen all die sesshaften und wohlanständigen Narren, von deren Ennui und Gier nach Leben sie beide sich ernährten. Er war ein Meister seines Faches – und Cagliostro war vor Eifersucht vergangen.

Noch heute bedauerte sie es, nicht an seiner Seite durch die Lande gezogen zu sein. Wie sie, ihr Mann und alle anderen Wunderheiler, Illusionisten, Alchemisten und Glücksritter, die sich an den Fürstenhöfen und Adelshäusern von Italien bis nach Deutschland, von Portugal bis nach Russland die Klinke in die Hand gaben, hatte auch de Seingalt die Welt durchreist. Oft mit vollgepackten Koffern entlang einer vorgezeichneten Reiseroute gemächlich in der eleganten Equipage, ebenso oft aber auch fluchtartig, ziellos und versteckt unter der Heufuhre eines Bauernwagens.

Mit einem wehmütigen Lächeln hatte dieser galante Spötter gestanden: «Contessa, Sie sind die Einzige, die mir widerstanden hat, dafür liebe und ehre ich Sie. Lassen Sie uns auf Ihre Schönheit trinken.»

«Und auf Sie, mein lieber Giacomo», hatte sie geantwortet.

Er hatte eine Bouteille bestellt, und sie hatten Anekdoten aus ihrem Leben ausgetauscht und gemeinsam über all die Dummen gelacht, die ihnen Brot gaben, nie hatte sie sich besser unterhalten. Diese Nacht war ihr als einer der glänzendsten Momente ihres Lebens im Gedächtnis geblieben. Sie hatte dem Chevalier vertraut, wie sie bisher nur dem alten Piero vertraut hatte. Er hatte sie nicht mit falschen Schmeicheleien gelangweilt; der Respekt, den er ihr entgegenbrachte, war etwas für sie vollkommen Neues gewesen. Er hatte sie um ihrer selbst willen verehrt und sie fühlen lassen, viel mehr als eine Gräfin zu sein.

Die Welt konnte man nicht ändern. Aber man konnte sich sein Stück vom Kuchen davon abschneiden, das hatte Casanova sie gelehrt. Es war dieselbe Lebensmaxime, die Cagliostro nicht müde wurde, ihr zu predigen, die aber, ausgesprochen vom charmanten und klugen Venezianer, ungemein überzeugender und verheißungsvoller geklungen hatte.

Auf ihre Klage, dass die Welt so war, wie sie war, mit ihrem Oben und Unten, in der die einen alles und die anderen nichts hatten, hatte der Chevalier geantwortet, sie müsse die Welt und die Menschen so lieben, wie sie seien, und sich nicht damit aufhalten, sie ändern zu wollen, das führe zu nichts außer Falten und einem verbitterten Geist. Man müsse mit flinken Fingern die Rosinen daraus picken, und wenn man dabei erwischt werde, müsse man die Beine unter die Arme nehmen und sich schleunigst aus dem Staub machen, hatte er gesagt und ihr die Schale mit den gezuckerten Mandeln hingehalten.

«Lieben Sie, und folgen Sie der Liebe, das ist das Einzige, wofür es sich zu leben lohnt», hatte er versonnen gemurmelt, als habe er ihre Anwesenheit vergessen, und dabei aus dem Fenster in die Dunkelheit geblickt.

Serafina hatte sich nicht zu rühren gewagt, bis er seine Melancholie abgeschüttelt und sich wieder ihr zugewandt hatte: «Mir scheint, Contessa, Sie machen etwas verkehrt: Sie fliehen die Liebe, anstatt ihr zu folgen.»

Er hatte sie nicht zu einer Antwort genötigt und stattdessen einen in Gold gefassten, kunstvoll gearbeiteten Taschenspiegel aus der Rocktasche hervorgezogen, das einzige Erinnerungsstück an seine Heimat. Er hatte auf die Spiegelfläche gehaucht, sie mit seinem batistenen Taschentuch blank gerieben und hineingeblickt: «Es ist mein Schicksal, mich ewig nach meiner Stadt zu sehnen. Ich bin ein Vertriebener. Immer wenn ich drohe, meine Identität zu verlieren, schaue ich mir in diesem Spiegel selbst in die Augen, um mich daran zu erinnern, wer ich bin.» Manchmal gewähre der Spiegel ihm einen Blick auf Venedig. Eine geliebte Piazza oder die Gasse, die sie als Kinder auf und ab gerannt seien, blitze dann vor ihm auf.

Es war kein eitler Blick in den Spiegel gewesen, sondern der Blick eines Heimatlosen, der nur in der Ferne, immer dort, wo er sich gerade nicht befand, zuhause war.

Nach einer Weile hatte der Chevalier den Spiegel wieder in die Rocktasche gleiten lassen und ihr in leichtem Plauderton erklärt, dass die Herstellung von klaren Kristallspiegeln lange ein Monopol der venezianischen Glasbläser gewesen sei, bis einige Handwerker abgeworben worden seien und in Paris die Königliche Spiegelglasmanufaktur gegründet worden sei. Daran denke er jedes Mal mit Stolz und Wehmut, wenn er im prunkvollen Spiegelsaal zu Versailles auf und ab promeniere.

Wären sie sich früher begegnet und wäre er jünger gewesen, sie wäre in jener Nacht in seine Kutsche gestiegen. Obwohl auch sein Leben ein unstetes Vagabundieren, ein Auf und Ab von Reichtum und Armut war, wollte sie noch heute daran glauben, dass es ihr an seiner Seite hätte gelingen können, die Leichtigkeit und den Zauber des Lebens zu spüren.

Sie öffnete ihre Augen, ließ ihr perlendes Lachen erklingen und flüsterte: «Giacomo, Sie haben mich dennoch erobert!»

*

Die Damen spannten ihre Sonnenschirme auf, endlich konnten sie fahren. Die Gesellschaft, die sich vor dem Ausflug für einen stärkenden Imbiss im Sarasinschen Haus eingefunden hatte, verteilte sich auf mehrere offene Wagen.

Serafina hatte schon längere Zeit vor dem Haus gestanden und rheinabwärts in die Weite geblickt, dorthin, wo das Herrschaftsgebiet des französischen Königs anfing. Mit dem Gefühl, Marie Antoinette ein Schnippchen geschlagen zu haben, drehte sie sich um und zeigte der Königin den Rücken. Vielleicht hatte sich einer der Römer, der hier oben nach einer kalten Nacht auf der Wache seine Glieder an der Morgensonne gewärmt hatte, auch nach Hause gesehnt.

Plötzlich ergriff sie ein heftiger Groll gegen ihre Gastgeber. Sie meinte, deren Großzügigkeit nicht mehr länger ertragen zu können, und sah in deren Güte und Freundlichkeit nur Herablassung.

All diese Leute waren nicht schon immer hier beheimatet gewesen, Sarasin selbst hatte ihr erzählt, dass die Römer lange vor allen anderen auf dem Münsterhügel gewesen waren. Und sie, Gräfin Serafina di Cagliostro, war Römerin.

Sie saß bereits im Wagen, als ein Herr auf krummen Beinen schnaufend auf sie zueilte. Er hatte schon einen Fuß auf dem Trittbrett, da knurrte leise ein Hund, und als der Herr nicht weichen wollte, begann er laut zu kläffen.

«Eustache, tais-toi! Sei ein braves Hundchen!» Die kreischende Stimme unterschied sich kaum vom schrillen Gebelle des Hundes, der nicht größer als eine Ratte war. Serafina hätte dem Tier dankbar sein sollen, hatte es doch den lästigen Verehrer, der ihr nicht zum ersten Mal aufgelauert hatte, verscheucht, doch als es jetzt versuchte, an ihrem Kleid hochzuspringen, hob sie angeekelt die Füße in die Luft. Die Dame neben ihr packte ihren Liebling, drückte ihn ans Herz und schimpfte mit süßer Stimme: «Eustache, du sollst nicht immer bellen. Und», sie blitzte Serafina böse an, «man zerrt nicht an den Röcken von Gräfinnen.»

Dann hielt sie das winselnde Haarknäuel hoch über ihren Kopf und bedeckte es noch einmal von oben bis unten mit Küssen. Die Spuren, die Eustaches winzige rosa Zunge auf ihrem gepuderten Gesicht hinterließ, sahen aus, als sei eine Schnecke über Madames eingefallene Wangen gekrochen. Eustache bekam sein Leibbiskuit, bevor er in Madames dunkellila Samtbeutel gesteckt und auf ihren Schoß gebettet wurde. Nur der winzige Kopf lugte hervor, die riesige Schleife darauf, aus derselben Seide wie Madames Kleid gearbeitet, wippte im Takt der rüttelnden Kutsche auf und ab.

Sich zurücklehnend und ihren Hund kraulend erkundigte diese sich bei der Gräfin, wie ihr Paris gefallen habe. Serafina versteifte sich, die Damen hatten nur darauf gewartet, sie über die Halsbandaffäre auszufragen, und sie würde ihnen nicht den Gefallen tun, ihre aufdringlichen Andeutungen zu verstehen.

«Welch reizendes Kleid! Trägt das die Königin von Frankreich? Sie müssen es unbedingt meiner Schneiderin zeigen.»

Serafina war versucht, sich die Ohren zuzuhalten. Die Frauen in diesem Land hatten entsetzlich hohe Stimmen.

«Apropos, Mesdames, haben Sie schon gehört?», fragte eine andere, ebenso unangenehme Stimme, «unsere Mademoiselle», alle schienen zu wissen, von wem die Rede war, «hat sich nun doch mit dem Herrn Doktor verlobt.»

Man plapperte über die bevorstehende Maihochzeit, besprach die Aussteuer und redete über die Vorzüge des frei angelegten Landschaftsgartens im englischen Stil gegenüber den akkurat geschnittenen französischen Boskotten im zukünftigen Garten des Brautpaares. Allgemeine Zustimmung wurde laut, man hatte seinen Rousseau gelesen. Doch solle man es auch nicht übertreiben mit dem Naturzustand, gab eine der Damen zu bedenken, Ordnung müsse sein, sonst nehme die Natur überhand.

Die Landschaft glitt an ihr vorbei. Wie immer schenkte sie ihr kaum Beachtung. Im Hintergrund kläffte Eustache, die Stimmen der Frauen überschlugen sich und vermengten sich zum schäumenden Tosen eines entfernten Wasserfalls.

Serafina war alles, was Natur war, ein Gräuel. Es erinnerte sie an Schmutz und an den Kot der Seidenraupen, der unter den Maulbeerbäumen ihrer Kindheit gelegen hatte und an ihren nackten Füßen kleben geblieben war. Sie liebte alles, was mit viel Aufwand künstlich erzeugt worden war, begeisterte sich für die auf dem Reißbrett angelegten französischen Gärten und hatte nichts übrig für die üppigen und, wie es den Anschein machte, planlos angelegten, wild wuchernden, englischen Gärten.

Sie umgab sich lieber mit kunstvoll gefertigten Blüten aus Seide. Selbst in frisch geschnittenen Blumen roch sie schon den Verwesungsgeruch ihres baldigen Zerfalls. Die Penetranz, mit der die lebenden Blüten sie an die Vergänglichkeit ihrer eigenen Schönheit gemahnten, war unerträglich, sie hielt sich die Nase zu und ließ sie fortschaffen.

Die Stimmen im Hintergrund schäumten und verspritzten weiter ihre giftige Gischt, bis in geringer Entfernung ein weißer Pavillon aufleuchtete, auf dessen Turm eine goldene Wetterfahne in Form eines Drachens thronte; eine Glocke bimmelte leise in seinem Maul. Der Gartenpavillon, den Sarasin vor fünf Jahren nach den detaillierten Angaben Cagliostros als Rückzugsort für die Transmutation hatte umbauen lassen, war dieser Funktion schon bald wieder enthoben worden und diente seitdem erneut als Lustschloss.

Sarasin stand bereit, um den Damen beim Aussteigen behilflich zu sein. Er strahlte übers ganze Gesicht, als er seiner

Gattin, die sich schwerfällig von ihrem Sitz erhob und ihrem Mann ein dankbares Lächeln schenkte, die Hand reichte. Auch die übrigen Herren eilten herbei, um ihre Damen zu Tisch zu führen. Man setzte sich an die mit weißem Damast und üppigem Blumenschmuck geschmückte Tafel in der Mitte des Raumes, der mit seinen goldgerahmten Spiegeln über den Kaminen, seinen hohen Fenstern und der mit Palmen und exotischen Blumen geschmückten Tapete prachtvoll anzusehen war.

Sarasin erhob sich zur offiziellen Begrüßung seiner Gäste, pries den wunderbaren Sommertag, den sie gemeinsam an diesem schönen Ort in bester Gesellschaft genießen durften. Leider hätte sich ihr verehrter Großkoptha seiner Pflicht nicht entreißen können. In unermüdlicher Selbstaufopferung sei er bei seinen armen Kranken in der Stadt geblieben. Doch hätten sie die Ehre, seine liebreizende Gattin bei sich zu haben, deshalb wolle man nun auf die Gesundheit des Meisters und der schönen Gräfin anstoßen. Die Gläser wurden erhoben. Die Herren taten es mit Inbrunst, einige Damen hielt nur ihre strenge Erziehung davon ab, ihrem Beispiel nicht zu folgen.

Der Kaffee wurde draußen an kleinen Tischen im Schatten der Bäume serviert. Sie ignorierte Lucys Aufforderung, sich zu ihr zu setzen, die Engländerin rächte sich, indem sie den Damen Anekdoten über Serafinas Londoner Zeit zum Besten gab.

Doch hier im warmen Sonnenlicht erschienen ihr selbst die unentwegten Sticheleien der Damen nur wie lästige Fliegen und die dunklen Schatten der vergangenen Nächte und die unheilvollen Ahnungen der letzten Monate wie unwirkliche Träume.

Flüchtig grüßte sie im Vorbeigehen eine unscheinbare Dame, die die Gräfin mit ruhigem Blick musterte und sich sichtlich auch langweilte. Serafina erinnerte sich, ihr einmal vorgestellt worden zu sein. Sie war die Tochter des vielgepriesenen Isaak Iselin, verheiratete Preiswerk. Die Damen munkelten, dass es um diese Ehe nicht gutstehe und die allzu große Lesewut der Frau daran schuld sei.

Die Damen schaufelten sich die berühmte Erdbeer-Charlotte der Sarasinschen Köchin auf die Teller, stöhnten dabei über die zu enge Schnürbrust und lobten den Effekt von Apfelessig, der den unerwünschten Folgen von üppigen Gastmahlen entgegenwirke.

Serafina stand abseits an einen Baum gelehnt und spähte über den Rand ihres Fächers zu den Damen. Man schien sie vergessen zu haben. Sie öffnete ihre Lippen, senkte den Fächer bis zum Kinn hinab und ließ langsam ihre Zungenspitze hinausgleiten, immer weiter, bis es nicht mehr ging – nichts geschah, kein entrüsteter Schrei, keine Ohnmacht, nur Eustache kläffte wild in ihre Richtung.

Gelangweilt wandte sie ihre Aufmerksamkeit den drei Herren zu, die langsam in Richtung Allee des großzügig angelegten Parks schlenderten. Kaum waren sie hinter einer Wegbiegung verschwunden, lief sie ihnen nach.

Der Mittlere, ein hochgewachsener, magerer Mann mit unverhältnismäßig langen Armen, die selbst beim gemächlichen Auf-und-ab-Gehen heftig hin und her schlenkerten, war offensichtlich ins Referieren gekommen. In gebührendem Abstand, sich Luft zufächelnd, ging Serafina hinter den Dreien her. Ab und zu wehte die leichte Brise Wörter und Satzfetzen zu ihr: «Sarasin», «vorzüglicher Wein» und immer wieder «Cagliostro», war alles, was sie verstand. Als die drei stehen blieben, tat sie, als bewundere sie die Blumenbeete und spitzte die Ohren. Die Herren boten sich gegenseitig Schnupftabak aus ihren Dosen an, nun meldeten sich auch die beiden anderen zu Wort, und die Stimmen wurden lauter. Wieder fiel Cagliostros Name, der lange Herr in der Mitte schüttelte den Kopf, sie nahmen ihren Weg wieder auf und verschwanden schließlich hinter einer dichten Hecke.

Sie blickte hastig um sich, raffte ihr Kleid, eilte weiter die Allee entlang und schlich sich von der anderen Seite an die Hecke heran, linste durch das Gebüsch und hielt den Atem an.

Sie wusste nicht, wie viel Zeit vergangen war. Die Herren waren zur Gesellschaft zurückgekehrt, sie saß im Gras, die Stirn auf die angewinkelten Knie gelegt. «Je früher wir das Grafenpaar loswerden, desto besser.» Der Satz hallte in ihrem Kopf wieder, bereitete ihr Schwindel und lähmte jegliche Entschlusskraft in ihr.

Sie fühlte sich, als schwebe sie irgendwo zwischen Himmel und Erde und könne nirgends Halt finden. Gerade erst hatte Gertrud ihr versichert, dass sie bei ihnen immer ein Zuhause hätte. Doch morgen würde der Rat dieser Stadt darüber bestimmen, was mit dem Grafenpaar Cagliostro geschähe, hatten die Männer gesagt. Offenbar stand ihre Ausschaffung schon länger zur Debatte, war im Grunde genommen beschlossene Sache und nur noch eine Frage der Form.

Als plötzlich Sarasins Stimme hinter der Hecke erklungen war, hatte sie kurz Hoffnung geschöpft. Er war einer der reichsten und einflussreichsten Männer im Rat, auf ihn mussten sie doch hören. Dass er tatenlos zusähe, wie seine Freunde aus der Stadt gejagt würden, konnte und wollte sie nicht glauben. Jedoch hatten ihm die anderen in aller Höflichkeit, doch unmissverständlich zu verstehen gegeben, dass sein Gast in der Stadt nicht mehr geduldet werde, der Rat sei nicht gewillt, dem Ehepaar Cagliostro bleibendes Asyl, geschweige denn, das Bürgerrecht zu gewähren.

Sarasin hatte seufzend zugegeben, dass er auf verlorenem Posten stehe, doch werde er, obwohl er selbstverständlich auch gegen weitere Einbürgerungen von Zugezogenen in ihrer geliebten Vaterstadt sei, morgen dennoch seine geschätzten Ratskollegen bitten, im speziellen Fall der Cagliostros eine Ausnahme zu machen. Die anderen waren hart geblieben und hatten auf die Gefahr hingewiesen, die für sie alle von Cagliostros Verbleib ausgehe.

Da hatte Sarasin laut gelacht, worauf der Lange mit der Halsbandaffäre gekommen war. Ob Sarasin nicht gehört habe, dass der Graf im Besitze nicht weniger Diamanten aus dem Collier sein solle.

So etwas Lächerliches habe er noch nie gehört, hatte Sarasin seinen Freund mit einer Schärfe verteidigt, die Serafina bei dem höflichen Mann noch nie gehört hatte. Er verbitte sich solche Anschuldigungen gegenüber seinem unschuldigen Freund. Sie hatte nicht alles verstanden, was der andere in seiner Gegenrede angeführt hatte, außer dem Teil, in dem es um Frankreich gegangen war. Würden sie Cagliostro noch länger hierbehalten, könnten ihre diplomatischen Beziehungen zu dem königlichen Nachbarreich empfindlich gestört werden, das zöge unweigerlich eine große Gefahr für die politischen und geschäftlichen Kontakte nach sich. Sarasin sei, seit seinem Rückzug aus den Geschäften, mit Verlaub, nicht mehr in der Lage, die Brisanz der Situation zu beurteilen.

Marie Antoinette, hatte Serafina in dem Moment gedacht, warum reden sie von Geschäften, Marie Antoinette war doch an allem schuld.

Als hätte er ihre Gedanken gehört, hatte sich einer der beiden Herren, die bis jetzt nur zugehört hatten, in das Gespräch eingeschaltet. Was man abgesehen vom gesellschaftlichen Klatsch aus Frankreich höre, sei auch nicht gerade beruhigend. Die Königin scheine es mit ihrer maßlosen Verschwendung endgültig auf die Spitze zu treiben, auch ohne diamantenes Collier. Offenbar habe niemand mehr sie im Griff, am wenigsten ihr eigener Mann, dieser gute, schwache König. Das Volk schreie nach Brot. Ihre Majestät empfehle, Kuchen zu essen. In Frankreich brodle es, und da sei es äußerst unklug, einen von der Königin des Landes Verwiesenen zu protegieren. Natürlich müsse man diesen vortrefflichen Mann, den er persönlich noch immer sehr schätze, fügte er entschuldigend bei, irgendwo sicher unterbringen, das sei man Cagliostro schuldig.

Dass Sarasin diesbezüglich schon in Verhandlungen mit einer anderen Stadt stehe und Cagliostro einverstanden sei, dort mit seiner Frau in einer Villa auf ruhigere Zeiten zu warten, war Serafina neu gewesen und hatte ihr endgültig alle Hoffnung genommen.

Einmal mehr hatte sie von nichts gewusst, dachte sie wütend. Sie sprang auf ihre Füße und begann hin und her zu gehen.

Unmöglich konnte sie jetzt zu der Gesellschaft zurück. Die Bosheiten hinter dem süßen Geplänkel der Frauen waren harmlos verglichen mit den galanten Reden der Herren, hinter denen das Verderben lauerte. Sie konnten einen mit ihren Worten umgarnen und in Sicherheit wiegen, während sie dahinter ihre Fäden spannen und sich in ihren kleinen Kokon aus Gold, Namen und Geburt hüllten, in den aufgenommen zu werden für jemanden, der selbst nicht einmal mehr genau wusste, wo er herkam, unmöglich war.

Die Seidenherren. Man hatte die Ehre, für sie zu arbeiten, wagte aber nur heimlich, mit dem Finger über den Faden zu streichen, bevor sie das Garn mitsamt den Träumen, die man gesponnen hatte, abholten und einen im Hinterhof zurückließen. Und gelang es einem später dennoch, sich in Seide zu hüllen, schreckten die Herren vor so viel Unverfrorenheit zurück und schlugen einem die Tür vor der Nase zu.

Serafina blieb stehen. Sie hatte nicht bemerkt, wie sie um die Hecke herum gegangen war und jetzt dort stand, wo die Herren vorhin miteinander diskutiert hatten. Ihr Blick fiel auf einen Kieselstein, der im Rasen lag. Sie hob ihn auf und drehte ihn in der Handfläche.

Das musste der Kiesel sein, den eine Gruppe von Kindern durch eine Lücke im Hag in den Park geschossen hatte. Ob die Steinschleuder absichtlich auf die gnädigen Herren gerichtet worden war oder nur aus Versehen getroffen hatte, wusste sie nicht. Als die Kinder den Aufschrei des Getroffenen gehört hatten, waren sie davongestoben. Der Lange hatte Anstalten gemacht, sie zu verfolgen, doch seine Begleiter hatten ihn zurückgehalten, die Kinder wären längst auf und davon und es sei ja nichts geschehen, der Kiesel hätte nur seinen Arm gestreift.

Der Lange hatte sich über den Vorfall nicht beruhigen können. Spielende Kinder, dass er nicht lache, jede Revolution fange mit einem Kieselstein an. Ob die Herren gesehen hätten, wie zerlumpt die Racker gewesen seien. Dabei ermöglichten sie den Bauern doch zusätzlichen Verdienst mit der Herstellung von Seidenbändern, aber diese brächten den Herrschaften keinen Respekt mehr entgegen. Wenn das so weitergehe mit dem Pack, hätten sie hier bald schlimmere Zustände als in Frankreich. Es gebe bald keine rechte Ordnung mehr, es solle ihm keiner kommen und erzählen, nur in Paris gäre es. Vor ein paar Tagen habe sein Kutscher die Zügel hingeschmissen und sei einfach gegangen. Mehr Geld verlangen könne jeder, aber dafür arbeiten, sei nicht jedermanns Sache. Neulich sei er hinausgefahren und habe eigenhändig den Abtransport eines Bandstuhles aus einem Posamenterhaus überwacht. Die Leute hätten schlechte Ware abgegeben und auch nach mehrmaliger Ermahnung des Visiteurs seien die Lieferfristen nicht eingehalten worden. Ihn wundere nichts, bei der Anzahl Kinder, die sie in der kleinen Hütte gehabt hätten. Und so schmal, wie die alle waren, hätten sie keine rechte Kraft zum Arbeiten.

Die Herren hatten seinem durch den Schrecken ausgelösten Ausbruch wortlos zugehört und ihm beruhigend auf die Schulter geklopft. Es habe doch neulich in Olten wieder eine sehr erfolgreiche und befriedigende Réunion stattgefunden, hatte Sarasin ihn aufmuntern wollen. Ihre Bestrebungen hinsichtlich Freiheit und Gleichheit machten Fortschritte. Die Verbesserung der Zustände in allen Bereichen könne eben nur durch vernünftige Reformen, nicht aber durch radikale Umstürze erlangt werden. «Denken Sie daran, meine Herren», hatte er gemahnt, «vernünftige Reformen können von uns gelenkt werden, eine Revolution, ein erzwungener, vielleicht sogar gewaltsamer Wandel von unten ist unter allen Umständen zu vermeiden.»

Serafina stöhnte auf und warf den Stein, so weit sie konnte, von sich, dann begann sie zu laufen.

Sie rannte quer über die große Rasenfläche, schlüpfte durch das Loch in der Hecke und lief weiter entlang der Straße, bis sie das Dorf erreichte. Sie lehnte sich an den Rand des Brunnens, der auf einem offenen Platz zwischen den gedrungenen Häusern stand, und ließ ihren Atem zur Ruhe kommen.

Sie fühlte Leere im Kopf, beugte sich über den Wasserstrahl, um ihren Durst zu löschen, musste sich festhalten, wollte die Augen schließen, aber etwas zwang ihren Blick auf die Wasseroberfläche. Alles vor ihr verschwamm, dann wurde es klar.

Blut. Es riecht nach Blut. Perückenbehangene Masken, aufgespießt auf Pfählen, säumen die Straßen. In Paris.

Sie taumelte, kniff die Augen zusammen, atmete schwer und wartete, bis ihr Puls sich beruhigt hatte.

Eine Gruppe von Kindern kam um eine Hausecke gerannt. Als sie die schöne Dame in dem zerknitterten, von Grasflecken verunreinigten Kleid und mit dem zerzausten Haar, in dem vertrocknete Blätter hingen, sahen, blieben sie abrupt stehen. Mädchen und Jungen, alle mit staubigen, bloßen Füßen, in farblosen, geflickten Kleidern starrten sie wortlos an. In ihren Gesichtern lag Scheu, fast Furcht vor der Erscheinung, die nicht auf ihren Dorfplatz passte.

Auf einmal kam Bewegung in die Gruppe, aus ihrer Mitte trat ein Mädchen hervor und blickte sie aus seinen bernsteinfarbenen Augen an.

*

Es gibt die, bei denen man mit einer Maske nicht durchkommt. Kinder, echte Narren, Schwachsinnige und Tiere, sie alle tragen auch keine Maske. Sie fügen sich nicht. Sie sind, wie sie sind. Sie reden nicht unaufhörlich, sie haben keine Angst, still zu sein. Sie hören, sie sehen.

Es ist Zeit, die Zeichen zu lesen, auch du kannst sie nicht mehr ignorieren. Erinnere dich daran, wer du bist. Komm zurück.

Serafina wusste nicht, ob es die Stimme des Mädchens, ihre eigene oder eine andere gewesen war, die sie dort auf dem heißen Dorfplatz vernommen hatte. Doch sie hatte verstanden. Sie hatte es in den Augen des Kindes gesehen.

Die Welt transformiert sich, das hat sie immer getan. Eine neue Zeit ist im Anmarsch, es wird noch dauern, bis das Neue geboren wird, das Alte macht viel Lärm beim Sterben.

Sehr lange kann die alte Macht sich nicht mehr gegen die gewaltige Kraft des sich erhebenden Pöbels stemmen, es wird dem Neuen Platz machen müssen. Die Furcht vor dem Neuen schwächt die alten Machthaber, die pure Angst vor dem eigenen Fall in die Bedeutungslosigkeit ist ihr Untergang, die alte Form muss sterben, damit das Neue entstehen kann. Und wie in der Raupe schon der ganze Schmetterling vorhanden ist, ist auch hier schon alles bereit.

Du wirst das neue Zeitalter nicht mehr erleben. Du bist ein Kind der alten Zeit. Deine Existenz ist bedingt durch deren Erscheinung.

Gräfin Serafina di Cagliostro wird mit dem Ancien Régime untergehen.

Wird es den Masken ergehen wie den Perücken, dass sich kaum mehr jemand trauen wird, dieses Symbol des Ancien Régime noch zu tragen?

Nein, ganz ohne Maske kann der Mensch nicht unter seinesgleichen leben, es wäre zu gefährlich.

Wie der Kapaunengesang und die gepuderten Perücken, die Culotte oder die herzförmige Mouche über der Lippe zum alten Regime gehören, werden auch die Seidenbänder irgendwann nicht mehr en vogue sein.

Ein leiser Schauder lief durch Serafina. Sie wollte nicht in einer Welt ohne Seidenbänder leben, lieber verschwand sie mit ihnen von der Bildfläche. Genau wie Hanni, die dann auch nicht mehr würde sein wollen.

Hannis Tochter ist ein Kind der neuen Zeit. Das Mädchen hat gesehen, wie die alten Mauern niederkrachen werden. Noch halten sie, aber lange werden sie dem Druck der Massen von unten nicht mehr standhalten. Das Donnern Tausender Füße auf dem Pflaster von Paris wird bald überall zu spüren sein. In Wellen wird es aus dem Epizentrum in die Welt hinaus gesandt. Tausende und Abertausende von hungernden und wutschreienden Marktweibern, Schmieden, Metzgern und Näherinnen werden die Türen in das neue Zeitalter aufbrechen und dabei über Leichen gehen. Köpfe werden rollen und die Botschaft in die Welt hinaustragen.

Später dann wird die Welle der Wut hierzulande auch Marie, das aufmüpfige Küchenmädchen und den zeitungslesenden Verlobten, und mit ihnen Hunderte und Aberhunderte rechtlose und zornige Frauen und Männer erfassen.

An ihrer Spitze schreitet eine schmale, sehr junge Frau, fast noch ein Kind, mit Augen wie Bernstein, die Faust in die Höhe gereckt, etwas Blaugoldenes blinkt an ihrer Hand.

Vorsichtig öffnete Serafina ihre Zimmertür, lauschte und lächelte zufrieden, sie hatte sogar daran gedacht, die Türangel mit ihrem Haaröl zu schmieren. Sie hielt das Nachtlicht in die Höhe, spähte in den verlassenen Korridor und schlüpfte durch die Tür.

Sie unterdrückte ein Gähnen, es war ein langer Tag gewesen. Auf dem Dorfplatz hatte sie sich Gesicht und Hände im Brunnen gekühlt, als der Kutscher Johann aus dem Gasthaus getreten und die sich in einem seltsamen Zustand befindende Frau Gräfin erblickt hatte. Er hatte keine Fragen gestellt, nur seinen Arm zur Stütze geboten und sie zum Pavillon zurückgeführt.

Eigentlich war sie jetzt zu müde für das Vorhaben, aber nach dem, was sie heute erfahren hatte, konnte sie keinen Tag mehr länger warten.

Außerdem hätte der Zeitpunkt nicht günstiger sein können. Nach dem Sonntag auf dem Lande waren alle erschöpft und hatten sich früh zurückgezogen. Cagliostro hatte sie sicherheitshalber etwas von seinen eigenen Schlaftropfen in den Schlummertrunk geträufelt.

Heute Nacht würde sie die Diamanten und das Gold ihres Mannes finden, und dann könnte sie nichts mehr davon abhalten, zu verschwinden. Der Gedanke machte sie auf einen Schlag hellwach, vergessen waren die Beklemmung und das Schattengespenst aus dem Kabinett. Fieberhafte Unruhe erfasste sie, und sie musste sich ermahnen, sich auf ihr heikles Vorhaben zu konzentrieren. Auf leisen Sohlen lief sie den Korridor entlang, hin und wieder knarrte eine Diele.

Sie war in einen bodenlangen, dunklen Umhang gehüllt, dessen Kapuze ihr tief ins Gesicht hing. In einer Hand hielt sie die Kerze, mit der anderen schützte sie die Flamme. An Cagliostros Tür blieb sie kurz stehen, er schnarchte.

Vor ein paar Tagen hatte sie in einem günstigen Moment sein Zimmer durchsucht. Sie war gründlich vorgegangen, hatte aber nichts Außergewöhnliches gefunden. Mit spitzen Fingern hatte sie sein altes Kostüm aus einem Fach seines Reisekoffers gefischt, es hatte einen üblen Geruch ausgeströmt. Angewidert hatte sie es wieder in den Koffer gestopft und danach jegliche Lust am Weitersuchen verloren.

Sie ließ die Schlafzimmer ihrer Gastgeber hinter sich. Sie traute ihrem Mann alles zu und war selbst nicht zimperlich, doch alleine bei der Vorstellung, die Schlafzimmer ihrer Freunde zu durchsuchen, befiel sie eine ungewohnte Scheu, und zu ihrem Erstaunen bemerkte sie eine gewisse Erleichterung darüber.

Langsam ging sie den dunklen Korridor entlang. Hier standen massive Schränke, in denen das Linnen, nach Lavendel duftend, sauber, geplättet, gestärkt und akkurat zusammengefaltet in hohen Stapeln lag. Gertruds Mamsell hielt den Schlüssel zu Wäsche und Silber fest an ihrem Schlüsselbund. Die Schränke wurden bei Bedarf von ihr geöffnet, und wehe man störte sie, wenn sie die Kissenbezüge oder Dessertlöffel darin zählte.

Serafina unterdrückte einen leisen Schrei, sie war mit dem Fuß auf etwas Hartes getreten. Ein Zinnsoldat, ein Deserteur aus dem Kinderzimmer. Sie lächelte und schloss ihre Hand um das harte Metall. Sie blickte auf die Tür zum Spielzimmer und schüttelte den Kopf, so verrückt konnte selbst Cagliostro nicht sein, außerdem war vor Kindern kein Versteck sicher. Aber irgendwo musste sie beginnen.

Sie nahm den Soldaten, dessen kaltes Zinn sich langsam in ihrer Hand erwärmte, als Zeichen und drehte vorsichtig am Türknauf.

Vor ihr tat sich ein großer Raum auf. Zu beiden Seiten der Längswände zogen sich Regale hin. Auf der einen Seite lagen, ordentlich aufgeräumt, die Spielsachen der Jungen, auf der anderen die der Mädchen.

Serafina strich über das seidene Haar der Puppen, nahm die winzigen Töpfe der Miniaturküche in die Finger und staunte über das perfekt eingerichtete Puppenhaus, welches nur unter Aufsicht des Kinderfräuleins geöffnet werden durfte. Ihr schwindelte.

Dein Spielzimmer war die Gasse, ein ganzes Quartier. Diese Kinder hier haben alle Kostbarkeiten, die man sich nur denken kann. In Begleitung ihres Kinderfräuleins gehen sie draußen spazieren, sie dürfen nicht rennen, nicht rufen, nicht laut lachen und nicht weinen.

Treffen sie andere Kinder zum Spielen, wird das lange vorher vereinbart. An der Hand ihres Kinderfräuleins kommen die kleinen Gäste am Nachmittag zu Besuch. Die zahlreichen Cousins und Cousinen trifft man bei den regelmäßigen Familienzusammenkünften. Man sitzt am Kindertisch und wartet darauf, aufstehen zu dürfen, um sich die neuen Spielsachen der anderen anzusehen.

Alles, was ihr damaliges Herz begehrt hätte, hätte sie gewusst, dass es solche Schätze gab, war hier in Fülle vorhanden.
Aber hätte man dich in einem Raum einsperren können, egal wie begehrenswert die Dinge darin auch gewesen sein mochten?
Sie verscheuchte die lästigen Gedanken an eine Kindheit, die zu vergessen sie seit zwanzig Jahren bemüht war.

Vorsichtig zog sie ein paar Sachen hervor, schaute hinter die Kisten, schob die Vorhänge zur Seite, leuchtete sogar unter den Ofen und kam sich lächerlich vor. Einmal fiel eines der Bücher, in dessen bunten Bildern sie sich hätte verlieren können, auf den Boden und riss ein Steckenpferd mit sich. Der dumpfe Aufprall klang wie Donner in ihren Ohren. Sie hielt den Atem an, aber nichts rührte sich. Gerade als sie das Buch wieder zurückstellen wollte, hörte sie hinter sich ein leises Tapsen. Erschrocken fuhr sie herum. Der Junge, ein etwa fünfjähriger, stämmiger, kleiner Bursche, kam mit geschlossenen Augen auf sie zu. Sie ließ ihre hochgezogenen Schultern fallen und wich vorsichtig zurück. Somnambule soll man nicht wecken. Der Junge ging bis zum Fenster, drehte sich um und trat wieder auf den Korridor. Sie schlich ihm hinterher und vergewisserte sich, dass er sicher im gegenüberliegenden Schlafzimmer verschwand, wo er in seinem weichen Bett selig weiter träumen würde.

Ihr Blick fiel auf die Tür weiter vorne. Als Einzige der Dienstboten hatte das Kinderfräulein ihre Kammer in der Etage der Herrschaften. Wäre es nicht ihre Pflicht gewesen, sich auch nachts um ihre Zöglinge zu kümmern, empörte sich Serafina.

Aus der Kammer des Kinderfräuleins kamen Geräusche. Sie schlich näher: Unterdrücktes Kichern und Seufzen drang durch die Tür. Welcher der Lakaien war es? Sie hätte klopfen und den beiden einen Schrecken einjagen können, aber gerade jetzt konnte sie keine Aufmerksamkeit gebrauchen, und überhaupt kümmerte sie das Treiben des Dienstpersonals in diesem Haus herzlich wenig.

Irgendwo schlugen Fensterflügel. In der einen Hand das Licht stieg sie langsam die gewundene Treppe hinunter, während die andere Hand über das glattpolierte Geländer glitt.

Auf dem Zwischenpodest blieb sie stehen. Die Spiegel hinter den Wandleuchtern warfen den Schein ihrer unruhig flackernden Kerze in das Dunkel des hohen Treppenaufgangs, auf einmal hatte sie das Gefühl, beobachtet zu werden. Die Blicke von Sarasins Ahnen schienen sämtlich auf sie gerichtet zu sein.

Sie hob den Arm und beleuchtete die Wand, die von oben bis unten mit Porträts bedeckt war, deren Ähnlichkeit mit Jacques' Gesichtszügen ihr beinahe lächerlich vorkam. Männer und Frauen in wechselnden Moden, von denen viele Großartiges geleistet hatten, wie Sarasin ihr nicht ohne Stolz erklärt hatte. Sie ging immer weiter zurück, bis hin zu dem Tuchhändler, der als Glaubensflüchtling aus Frankreich in die Stadt gekommen und mit offenen Armen empfangen worden war und mit seinem Kapital und seinen weit vernetzten Beziehungen den Grundstein für das florierende Seidenbandgeschäft der Familie gelegt hatte.

Serafina fragte sich gerade, was diese Köpfe wohl zur Cagliostro-Begeisterung ihres Sprosses gesagt hätten, als es ganz in ihrer Nähe knackte.

Ihr Atem stockte, die Hand tastete Halt suchend nach dem Treppengeländer. Als es erneut knackte, wusste sie, woran das unangenehme Geräusch sie erinnerte: heute Nachmittag an der Landpartie, der Lange, der die ganze Zeit geredet und dazu an seinen Fingern gezogen und sie herumgebogen hatte, dass es einen schauderte.

Sie blickte nach oben, leuchtete auch ins tiefe schwarze Loch unter sich, bis ihr schwindelte, doch nichts bewegte sich in der Dunkelheit. Als alles ruhig blieb, beschloss sie, dass sie sich getäuscht haben musste. Dennoch konnte sie nicht weitergehen, denn jetzt war alles wieder da.

Der Nachmittag, die Hecke. Wie sie dahinter gekauert hatte, auf ihren Zehenspitzen schwankend, ständig fürchtend, entdeckt zu werden. Wieder und wieder war der Fingerknacker auf Cagliostro zu sprechen gekommen. Dieser sei ein außergewöhnlicher Heiler, daran möge wohl niemand ernsthaft zweifeln, hatte er gesagt und dabei jedes Gelenk einzeln knacksen lassen, als hätte er sich die Worte aus den Fingern ziehen müssen. Schließlich hatte er die rechte Hand zur Faust geballt, sie in seine flache Linke geschlagen und ruhiger, als die heftige Geste hatte erwarten lassen, hervorgestoßen: An dem Manne sei ihm zu viel Magie, zu viel Wunder und Zauber, er selbst sei schließlich ein guter Christ.

Als einer der beiden anderen Herren ihn darauf aufmerksam gemacht hatte, dass er doch auch ein treuer Logenbruder sei, hatte der Lange, nervös wie ein Akteur vor seinem ersten Auftritt, sich mit dem Taschentuch über die schweißbedeckte Stirn gestrichen, das schon reichlich angefeuchtete Tuch akkurat zu einem winzigen Quadrat gefaltet und begonnen, mit großen Schritten vor den beiden anderen auf und ab zu gehen.

Ja, er sei auch begeistert gewesen und habe die Transmutation mit Leib und Seele durchgeführt, aber: «Diese Geschichte in Paris! Und die ganzen Enthüllungen in der Presse, die darauf folgten. Und dann seine Frau! Meine Herren, wir sind alle einem Scharlatan erlegen», hatte er laut gerufen.

Serafina schlug sich mit der flachen Hand gegen die Stirn. Sie wollte dieses Gespräch vergessen und lenkte ihre Aufmerksamkeit wieder auf die Gemälde an der Wand.

Sie stellte sich vor, wie Sarasin jeden Morgen seine Ahnen grüßte und wie diese ihm die Sicherheit gaben, Teil einer langen Reihe zu sein, in der schon jetzt auch sein Bild hing. Sein Platz auf dieser Welt war von Anfang an klar gewesen, wie es auch derjenige seines schlafwandelnden Sohnes war. Keiner der hier im Hause Lebenden wachte morgens auf und fragte sich, wer er eigentlich sei.

Sie zuckte zusammen. Da war es wieder, das Knacken. Sie starrte auf die im Schoß übereinandergelegten Hände eines der Sarasinschen Vorfahren und hätte schwören können, dass es aus dem Bild gekommen war. Kraftlos ließ sie sich auf die erste Treppenstufe sinken, das Geräusch hatte sie schlagartig wieder hinter die Hecke von heute Nachmittag zurückkatapultiert.

«Scharlatan», hatte der Lange gesagt. Der Herr war mit hängenden Armen mitten auf dem kiesbedeckten Weg stehen geblieben. Nun war es draußen, das, worüber zu sprechen, sogar zu denken, man bis anhin erfolgreich vermieden hatte. Nach kurzer Verlegenheit setzten sich die Männer wieder in Bewegung. Serafina folgte ihnen hinter der Hecke.

Vorsichtig gestand man sich, dass Sarasins noch immer fortdauernde Unterstützung des Grafenpaars angesichts der Lage fragwürdig sei. Sein Bruder Lukas fürchte um die Reputation der Firma und habe ihm ernsthaft ins Gewissen zu reden versucht, doch Jacques halte an seiner Treue zu Cagliostro fest.

«Bitte, meine sehr verehrten Herren», drang eine vierte, Serafina wohlbekannte Stimme ans Ohr, «urteilen Sie nicht über etwas, von dem Sie nicht mehr wissen, als was Barbier Seiler des morgens gerüchteweise unter seine Kundschaft streut.» Die Herren sprangen erschrocken auseinander. Er war unbemerkt hinzugetreten.

«Mein lieber Sarasin», ergriff der Lange ein wenig zu schnell das Wort, «ich glaube sagen zu dürfen, dass wir alle Ihre Treue und Dankbarkeit diesem Manne gegenüber zu schätzen wissen. Erlauben Sie mir indes, mein Erstaunen darüber auszudrücken, dass Sie, ein Mann von aufgeklärtem Geist und höchster Vernunft, noch immer für Cagliostro einstehen. Nach dem, was in Paris geschehen ist!»

Die beiden anderen Herren blickten zu ihren im Kies scharrenden Fußspitzen hinunter.

«Das hat selbst seinem Ruf als Wunderheiler geschadet», sprach der Lange unbeirrt weiter, «wenn er wenigstens ein Diplom als Arzt vorzuweisen hätte.»

«Dazu mein Lieber», entgegnete Sarasin endlich, ohne im Geringsten beleidigt zu klingen, «würde der Meister selbst Ihnen antworten: Wer das sehende Auge und heilende Hände hat, braucht keine Zeugnisse. Es ist höchst bedauerlich, mein Lieber, dass Sie den Zeitungsgerüchten mehr glauben als einem Menschen, von dem Sie so viel Gutes erfahren haben.» Er hob beschwichtigend die Hände: «Mein Freund Cagliostro mag zuweilen temperamentvoll sein, was sicher zu den bedauerlichen Missverständnissen in Paris geführt hat, doch lassen Sie sich gesagt sein: Er ist der größte Mann, den die Welt trägt. Er ist ein Wohltäter der Menschheit.»

Die drei schauten sich betreten an.

«Und vergessen Sie nicht», fuhr Sarasin fort, «wir haben ihn zu dem gemacht, was er ist.»

«Ich für meinen Teil halte es mit Wieland», bekam Sarasin zur Antwort, «aller gerühmten Aufklärung zum Trotz scheint der Hang der Menschen, an Magie und Geistererscheinungen zu glauben, nicht auszurotten zu sein. Im Gegenteil, je aufgeklärter, je nüchterner, je glaubensloser die Zeit, desto mehr wächst der Hunger nach etwas, das größer ist als wir! Je mehr wir alles mit dem Geiste erfassen zu können glauben, desto mehr dürstet uns nach dem Unfassbaren, nach dem Wunder der Magie.»

Sarasin seufzte: «Und zu verbrennen haben müssen die Menschen immer irgendjemanden. Einmal sind es die Hexen und Ketzer, dann wieder die Philosophen und Gelehrten, ein andermal die Heiler und Magier und was da an Wahrheitssuchern noch mehr ist. Wissenschaft und Magie gehen heute getrennte Wege. Ich meinerseits lasse beide gerne nebeneinander gelten», er machte eine Geste, als ob dies sein Schlusswort gewesen wäre, fügte dann aber noch hinzu: «Ich lasse mir von unserer Zeit gerne die Welt in Lehrsätzen erklären, doch sollten wir nicht der Versuchung erliegen, den letzten Geheimnissen Gottes auf die Spur kommen zu wollen. Wir würden uns selber schaden damit. Meine Herren», sagte er ernst und blickte einen nach dem anderen an, «was wäre denn das für ein Leben ohne Geheimnis, Zauber und Magie? Wenn alles nur noch mit Vernunft durchsetzt ist, verlieren wir unsere Seele. Vielleicht ist ja Cagliostro auch ein Produkt der Aufklärung selbst? Diese Frage, meine Herren, lässt mich nicht los.»

Einer der beiden Männer, die bis jetzt nur zugehört hatten, erhob die Stimme: «Cagliostro ist ja bei Weitem nicht alleine. Denken Sie nur an Mesmer, Saint Germain, Swedenborg und all die anderen erfolgreichen Spiritisten, Magier, Meister der Kabbala und Hypnose. Und unsere Geheimgesellschaften und Logen, wären sie ohne unsere aufgeklärte Zeit überhaupt denkbar? Wären sie nötig?» Er legte seine Fingerspitzen aufeinander, er tat es sehr behutsam, als könnten seine Finger bei zu viel Druck zerbrechen wie dünnes Glas, und sah herausfordernd in die Runde. «Vielleicht müssen wir uns eingestehen, dass, wie nüchtern aufgeklärt wir auch sein mögen, so groß bleibt doch unsere Sehnsucht nach dem Metaphysischen und Ungreifbaren.»

Sarasin hatte ihm, das Kinn auf die wie zum Gebet auf der Brust aufeinandergelegten Hände gestützt, konzentriert zugehört. Jetzt hob er den Kopf und sagte ernst: «Ihre Argumentation, mein Lieber, ist sehr einleuchtend und dennoch möchte ich nicht so weit gehen. Unser Meister hat die Loge nach ägyptischem Ritus gegründet, weil ihm alle anderen Logen entartet schienen. Entgegen der allgemeinen verleumderischen Auffassung will er seine Lehre ohne Prunk, mit wenig Symbolen und mit Zeremonien edler Menschlichkeit huldigen. Die Arbeit der Loge hat den einzigen Zweck, die Brüder würdig zum Eintritt in den Tempel Gottes zu machen. Sind wir nicht alle ernsthaft bestrebt, uns zu wahrer Menschenwürde empor zu ringen?», warf er leidenschaftlich in die Runde. «Ich glaube behaupten zu dürfen, dass unsere nüchtern protestantische Seele in der ägyptischen Maurerei das findet, was sie sucht. Unser Meister kennt die Mysterien der alten Ägypter, die Wiege der Weisheit.»

Man hörte nur das leise Säuseln des Windes in den Bäumen. Selbst Sarasin wagte nicht, die anderen anzusehen. Sie waren zu weit gegangen, hatten sich hinreißen lassen, die Maske zu lüften und die unsichtbare Grenze zu überschreiten.

Den Rest des Gespräches mochte sich Serafina nicht erneut vor Augen führen. Zu heftig hallten die Wut und die Erniedrigung in ihr nach. Allein nur, wie sich die Herren weiter ausgelassen hatten, nachdem ihr Gastgeber wieder außer Hörweite war. «Aber», hatte er noch gesagt, als er sich zum Gehen wandte, «eigentlich bin ich ja nur gekommen, weil ich unsere Gräfin suche. Wenn Sie sie sehen, sagen Sie ihr, sie solle sich bei Gertrud melden. Und nun entschuldigen Sie mich, meine Herren, ich muss mich um meine Gäste kümmern.»

«Sehen Sie, nichts zu machen!», meinte der Lange kopfschüttelnd, als Sarasin gegangen war.

«Unser lieber Sarasin ist doch ein Original», sagte sein Compagnon.

«Sie haben recht», pflichtete ihm der Dritte bei, «bei aller Bildung und aufgeklärter Vernunft ist er doch auch ein Schwärmer. Aber das Originellste an unserem lieben Freund ist seine Anhänglichkeit an den berühmten Wundermann Cagliostro.»

Der Lange hatte wieder seine Finger knacken lassen: «Je früher wir das Grafenpaar loswerden, desto besser.»

Serafina schüttelte die unangenehme Erinnerung ab, zog sich am Treppengeländer hoch, nickte einer der streng blickenden Damen an der Wand zu, stieg die restlichen Stufen hinab und bog im Vestibül in den Korridor des ersten Stockes.

Ihr Schatten folgte ihr als scharf konturierter Zwilling dicht auf dem Fuß und versicherte ihr, dass sie sich noch nicht ganz abhandengekommen war.

Im roten Zimmer war es stockdunkel. Sie schob eine der schweren Portieren, die nachts vor die Fenster gezogen wurden, zur Seite. Der Mond flutete sein silbernes Licht hinein und ließ die Konturen der lackierten Möbel im Zimmer deutlich hervortreten. Serafina legte ihre heiße Hand auf die seidenbespannte Wand, befühlte den Sammet der geblümten Polsterstühle, schweifte mit dem Blick über die unzähligen Ziergegenstände aus Porzellan und Glas, strich über Figuren und Vasen, die sich auf die verschiedenen Tische verteilten, und staunte über die feine Staubschicht, die sie auf ihrer Fingerspitze hinterließen. Eine Nachlässigkeit, die Gertrud sicher nicht duldete und die Serafina seltsam vorkam.

Alles in diesem Raum, angefangen beim Ameublement über die weichen Teppiche bis hin zur Wahl der Bilder und

Leuchter atmete Gertruds heitere Ruhe und ihren Sinn für elegante Bescheidenheit aus.

Das Gold des Spiegelrahmens über dem Kamin ermahnte sie an ihr eigentliches Vorhaben, sie drehte sich einmal um die eigene Achse. Wo sollte sie beginnen? Wo könnte man hier, wo es nur ein paar Schubladen gab, die jederzeit von irgendjemandem geöffnet werden konnten, einen Schatz verstecken? Sie blickte zum Kronleuchter empor. Würde ein Diamant inmitten der tief hinabhängenden Kristalle auffallen? Die Stubenmädchen, die hier jede noch so kleine Porzellanschäferin abstaubten, würden sofort merken, wenn etwas anders wäre als sonst – auch wenn sie offenbar in letzter Zeit ihre Pflicht vernachlässigt hatten.

Halbherzig lüpfte sie die Spitzendecken, die auf den Tischen platziert waren. Neben Gertruds Stickerei lag ihr Arbeitsbeutel, aus dem verschiedenfarbige Fäden heraushingen; auf der Ablage am Kopfende der Chaiselongue stapelten sich ein paar Bücher, eines war offen, mit der Außenseite nach oben, achtlos auf der Chaiselongue liegen gelassen worden. Sie stellte die Kerze auf den Tisch, legte sich auf die Chaiselongue und hielt sich das Buch vor die Nase. War es eines von dieser Sophie de La Roche? Es war müßig, sich die Frage zu stellen, wusste sie doch nicht einmal, ob sie das Buch richtig herum hielt. Auf der Chaiselongue liegen, sich die Langeweile mit Lesen vertreiben oder mit Beinkleidern auf Bäume klettern – Gertrud erstaunte sie immer wieder.

Sie stand mit Schwung auf, legte das Buch wieder so hin, wie sie es gefunden hatte, nahm die Kerze in die Hand und vergewisserte sich, dass alles in Ordnung war, als ihr Blick auf etwas fiel, das ihr das Blut in den Adern gefrieren ließ. Sie schrie leise auf, ließ die Kerze fallen, stürzte aus dem Zimmer und lief die Treppe hinunter.

Im Vestibül lehnte sie sich mit geschlossenen Augen an die Wand und wartete, bis sich ihr Atem wieder beruhigt hatte. Es dauerte eine Weile, bis sie realisierte, dass die dunkle Kapuzengestalt mit dem kreideweißen Gesicht sie selbst im Spiegel gewesen sein musste, doch ganz sicher war sie sich nicht.

Eigentlich hatte sie als nächstes die Bibliothek erkunden wollen, aber die lag nun im Stockwerk über ihr, der Schrecken hatte sie aus dem Konzept gebracht.

Sie überlegte. Als erstes brauchte sie wieder ein Licht. Während sie sich die hinuntergerutschte Kapuze wieder aufsetzte und ein paar widerspenstige Strähnen darunter strich, fiel ihr die brennende Laterne neben der Eingangstür auf, das Versäumnis eines gleichgültigen Dieners war ihr Glück. Sie schnappte sich die Laterne und wollte den Korridor zum Laboratorium einschlagen, als sie von draußen ein Kratzen vernahm. Erschrocken rannte sie in die falsche Richtung davon und blieb vor einer ihr unbekannten Tür stehen. Es knarrte leise, als sie den Türknauf drehte, und es fehlte nicht viel, und sie hätte auch die Laterne wieder fallen lassen. Etwas hatte ihre Röcke gestreift. Glasige Katzenaugen blitzten auf, dann verschwand das Tier auf leisen Pfoten in der Dunkelheit.

Noch nie hatte sie einen Fuß in diesen Teil des Hauses gesetzt. Sie hielt das Licht in die Höhe. Vor ihr lag ein langer Korridor.

Vorbei an Küche und dem Esszimmer der Dienstboten, einem rechteckigen, schmucklosen Raum, in dem ein grobgezimmerter Tisch mit dicht aneinandergedrängten Stühlen stand und durch dessen einziges schmales Fenster weit oben die dunkle Nacht hineinzudrängen suchte, und vorbei an zahlreichen Wirtschaftsräumen, von denen Serafina, außer dem Plätt- und dem Stiefelputzzimmer nicht wusste, wozu sie dienten, ging sie bis ans Ende des Korridors, blieb vor einer massiven Tür stehen und starrte entsetzt auf den schweren

Riegel, der sich jetzt im Schein der Kerze langsam wie von Geisterhand hob.

Im letzten Moment löste sie sich aus ihrer Erstarrung und verschwand in einer Abstellkammer. Sie hörte verschiedene Stimmen und glaubte, das Lachen der Kammerzofe Marie zu erkennen.

Nach einer Weile fiel die schwere Tür des Dienstboteneinganges ins Schloss und Schritte huschten vorbei. Sie wartete noch einen Augenblick, bevor sie vorsichtig die Tür öffnete. Im Korridor war alles still. Sie schnupperte, das war ihr Parfum. Hatte sich diese Marie also in ihrem Zimmer bedient. Serafina musste sich zusammenreißen, um ihr nicht nachzurennen.

Die Küche war groß, an den Wänden hingen Öllampen, die von morgens früh bis abends spät brannten und die verrußten Wände beleuchteten. Doch jetzt lag alles im Dunkeln und nur die blank polierten Kupferpfannen und Kasserollen, die in allen Formen und Größen an den Wänden über dem Herd hingen, leuchteten auf, als sie mit ihrer Laterne an ihnen vorbeiging. Kochlöffel und Kellen hingen vom Kamin hinunter, in der Mitte des Raumes stand ein gewaltiger Tisch. Auf dem Herd, der noch immer ein wenig Wärme abstrahlte, stand eine Schüssel, unter deren Tuch ein nach frischer Hefe duftender Teig aufging.

Serafina stellte sich vor, wie hier die Köchin, laut Gertrud eine resolute Person, mit der man es sich nicht gerne verdarb, seit zwanzig Jahren das Sagen hatte. Unter ihrem Regime wurde jedes Küchenmädchen, das es wagte, gegen die gnädigen Herrschaften zu schimpfen, sofort entlassen, und selbst der oberste Hausdiener, ein altgedienter Lakai, der die Nase immer ein wenig höher trug als andere, wagte nicht, sich zu rühren, wenn einmal ein Kuchen verbrannt aus dem Ofen kam.

Sie öffnete einen der Schränke. Sie fand Mehl, Zucker, Salz, getrocknete Erbsen und weitere Lebensmittel des täglichen Bedarfs abgefüllt in handliche Gefäße. Die großen Vorräte lagerten in der Speisekammer, zu der nur die Köchin den Schlüssel hatte und den sie wie ihren Augapfel hütete.

Sie stieg auf einen wackligen Schemel, öffnete ein Marmeladenglas und steckte den Finger hinein, schleckte ihn ab, stellte das Glas wieder zurück und tastete den oberen Rand des Schrankes ab, dabei fiel ein irdener Topf hinunter und zerbarst mit lautem Klirren auf dem steinernen Küchenboden.

Schnell stieg sie hinunter, doch nichts Goldenes schimmerte am Boden, enttäuscht schob sie die Scherben mit der Fußspitze unter den Schrank.

Zurück im dunklen Korridor, entschied sie sich für die Dienstbotentreppe, doch bevor sie wieder hinaufstieg, wollte sie sich den Keller vornehmen.

Kühle Feuchtigkeit und erdiger Geruch schlugen ihr entgegen, alles in ihr sträubte sich dagegen, weiterzugehen. Aber was, wenn hier unten die ganzen Schätze Cagliostros lagerten und sie sich von ihrer Angst vor Dunkelheit und Spinnen davon abhalten ließ, sie zu finden. Entschlossen raffte sie mit der einen Hand ihren Rock, mit der anderen leuchtete sie die steile Treppe hinab. Mit jedem Schritt, den sie tat, wuchs ihre Furcht. Das Gewölbe war weit und hoch, der Keller wohlversehen: Die edelsten Markgräfler Weine lagerten in den großen Fässern, dazu Hunderte von Bouteillen Champagner und französische Weine. Von der Decke hingen Schinken und Würste, Essig- und Ölfässer, Regale, Bürden und Körbe, jetzt alle fast leer, warteten auf die neue Ernte.

Sie leuchtete die Wände ab, vielleicht fand sie einen losen Stein in der Mauer, hinter der Cagliostro die Diamanten versteckt hatte, oder das Gold lag vergraben unter dem festgestampften Lehm des Kellerbodens. Hier unten war die Stille vollkommen, staubbedeckte Spinnweben streiften ihr Gesicht, aus Angst, unbekannte Schatten an den Wänden heraufzubeschwören, wagte sie kaum zu atmen, sie schrie leise auf, als eine Maus vorbeihuschte und in einem Mauerloch verschwand.

Von oben meinte sie leises Lachen und den gleichmäßigen Klangteppich eines angeregten Gesprächs zu hören – wenn sie nicht alles täuschte, stand sie direkt unter dem Literatenzimmer. Sie erinnerte sich an einen Abend, an dem Schriftsteller und Gelehrte, lauter berühmte Leute, wie man ihr versichert hatte, geladen waren. Man hatte auf der Anwesenheit der Gräfin bestanden. Sie hatte sich, wie befürchtet, schrecklich gelangweilt, die muschelförmige Ofennische angestarrt und dem Gespräch zweier Herren neben ihr, die die außerordentliche Bildung, Belesenheit und Denkfähigkeit des Gastgebers gelobt und sich über Sarasins Schriften in den verschiedensten Wissensgebieten sowie seinen Roman, den er mit irgendeinem berühmten Gelehrten, dessen Name ihr unbekannt war, geschrieben hatte, ausgelassen hatten, nur mit halbem Ohr zugehört.

Dieselben Herren hatten sich gutmütig über Sarasins zuweilen übertriebene Dichterliebe lustig gemacht, auch wenn die Unterstützung eines zum Wahnsinn neigenden stürmischen jungen Dichters, Serafina glaubte, sich an den Namen Lenz zu erinnern, eine rührende Liebhaberei sei und keinem schade.

Sie löste ihren Blick vom Gewölbe, wischte sich die Reste der Spinnweben aus dem Haar und sah sich weiter um. Mitten im Raum war eine hölzerne Klappe in den Boden eingelassen. Sie stellte ihre Laterne ab und zog mit aller Kraft an dem rostigen Ring. Eisige Kälte schlug ihr entgegen.

Sie starrte in das schwarze Loch, dort unter dem Stroh musste der Eiskeller liegen. Nichts würde sie dazu bringen, die schmale Leiter hinunterzusteigen, die Klappe würde zuschlagen und sie würde dort unten vor Kälte und Hunger sterben. Bevor der Sog sie hinunterzuziehen drohte, schlug sie den Deckel zu. Der Knall ließ den Boden erbeben und war bestimmt im ganzen Haus zu hören.

Unruhig blickte sie um sich. Kein Schatten, kein Lufthauch regte sich, und doch ergriff sie die Angst von gestern Nacht wieder. Plötzlich hatte sie es eilig, aus dem Keller herauszukommen. So schnell sie konnte, lief sie die Treppe hoch, stieß die Kellertür zu, hastete die Dienstbotentreppe weiter empor, riss atemlos die Tür auf und stand wieder im teppichbelegten Flur der ersten Etage.

Zitternd sank sie auf den Boden, schlug die Röcke unter die angewinkelten Knie und ließ den Kopf auf die Arme sinken. Es war dumm gewesen, planlos herumzuschleichen. Das Haus war so weitläufig, selbst bei Tage und ohne es heimlich tun zu müssen, hätte es Monate gedauert, bis man jede Nische durchleuchtet und jedes Ding im Haus umgedreht hätte. Es hatte keinen Sinn.

Sie hob den Kopf und biss sich auf die Lippen. In den zwanzig Jahren, in denen sie maßgeblich dazu beigetragen hatte, die Reichtümer ihres Mannes zu vermehren, hatte sie, im Glauben, es gehe immer so weiter, nicht daran gedacht, sich selbst mehr als nur ein paar Schmuckstücke zu sichern.

Sie hatten gut gelebt. Manchmal sogar sehr gut, aber viel war davon jeweils nicht übriggeblieben. Das meiste war ihnen durch die Finger geronnen, als seien das Gold Quecksilber und die Diamanten Sterne, die am Morgen, wenn es hell wurde, im Nichts des Universums verschwanden. Doch am nächsten Abend waren sie wieder am Himmel erschienen, und sie hatten darauf vertraut, dass auch der nächste Fürst sie wieder königlich honorierte.

Auf einmal war sie sich nicht mehr sicher, wonach genau sie heute Nacht gesucht hatte, eigentlich war von Beginn an klar gewesen, dass Cagliostros Versteck nicht zu finden wäre.

Es war aber auch nicht nur profane Neugier, die dich durchs Haus getrieben hat. Und zu deinem Erstaunen bleibt nur ein wenig Neid, umso mehr Verwunderung und eine leise Traurigkeit beim Anblick von so viel Ordnung und Sicherheit in dir zurück.

Dieses Haus war gebaut als ein Zuhause für Generationen. Alles hier atmete französischen Geist, war bequem und gleichzeitig schön und elegant. Die Möbel aus massivem Holz, die die Wertgegenstände hinter Schloss und Riegel hielten, waren solid und für die Ewigkeit gedacht.

Man öffnete sein Haus weit für Freunde, nachts verriegelte man es und schlief den ruhigen Schlaf derjenigen, die ein gutes Gewissen hatten, wohlanständige Bürger einer Stadt waren, in die sie gehörten und deren Geschicke sie leiteten. Serafina konnte sich nicht vorstellen, dass irgendetwas diese Ordnung je erschüttern könnte. Wie unbedeutend waren doch die paar Staubkörnchen auf den Porzellanfiguren, das brennen gelassene Licht, das aufmüpfige Küchenmädchen, selbst die freche Marie vor so viel Klarheit und Solidität.

Und doch war sie froh, Gertruds Sorgen nicht zu haben. Die Unzuverlässigkeit von Dienstboten war ein Lieblingsthema unter den Damen, für die die Zubereitung eines Tees eine ernsthafte Herausforderung bedeutet hätte, hätten die Bediensteten sie sitzenlassen.

Gertrud, dessen war sich Serafina sicher, wäre in die Küche gegangen und hätte ihrer Familie eine schmackhafte Suppe gekocht. Vielleicht unterschätzte sie auch die eine oder andere Dame in dieser Stadt, in der bei allem Reichtum solide Biederkeit und Sparsamkeit vor adligem Verschwendungseifer herrschte.

Plötzlich wehte ihr wie aus dem Nichts der Duft von Bohnen, Baccalà und Knoblauch in die Nase.

Sei froh, wenn es sein muss, kannst du das Feuer schüren, deine Hände haben nicht vergessen, wie man eine Suppe kocht oder Wäsche einweicht.

Mit einem Satz war sie auf den Beinen. Nie wieder würde sie sich die Hände schmutzig machen, nie wieder in einem Spiegel ihre von Asche beschmutzten Wangen anstelle ihres puderweißen Gesichts sehen, das hatte sie sich geschworen.

Mehr der Vollständigkeit halber als aus Hoffnung, hier etwas zu finden, stieß sie die Flügeltür zum Salon auf. Auch hier flutete das weiße Licht des Mondes ihr entgegen.

Die Wände waren mit auf Tuch gemalten Tapeten bespannt, der Fußboden von einem großen Teppich bedeckt. An den hohen Fenstern hing blauer Taffet, zahlreiche Stühle und ein Sofa luden Hausherren und Gäste zum Ruhen und Verweilen bei Spiel und Gespräch ein. Serafina trat ans Fenster und blickte auf den breiten Strom des Rheins, der im Mondlicht glitzerte, und fragte sich, ob sie je wieder das Meer von Ostia sehen würde.

Auf dem glänzenden Teetisch aus Nussbaumholz kredenzte Gertrud selbst den Tee für ihre Gäste, auf der dazu passenden Kommode lagen Spielkörbe aus Porzellan, in der Schublade fand sie ein Perspektiv und – instinktiv stieß sie die Schublade wieder zu – die von Sarasin seit ein paar Tagen vermisste Tabatiere mit Cagliostros Konterfei.

Wenn allein schon das Miniaturbild ihres Mannes sie zurückweichen ließ, verzichtete sie lieber darauf, die Loge, welche erst kürzlich vom Pavillon in Riehen an den Rhein verlegt worden war, zu durchsuchen. Obwohl die Augen seiner lebensgroßen Büste dort nach oben gerichtet waren, hätte sie sich in dem Versammlungsraum, in dem alles von seinem Geist durchdrungen war, beobachtet gefühlt.

Sie vergewisserte sich, dass sie nichts übersehen hatte – das Barometer, die Wandleuchter und zahlreichen Lichtstöcke kamen als Versteck nicht in Frage – und schloss leise die Tür.

Einen Augenblick später fand sie sich in der Bibliothek wieder. Als sie mitten in dem großen Zimmer unter dem gewaltigen Kristalllüster stand und um sich blickte, wusste sie nicht, was sie hier sollte. Bücher, nichts als Bücher, die Auswahl im Kabinett war nichts gewesen dagegen.

Serafina schritt mit erhobener Laterne die von unten bis oben vollgestellten Regale ab. Für einen, der lesen konnte, wäre es ein Leichtes, sich ein Versteck hinter einem bestimmten Buch zu merken. Sie fuhr mit dem Zeigefinger über die Rücken, griff wahllos nach einem Buch, schlug es auf und starrte auf die mit schwarzen Zeichen gefüllten Seiten, bis die Buchstaben zu flimmern begannen und ihre Augen sich mit Wasser füllten.

Sie nahm den Geruch des Papiers wahr. Diesen Geruch, den sie, für die Bücher keinen Wert hatten, nicht mehr aus dem Sinn bekommen hatte, seit sie ihn zum ersten Mal gerochen hatte. Durch ihren Tränenschleier hindurch sah sie einen schlaksigen Jungen, der seine Nase in ein Buch hielt, tief einatmete und es ihr dann strahlend unters Gesicht hielt. Nur ihm zuliebe hatte sie gelächelt und dennoch immer wieder heimlich an seinen Büchern geschnuppert.

Man erfahre aus ihnen alles über die Welt, hatte er erklärt, und es gebe auch Bücher mit Geschichten. Er hatte versucht, ihr das Lesen beizubringen, aber sie hatte keinen Sinn darin gesehen. Für ihn waren Bücher Schätze gewesen, in denen das ganze Leben zu finden war, für sie waren sie nichts als totes Material. Sie hatte keine Zeit zu lesen, sie musste leben!

Später hatte sie eifersüchtig zugeschaut, wie er beinahe zärtlich ein neues Buch anfasste, es von allen Seiten ansah, darüberstrich, es behutsam öffnete und an seine Brust drückte.

Sie fuhr sich über die Augen, die Buchstaben gewannen ihre klaren Konturen wieder, klappte das Buch zusammen, als ob sie sich daran verbrannt hätte, und ließ es auf den Boden fallen.

Die Zeiger der Pendule an der Wand waren schon weit vorgerückt. Die Küchenmagd schürte sicher schon das Feuer und mahlte die Bohnen für den ersten Kaffee. Bald würde die Köchin folgen und mit ihr die Stubenmädchen, die in der Beletage abstaubten, bevor die Herrschaften aufstanden und sie zum Bettenmachen geschickt würden. Im ganzen Haus würde es von Dienstboten wimmeln, und Serafina war nicht darauf erpicht, dem fragenden Blick eines Lakaien zu begegnen.

Sie hob das Buch auf, stieß es in das Regal zurück und rannte aus der Bibliothek.

*

Seit jener Nacht waren mehrere Tage vergangen, an denen Serafina alle Bewohner des Hauses genau beobachtet hatte. Doch keiner hatte sie verstohlen angesehen, niemand misstrauische Fragen gestellt, und wo man in anderen Häusern wegen der Kerze und des Brandflecks auf dem Teppich im roten Zimmer Alarm geschlagen hätte, hatte man hier kein Aufheben davon gemacht.

Gertrud hatte sie wie jeden Morgen freundlich begrüßt, die Dienstboten schienen nicht mehr Notiz von ihr zu nehmen als gewöhnlich, nur Marie war wie ausgewechselt gewesen. Keine Spur von Widerspenstigkeit, ohne Murren hatte sie der

Gräfin ins Mieder geholfen, sie frisiert und sogar ihr schönes Haar gelobt. Diese neue Sanftmut war Serafina nicht geheuer gewesen. Hatte die Zofe sie in der Nacht vielleicht gesehen und hoffte, die Gräfin würde sie wegen ihrer nächtlichen Eskapaden nicht verpfeifen, oder war sie einfach nur verliebt? Lange hatte der Zustand allerdings nicht angehalten, schon zwei Tage später war sie Serafina wieder mit der üblichen schnippischen Miene begegnet.

Das Leben im Hause Sarasin lief seinen ruhigen Gang, ohne dass jemand von einer bevorstehenden Verbannung geredet hätte, und ihr Mann hatte aufgehört, sie in ihrem Zimmer besuchen zu wollen. Die Eheleute sprachen nicht mehr miteinander, als was die gesellschaftliche Konvention verlangte, und gingen betont höflich miteinander um.

Cagliostro schien zu glauben, sie habe sich beruhigt, und sie wollte keine Aufmerksamkeit auf ihre Pläne lenken. Sie wusste noch nicht genau, wie und wann, aber ihr Entschluss zu gehen, war gefasst. Wäre sie erst einmal in Frankreich oder Italien, würde sie ihre paar Schmuckstücke, darunter ein paar Diamanten und andere wertvolle Steine, vorteilhaft zu verkaufen wissen. Fürs Erste hatte sie noch das Geld, das ihr Sarasin zugesteckt hatte.

Sie waren heute zeitig vom Tee bei einem Vetter Gertruds zurückgekehrt, um vor dem Abend noch zu ruhen, vornehmlich jedoch der Damen wegen, deren Toilette Zeit erforderte.

Serafina bat ihren Mann, sich heute Abend nicht zu verspäten, man erwarte, dass sie zusammen auf der Soirée erschienen. Cagliostro wies mit entschuldigender Geste zum Fenster. Sie sehe selbst, was da los sei, er komme, sobald alle Patienten versorgt seien. Sie solle mit ihren Freunden vorausgehen und die Gäste in seinem Namen begrüßen. Bevor er ihre Hand küssen konnte, hatte sie ihm diese entzogen und sich bei Gertrud eingehakt.

Die Frauen stiegen gemächlich die Treppe hinauf, Gertrud klagte über Kopfschmerzen, auch Serafina fühlte den Druck an den Schläfen. Seit dem Morgen braute sich am Sommerhimmel etwas zusammen. Gertrud schien ungewohnt missgelaunt, klagte über die lange Prozedur des Frisierens mit ihrem widerspenstigen Haar und beschwerte sich, dass die neue Haube für den Abend noch immer nicht aufgeplättet sei. Sie müsse Marie nun doch einmal ernsthaft ermahnen, ihre Aufmerksamkeit ließe in letzter Zeit nach. Ob sie wohl einen Verehrer habe, frage sie sich.

Serafina zuckte gleichgültig mit den Schultern und verabschiedete sich vor Gertruds Zimmertür. Sie war froh, sich das aufwändige Papillotieren ersparen zu können, ihre dichten Locken brauchten auch keine künstlichen Haarteile, um die gewünschte Fülle für die Coiffure zu fingieren. Doch ohne eine geschickte Zofe war es schwierig, dem Haar die von der Mode geforderte, kunstvoll wirre Wirkung zu geben.

Seit Paris hatte sie keine eigene Kammerzofe mehr gehabt. Federica hatte sich Hals über Kopf in einen französischen Droschkenfahrer verliebt und sie schnöde verlassen. Sie hatte es ihr verbieten wollen, aber diese treulose Person hatte nur geantwortet: «No, Signora, ich gehe.»

Serafina hatte der Zofe ihr künftiges Dasein in Armut und ständigen Schwangerschaften in den düstersten Farben an die Wand gemalt und ihr das unbeschwert aufregende Leben, welches sie zusammen mit dem Grafenpaar durch alle Herren Länder und an sämtliche Höfe Europas geführt hatte, entgegengehalten. Aber dieses Frauenzimmer schien alles vergessen zu haben, was man ihr an Gutem hatte angedeihen lassen, und ließ ihre Herrin sitzen. Das war der Dank dafür gewesen, dass man ein armes Mädchen aus Rom aufgenommen und zur Zofe gemacht hatte, dachte Serafina bitter.

Am Ende hatte sie Federica ohne letzten Lohn hinausgeschmissen, was dumm war. Federica war über Jahre ihre Vertraute gewesen, durch ihre ständige Anwesenheit und auf ihren wochenlangen Reisen in engen Kutschen hatte die Kammerzofe alles mitbekommen, was zwischen den Ehegatten besprochen worden war. Zum Abschied hatte die treulose Seele ihr zugerufen, dass die Zeit für Gräfinnen, echte und falsche, bald vorbei sei.

Es war äußerst ärgerlich, ohne Kammerzofe auskommen zu müssen, und es beleidigte sie, auf diese Weise im Stich gelassen worden zu sein. Außerdem und vor allem – und dieser Gedanke beschämte sie – schmerzte der Vertrauensbruch. Federica war in ihrem rastlosen Leben all die Jahre über das Band in die Heimat gewesen.

Sie hatte dieses römische Mädchen vergessen wollen, aber es war ihr nicht gelungen. Niemand kam so gut mit ihrem schweren Haar zurecht, niemand hatte so weiche und geschickte Hände und niemand verstand es besser, sie richtig zu schnüren, am meisten aber vermisste sie Federicas Fröhlichkeit.

Von da an hatte Serafina nur noch Gelegenheitszofen gehabt, die sich alle mehr für ihren eigenen Putz als für das Wohlergehen ihrer Herrin interessiert hatten und zudem nicht ganz ehrlich gewesen waren. Wie auch diese Marie, die die Gutgläubigkeit ihrer Herrin ausnutzte. Sie behauptete, in Paris bei einer Baronesse in Stellung gewesen zu sein, man hörte wahre Wunderdinge über ihre Frisierkunst, meist von ihr selbst.

Sie seufzte. Obwohl die Saison vorbei war, gaben Sarasins heute Abend eigens für sie einen Empfang. Ein Mangel an Gästen war nicht zu befürchten. Nahezu alle bedeutenden Familien hatten sich nicht wie üblich zu dieser Jahreszeit auf ihre Landsitze begeben, niemand wollte den Aufenthalt des berühmten Cagliostro in der Stadt verpassen. Alle würden sie kommen.

«Was hat Sie in meinem Zimmer zu suchen?», fragte Serafina brüskiert, als sie jetzt in ihr Zimmer trat.

Die Frau sprang von der Chaiselongue auf, taumelte und ließ einen Schwall von Worten auf sie niedergehen. Frau Gräfin müssten vielmals entschuldigen. Sie sei so müde gewesen, da habe sie sich nur schnell hinlegen wollen und sei eingeschlafen. Frau Gräfin dürften nicht denken, dass sie sich sonst bei Tage hinlege. Aber sie sei die ganze Nacht hindurch gereist, der Bott habe einen Radbruch gehabt und ...

«Genug!», unterbrach Serafina die vor Aufregung zitternde Frau. Sie hatte keine Ahnung, wer dieser Bott war, hatte aber auch keine Lust auf Erklärungen. Sie solle ihr lieber sagen, wer Sie sei und wieso Sie die Frau Gräfin kenne, forderte sie die Frau auf.

Diese zuckte zusammen, machte einen ungelenken Knicks und erklärte eifrig, dass doch jeder die schöne Frau des hochverehrten Herrn Doktors kenne. Und außerdem, sagte sie und blickte Serafina direkt ins Gesicht, habe sie Frau Gräfin schon einmal getroffen. Leise fügte sie hinzu: «Ich bin das Buser Hanni.»

Serafina hob fragend die Augenbrauen.

Getruds Mutter, erklärte die Frau. Der Herr Graf habe ihre Tochter vom Husten geheilt.

Serafina verstand nicht, was diese aufdringliche Frau von ihr wollte. Es war ihr Mann, der täglich Dutzende von Menschen heilte. Sollte sie, Serafina Gräfin di Cagliostro, sich etwa an den Balg irgendeiner mittellosen Frau erinnern?

Sie sah die Enttäuschung auf dem Gesicht der Frau und dachte schon, sie könne sie hinausschicken, als diese sich einen Ruck gab.

Frau Gräfin hätten natürlich recht, sie bitte noch einmal um Verzeihung, es sei ja auch nur wegen ihrer Tochter, das Kind rede in einem fort vom Herrn Grafen und auch von der Frau Gräfin.

Serafina schloss die Augen. Diese Frau hatte ihre Geduld schon über Gebühr strapaziert, jetzt trieb sie es auf die Spitze, indem sie nicht gehen wollte. In einem schnellen Kauderwelsch aus Deutsch, Italienisch und Französisch befahl sie ihr, endlich zu sagen, was sie wolle, und dann zu verschwinden.

Die Frau wich einen Schritt zurück, wieder sackten ihre Knie ruckartig nach unten, dann holte sie umständlich ein zerknautschtes Paket aus dem Beutel, der an ihrer Schulter hing, hervor und erklärte, weil beim Dienstboteneingang niemand gewesen sei, habe sie eben selbst zur Frau Gräfin kommen müssen. Es sei ein Geschenk vom gnädigen Herrn Sarasin für die Frau Gräfin.

Serafina entzog den verkrampften Händen das Paket und riss das Papier auf. Beim Anblick des dunkelrot glänzenden Seidenbandes fiel aller Missmut von ihr ab. Behutsam strich sie mit den Fingern über das breite Band. Da war es wieder. Die beruhigende Kühle, der Glanz, die unwiderstehliche Glätte und Weichheit. Minutenlang sagte sie nichts, betrachtete nur das kunstvolle Rosenmuster auf dem Band.

Endlich fragte die Frau mit zitternder Stimme, ob es der Frau Gräfin nicht gefalle.

Was für eine dumme Frage. Es war vollkommen, Serafina hatte noch nie etwas so Schönes gesehen. Wie in Trance stellte sie sich vor den Spiegel und hielt sich das Seidenband ans Dekolleté. Ihre Augen blitzten und auf den Wangen schimmerte das zarte Rosa der in das Band gewobenen Blüten wider.

«Wie schön Frau Gräfin sind», sagte die Frau. Welch ein Glück, dass sie Frau Gräfin gesehen habe, bevor sie sich ans Weben gemacht habe. Frau Gräfin müssten wissen, der gnädige Herr sei nämlich höchstpersönlich zu ihr gefahren und habe das Band für Frau Gräfin bestellt. Da habe sie zu ihm gesagt, «Gnädiger Herr», habe sie gesagt, alles was recht sei, aber das Rot, das er ausgesucht habe, passe nicht zur zarten Haut der Gräfin, er solle das Buser Hanni nur machen lassen.

Serafina stutzte über so viel Unverschämtheit. Wo war die unterwürfige Frau, die jammernde Mutter? Denn nun erkannte sie sie wieder, der unbeholfene Knicks, die verhärmte Gestalt, deren Rock verblichen und an mehreren Stellen geflickt war. Das fadenscheinige Fichu hatte die Frau an dem Morgen ihrem hustenden Mädchen über die schmalen Schultern gelegt.

Serafina schaute von ihr auf das Seidenband und dann wieder zu ihr hin. Hatte wirklich sie dieses Band gewoben?

Die Frau nickte eifrig. Und der gnädige Herr habe ihr befohlen, sich zu beeilen und es selbst in die Stadt zu bringen.

Serafina löste sich aus ihrer Trance. Das sei noch lange kein Grund, sich einfach in ihr Zimmer zu schleichen, herrschte sie sie an, außerdem sei das Buser Hanni zu spät, jetzt sei keine Zeit mehr, um das Band für den Abend an ihr Kleid zu nähen. Der gnädige Herr werde sehr enttäuscht sein, und sie werde ihm auch verraten, wer ihm den Kummer bereitet habe, sagte sie streng, und nun solle sie endlich verschwinden.

Serafina wollte sich auf die Chaiselongue legen, da schlug die Frau die Hände zusammen und verfiel augenblicklich wieder in ihre flehende Haltung. Frau Gräfin dürften nichts sagen, sonst werde der gnädige Herr ihr den Webstuhl wegnehmen und dann würden die Kinder verhungern und ihre Gertrud wieder zu husten beginnen.

In harschem Befehlston hieß Serafina die Frau schweigen. Das übertriebene Gebaren dieser Person erschien ihr verdächtig, wenn die nur ihre langen Finger im Zaume gehalten hatte. Sie schaute um sich, doch auf die Schnelle ließ sich in dem Durcheinander nicht feststellen, ob etwas fehlte.

«Zeig Sie mal Ihre Hände her», befahl sie. Wenigstens sauber gebürstet, stellte sie mit einem angeekelten Blick auf die rissigen Nägel fest. Langsam verlor sie die Geduld. Was fiel dieser Person eigentlich ein? Einfach hier hereinzuplatzen und ihr dieses Theater vorzuspielen. Das kam davon, wenn der Mann solche Leute umsonst behandelte. Das Frauenzimmer dachte wohl, es gebe hier noch mehr zu holen. Seidenbandweberin, das konnte jede behaupten.

Sie klingelte. Erst nach dem dritten Mal steckte Marie den Kopf zur Tür herein.

Die Zofe warf einen flüchtigen Blick auf das Kleid und das Seidenband, welche Serafina ihr entgegenhielt, und erklärte mit schleppender Stimme, sie habe jetzt keine Zeit, und verschwand türknallend.

Mit einem spitzen Aufschrei schmiss Serafina das Kleid auf den Boden und ließ sich auf die Chaiselongue fallen. Sie bebte vor Zorn, und diese Frau war noch immer da. Aus dem Augenwinkel beobachtete sie, wie sie das Kleid aufhob, es an den Bügel hängte, das neue Seidenband um die Mitte des Kleides legte, hinten zu einer großen Schleife band und sich, ohne ein Wort zu sagen, zum Gehen wandte.

Ob sie nähen könne, hielt Serafina sie auf.

Die Frau blieb stehen und nickte.

Sie meine nicht stopfen, präzisierte sie, ob sie ein Seidenband so an ein Kleid nähen könne, dass man die Stiche nicht sehe.

Die Frau nickte erneut, nahm das Kleid vom Bügel, setzte sich ans Fenster und machte sich an die Arbeit. Es war heiß, kein Lufthauch wehte durch das geöffnete Fenster. Serafina lag mit einem in Lavendelwasser getauchten Tuch auf der Stirn auf der Chaiselongue, hinter ihren geschlossenen Augenlidern zuckte es nervös. Ein seltsam schwefliges Licht drang von außen hinein, in der Ferne grollte der Donner, vereinzelt leuchtete das Wetter auf und ließ die scharfkantigen Diamanten an ihren zarten Fingern blitzen. Sie kannte dieses giftige Licht von zu Hause, wenn an bestimmten Tagen der Wind den Sand aus Afrika in die Stadt blies.

«Wir haben sie Gertrud genannt», fing die Frau, auf deren Nase sich winzige Schweißperlen sammelten, leise an. Es habe ein gutes Zeichen sein sollen, damit ihre Tochter, wenn sie einmal groß sei, sich mit Seidenbändern schmücken könne. Sie habe gedacht, auf dem Namen liege gewiss ein guter Zauber und etwas vom Glück der gnädigen Frau würde so auf ihr Kind übergehen.

Serafina öffnete ihre schweren Augenlider einen Spalt weit und blickte durch den Schlafnebel auf die nähende Frau, als warte sie auf eine Fortsetzung. Für einen kurzen Moment begegneten sich ihre Blicke, dann wandte sich die Frau wieder konzentriert ihrer Arbeit zu.

Sie döste bereits wieder, als die Satzfetzen an ihr Ohr wehten. Dieses Mädchen, es habe es nicht erwarten können, auf die Welt zu kommen. Mit solcher Wucht habe es sich durch die Mutter gestoßen, dass es sie fast zerrissen habe, obwohl das Kind klein und leicht gewesen sei, leichter noch als die anderen. Man habe um ihrer beider Leben gefürchtet. Die Hebamme habe den Pfarrer kommen lassen. Aber in dem mageren Körper habe eine Kraft gesteckt, die sich durch nichts habe unterkriegen lassen. Von Anfang an habe die Tochter nicht auf den Namen Gertrud gehört, sobald sie habe reden können, und sie habe es früh gekonnt, habe sie gesagt: «Ich bin Anna.» Die Frau seufzte. Es sei schlimm, dem eigenen Kind kein Seidenband ins Haar flechten zu können, aber noch schlimmer sei es, dass es der Tochter nichts ausmache.

Serafina öffnete die Augen. Die Frau krümmte sich über ihre Arbeit, als tue ihr der Leib weh. Sie starrte ins Leere und sagte mit ausdrucksloser Stimme: Sie habe ihrer Tochter diesen Namen überstülpen wollen, dabei habe sie ihre Kinder gelehrt, sich nicht zu schämen für das, was sie seien. Doch dieses Kind habe von dem fremden Namen nichts wissen wollen, von Anfang an sei es anders gewesen als die anderen.

Ein kurzer Befehl hätte genügt, um dieser Beichte ein Ende zu bereiten, aber Serafina war wie gelähmt. Wie in einem schlechten Traum konnte sie dem Redestrom dieser Frau nicht entfliehen. Sie solle den Vorhang zuziehen, war alles, was sie hervorbrachte.

Die Frau tat wie geheißen, schob ihren Stuhl ans andere Fenster und setzte sich wieder an die Arbeit.

Serafinas Gesicht lag jetzt im Schatten, durch den Spalt ihrer Augenlider sah sie ihre Fußspitzen im Strahl der untergehenden Sonne unter dem Rock hervorleuchten. Vorsichtig spähte sie zu der Frau hinüber. Wenn die ihr nur keine Krankheit eingeschleppt hatte! Sie sah abgezehrt aus, hustete aber nicht. Die Kleider waren abgetragen, jedoch geflickt und sauber. Ihr Alter war nicht abzuschätzen. Zu beiden Seiten der Nasenwurzel zogen sich zum Mundwinkel hin scharfe Falten und im dunklen Haar zeigten sich ein paar graue Fäden. Ihre Augen blickten müde, doch ihre Bewegungen waren trotz der Last, die ihre Schultern niederdrückte, flink wie die eines jungen Mädchens.

Serafina schloss wieder die Augen. Das Bild der nähenden Frau am Fenster, das hinter ihren Lidern erschien, erinnerte sie an ein ähnliches, längst vergessen geglaubtes.

«Ist Sie endlich fertig?»

Mit einem Satz sprang Serafina von der Chaiselongue und riss der Frau das Kleid aus der Hand. Wo Sie das gelernt habe, wollte sie wissen. Mit ihrer Geschicklichkeit hätte sie Weißnäherin oder Putzmacherin werden können, dann wären ihre Hände jetzt nicht rot und aufgerissen. Blitzschnell verbarg die Frau ihre Hände unter der Schürze. Serafina empfahl Cagliostros Schönheitsbalsam und trat vor den Spiegel.

Als die Frau endlich begriffen hatte, öffnete sie in Windeseile die Haken an Serafinas Kleid und streifte ihr das Abendkleid über.

«Kann Sie nicht aufpassen?», herrschte Serafina sie an. Die dumme Frau hatte mit ihren rauen Händen ihren bloßen Arm gestreift.

«Verzeihung, Madame, aber das kommt von der Arbeit.»

Welche Arbeit? Die Frau hantierte doch den ganzen Tag mit seidenweicher Seide. Das Mieder müsse neu geschnürt werden, diese Marie habe es am Morgen nicht ordentlich festgezurrt. Aber sie solle nicht wieder kratzen, fauchte Serafina.

Die Frau begann zu ziehen, eine erstaunliche Kraft lag in den schmalen, abgearbeiteten Fingern.

Sie mache das nicht zum ersten Mal, bemerkte Serafina und ließ dabei den angehaltenen Atem langsam wieder entweichen.

Doch, antwortete die Frau, band das Seidenband an ihrer Taille am Rücken zu einer großen Schleife und begutachtete ihr Werk.

Die Blicke der beiden Frauen begegneten sich im Spiegel. Sie waren etwa gleich groß und von ähnlicher Statur.

Serafina hatte ein seltsames Brennen auf der Brust, es fühlte sich an, als löse sich etwas in ihr auf. Sie wollte etwas Freundliches sagen, fand aber keine Worte dafür.

Auf einmal wirkte das Gesicht der Frau neben ihr im Spiegel nicht mehr abgezehrt: Sie lächelte fröhlich, ihre Hände waren weiß und glatt und im Haar trug sie eine rote Seidenschleife.

Doch dann schob sich ein ganz anderes Bild über die Gräfin.

Ein Haus. Die Tür öffnet sich zu einem tiefen, düsteren Zimmer. Ein Ungetüm von einem seltsamen Möbel steht darin. Es nimmt fast den gesamten Raum ein. Darauf sind Schnüre gespannt, dazwischen schillert es bunt und glänzend wie Seide. Es ist Seide. Und das Ungetüm ist ein Webstuhl. Eine Frau, es ist dieselbe, die neben Serafina vor dem Spiegel steht, kommt aus einem anderen Raum. Zwiebeldunst haftet an ihr. Sie geht geschwind auf den Webstuhl zu, beim Gehen trocknet sie sich die Hände an der Schürze. Sie beugt sich mit flinken Fingern über den Webstuhl, hält sich den Rücken, streckt sich, vertritt sich die Beine, streicht sich über die wunden Finger. Das Kleinste der vielen Kinder ist nicht älter als fünf. Sie drehen an einer kleinen Handkurbel, es schillert. Die Kinder spielen nicht; sie bereiten bunte Fadenspulen vor.

Draußen scheint die Sonne. Ein Mann wäscht sich am Brunnen Erde von den Händen, tritt ins Haus, stellt sich an den Webstuhl, macht dort weiter, wo die Frau aufgehört hat. Die Frau geht in den Garten, reißt Unkraut aus, gießt die Bohnen, lächelt, als ein Schmetterling vor ihr auf dem roten Mohn landet.

Es stinkt nach Stall. Die Frau stellt den Eimer unter die Kuh, setzt sich auf einen Schemel, lehnt ihre Stirn an die Flanke des Tieres, beginnt mit kräftigen Bewegungen zu melken. Die weiße Flüssigkeit dampft und schäumt. Als nichts mehr kommt, legt sie die Hände in den Schoß, schließt die Augen und bleibt für ein paar Augenblicke regungslos an das Tier gelehnt sitzen.

Dann reißt sie sich los, gibt der Kuh einen leichten Klaps, die Kuh dreht sich um, schaut sie aus ihren großen Augen an. Die Frau hält ihr die Hand hin, die Zunge des Tiers ist groß und rosa. Draußen blinzelt die Frau in die Abendsonne, dann verschwindet sie im Haus.

Sie gießt den Kindern die noch dampfende Milch ein, schneidet Brot. Der Mann setzt sich an den Tisch, sie löst ihn am Webstuhl ab und nimmt im Vorbeigehen einen Schluck Milch.

Draußen ist es dunkel. Die Kinder schlafen. Die Frau steht am Webstuhl.

Ein neues Bild erschien:

Wieder die düstere Stube. Ein Mann, er ist gekleidet wie einer, der keine Feldarbeit zu verrichten hat, beugt sich mit der Lupe in der Hand über den Webstuhl, misst die auf dem Tisch aufgereihten fertigen Seidenbändel mit dem Lineal, hält eines hoch, fährt mit dem Finger darüber. Seine Augen strahlen, sein Mund möchte sich zu einem Freudenruf formen, doch er reißt sich zusammen, schließt die Lippen zu einem dünnen Strich, legt seinen dicken Finger auf ein Band, schüttelt den Kopf, geht zum Nächsten über, hält es ans Fenster, beugt sich noch einmal mit der Lupe darüber, nickt bedächtig, zählt die fertigen Bänder, holt Papier, Feder und Tinte , schreibt zu jedem Band etwas auf, packt sie in seine Tasche.

Während der ganzen Prozedur steht die Frau bebend neben ihm, sie lässt ihre Seidenbänder nicht aus den Augen. Als er sie in die Tasche packt, schaut sie ihnen nach, als hätte er ihre Kinder gestohlen.

Dann führt sie ihn an den Tisch. Brot und Butter, frische Kirschen vom Baum. Der Mann lässt es sich schmecken, isst das halbe Brot auf, streicht sich ordentlich Butter darauf, spült gründlich mit dem klaren Kirschwasser nach, das die Frau mehrmals nachgießt.

Er holt einen Beutel aus der Tasche, zählt ein paar Münzen auf den Tisch. Die Frau schaut ungläubig, schüttelt den Kopf, gießt noch einmal nach. Der Mann legt noch eine kleine Münze dazu.

Die Frau schüttelt noch einmal den Kopf, hält ihm ihre offene Hand hin. Er blickt sie aus nicht mehr klaren Augen an, verzieht hämisch den Mund, zeigt auf den Webstuhl. Die Frau rennt um den Tisch herum, stellt sich schützend davor. Der Mann tritt leicht schwankend aus dem Haus.

Stumm beißt die Frau die Zähne zusammen, macht hinter seinem Rücken noch einmal einen Knicks, trocknet sich die nasse Stirn, stellt sich wieder an den Webstuhl.

Das Bild verschwand.

«Hanni, zieh das Kleid an! Du bist eine Prinzessin. Schau, wie schön du bist. Komm Hanni, schau dich im Spiegel an!», raunte Serafina.

Die Frau neben ihr taumelte, kämpfte gegen die Versuchung an. Plötzlich kicherte sie, nahm das schöne Kleid vom Bügel, hielt es sich vor den Körper und schloss die Augen. Sachte begann sie sich hin und her zu wiegen und summte dazu ein Lied, es hörte sich an wie ein Wiegenlied, drehte sich um ihre eigene Achse. Zuerst langsam, dann immer schneller, bis sie schließlich strauchelte, sich wieder fing.

Sie sperrte die Augen auf, kniff sie dann zu Schlitzen zusammen und ging mit langsamen Schritten auf den lockenden Spiegel zu, knallte mit der Stirn hart gegen das Glas, hielt sich den Kopf, schüttelte sich verärgert und hängte mit einer energischen Geste das Kleid wieder auf den Bügel.

Serafina wandte sich brüsk vom Spiegel ab und fasste sich an den Kopf: Was sollte sie mit ihrem Haar machen?

Die Antwort kam so schnell, als hätte sie keiner Überlegung bedurft: Das Band sei lang genug, sie könne ein Stück davon abschneiden und es Frau Gräfin um den Kopf binden.

Serafina setzte sich an den Frisiertisch. Plötzlich schrie sie auf: Ob Sie ihr denn alle Haare vom Kopf reißen wolle.

Die Frau deutete schuldbewusst auf ihre roten Hände. Ein Haar sei hängen geblieben, die Seidenfäden ...

Sie ließ sie nicht ausreden. Ihr musste niemand etwas erklären. Gräfin Serafina kannte das raue Geheimnis der Seide.

Verblüfft schaute sie in den Spiegel. In Paris hatte sie diese Haarmode da und dort schon gesehen. Aber wie kam diese einfache Frau vom Lande auf diese ausgefallene Idee? Sie gab sich Mühe, nicht zu lächeln, und schickte die Frau aus dem Zimmer.

Allein geblieben betrachtete sie sich von allen Seiten, Zufriedenheit machte sich auf ihrem Gesicht breit. Spiegel logen nicht!

Das schemenhafte Bild, das in den Tiefen des Spiegels lauerte, wollte sie jedoch nicht sehen. Nicht jetzt. Es wartete dort im Dunkeln. Kurz war es undeutlich aufgeflackert. Bald würde sie es im vollen Schein des Tageslichts schauen müssen, doch noch würde sie die Maske nicht ablegen.

Sie wirbelte um die eigene Achse, spitzte die Lippen und vergewisserte sich, dass die kleine schwarze Mondsichel darüber sicher fixiert war, dann flüsterte sie ihrem Spiegelbild zu: «Su Serafina, al lavoro!»

*

Serafina sah von oben in die festlich erleuchtete Eingangshalle. Das Parkett glänzte frisch gebohnert, sie war geblendet von der Größe, staunte über die schwindelerregend hohen Fenster, hinter denen das Dunkel der Nacht von weit entfernten Blitzen durchbrochen wurde. Von unten klang leise Musik hinauf, Stimmen und gedämpftes Gelächter schwollen an und flauten wieder ab.

Plötzlich war ihr das Vertraute neu und fremd, als sehe sie die Halle zum ersten Mal.

Mit Hannis Augen.

Leichten Schrittes lief sie in ihren seidenen Tanzschuhen die Treppe hinunter.

Aus dem Saal schlug ihr dicke Luft entgegen. Schon jetzt war die in Erwartung eines Gewitters schwüle Luft geschwängert von den Ausdünstungen der schwitzenden Menschen und den sie konkurrierenden schweren Parfums, dem Ruß der flackernden Kerzen und dem süßen Duft der Blumen, die auf Tischen und Kaminsimsen aus den Vasen quollen.

Sie zögerte. Sie konnte sich nicht dazu entschließen, ihren Fuß über die Schwelle zu setzen. Eine neugierige Scheu hielt sie zurück, fast ängstlich blinzelte sie in den Saal und wusste auf einmal nicht mehr, warum sie hier war.

Schau dich um. Die Damen agieren auch hier wieder wie schlechte Aktricen. Jeder Satz wird von einer affektierten Geste untermalt und von übersteigerten Stimmen begleitet. Dabei linsen sie ängstlich um sich, ob man ihre Bemühungen um die Kunst des natürlichen Auftritts, die sie fleißig vor dem Spiegel geprobt haben, auch gebührend honoriert.

Es fehlte die Sprezzatura eines Casanova. Eine Maske musste man zu tragen wissen, dachte sie an den Türpfosten gelehnt.

Die Maske ist ein seltsam Ding. Sie verdeckt die Physiognomie und sie offenbart den Menschen dahinter.

Die Maske gaukelte dem Träger Sicherheit vor. Mit dem richtigen falschen Gesicht auf dem eigenen Gesicht konnte er alles tun, was er sich sonst nicht erlaubte.

Unter ihrem Schutz wird man hemmungslos. Nur die Maske der Etikette hält dann das Biest im Menschen im Zaum.

Es kam vor, dass das falsche Gesicht aufgesetzt wurde.

Weichen Maske und natürliche Physiognomie darunter stark voneinander ab, so können seltsam grotesk verzerrte Gesichter beobachtet werden, wenn die Muskeln versuchen, die fremde Maske abzustoßen.

Genau den Anschein machte der Herr, der, dem Redeschwall einer Dame ausgeliefert, sich immer wieder mit der Hand über die Stirn fuhr, als wolle er sich die Maske ausziehen.

Von einem auch nur kurzen Lüften der Maske in Gesellschaft wird abgeraten, es kann gefährlich sein.

Serafina löste sich vom Türpfosten, blieb aber weiterhin unschlüssig stehen.

Die Gesichter und Stimmen passen meist nicht zu dem, was die Menschen sagen.

Sie befühlte ihr Gesicht, es saß.

Nur wenige verfügen über das Talent, sich die richtige Maske aufzusetzen, die meisten lachen und weinen wie mittelmäßige Schauspieler. Andere setzen sich die falsche Maske auf, weil sie sich nicht in ihre Rolle, die ihnen zugeteilt wurde, schicken wollen, und schmuggeln sich in einem gestohlenen Kostüm auf die Bühne.

«Teuerste Gräfin!»

Sarasins Ausruf ließ sie zusammenzucken. Mechanisch zog sie die Mundwinkel hinauf und tat, als sei sie soeben erst gekommen.

Der Hausherr schritt mit ausgebreiteten Armen auf sie zu, nicht zum ersten Mal staunte sie über seine Wendigkeit, trotz seines beachtlichen Embonpoints wirkte Sarasin leichtfüßig. Er nahm ihre Hand und führte sie galant in den Saal. Die Enttäuschung auf den Gesichtern der Gäste hätte nicht offensichtlicher sein können. Doch Serafinas Strahlen stimmte selbst die strengste Witwe milde und ließ die säuerlich zusammengezogenen Lippen der alten Jungfern für einen Augenblick zu einem längst vergessenen, sehnsüchtigen Lächeln werden. Die wachsamen Mütter vergaßen für einen Moment die Warnungen an ihre Töchter, die Herren verfielen augenblicklich in eine Art Schockstarre und glotzten die Gräfin mit blödem Grinsen an, die Damen hörten für einen Moment auf zu tuscheln.

Die Spiegel an den hohen Wänden reflektierten die Szenerie um sie herum. Sie hätte gerne darauf verzichtet, doch sobald das Glas zu flimmern begann, widerspiegelten sie, was sie aufgenommen hatten. Es war, als wäre sie in eine Illusionsmaschine geraten, deren bunte Projektionsflächen ihr auch noch die ungesagten Gedanken hinter den gepuderten Stirnen zuraunten.

«Nicht so stürmisch», bat Sarasin lachend. Mehrere Damen und Herren waren herbeigeeilt und platzten alle gleichzeitig mit der Frage nach dem Verbleib des Meisters heraus.

Serafina gab zerstreut Antwort und ging, gestützt auf Sarasins Arm, grüßend durch den Saal.

Am Ende des Defilees ließ sie ihn stehen und schnappte sich ein Glas vom Tablett eines Dieners.

Es kann gefährlich sein: Jemand könnte bemerken, dass unter der Gräfin mehr als eine schöne Frau steckt.

Gertruds Ruf erreichte sie quer durch den Saal. Ihre Freundin eilte ihr entgegen, fasste sie mit ihrer weich gepolsterten

Hand am Ellenbogen und führte sie in die Mitte einer Gruppe lebhaft schwatzender Damen.

«Die Wirkung seines Zauberbalsams, das Wunderwerk des Meisters», raunte es um sie herum. Und schon fassten Dutzende von scharfen Klauen in ihr Haar, strichen gierige Finger über ihre Wangen, streiften die nackte Haut ihrer Arme und nahmen den Stoff ihres Kleides zwischen ihre spitzen Nägel, gleich würde sie um sich schlagen und losschreien, doch dann ließen die Finger, die wie Spinnen an ihr herumkrabbelten, plötzlich von ihr ab.

Jubel erscholl, alle Aufmerksamkeit wandte sich dem Meister zu, der wie ein Bote aus dem antiken Götterhimmel erschienen war. Alles an ihm wirkte überspannt: der karmesinrote Justaucorps mit den verzierten Knopflöchern und dem farbig bestickten Wams darunter, die grünschillernde Culotte, die überdimensionierten silbernen Schnallen an den roten Schuhen und dazu die lächerlich breite Seidenschleife an seinem Zopf, die ihm wie ein schweres Gewicht den Kopf in den Nacken zog, sodass sein Blick stets nach dem Himmel gerichtet schien. Die scharfen Kanten der zahlreichen Diamanten schienen mit den kurzen Fingern seiner fleischigen Hände verwachsen zu sein. Das runde Gesicht mit den hervorquellenden Augen und den großen Nasenlöchern strahlte, die Wangen glänzten im selben Rot wie sein Rock. Er hatte sich für den Abend noch einmal barbieren lassen; das Haar, bereits weit bis in die Stirn hinauf gelichtet, an den Seiten in modischen Locken abstehend, war frisch gepudert.

Angewidert wandte sie den Blick ab. Es war ihr noch nie gelungen, ihn so zu sehen, wie er gesehen werden wollte, doch seit geraumer Zeit stieß er sie geradezu ab.

Die Damen schlugen die Augen nieder und versanken in einen tiefen Knicks, als ihr Held mit weit offenen Armen einherschritt, die Herren verharrten in ehrerbietiger Verneigung.

Mit einem breiten Grinsen im Gesicht ließ Cagliostro die Zähne blitzen, er trat in die Mitte des Raumes und stellte sich unter den gewaltigen Kronleuchter, dessen Kristalllichter sich im großen Spiegel über dem Kamin brachen, die zurückgeworfenen Strahlen zeichneten eine flimmernde Aureole um ihn. Instinktiv fand er immer den hellsten Platz auf der Bühne. Er dankte, das Klatschen verstummte.

Ein Herr trat aus der Menge und wollte wissen, ob es stimme, was man sich über die Vision eines Kindes, welches der Meister unlängst hier behandelt habe, erzähle. Furcht und Besorgnis lagen in seiner Frage.

Serafina beobachtete Cagliostros blitzartige Verwandlung vom selbstsicheren Strahlen in eine undurchdringliche Maske, sein Blick wurde starr und richtete sich in weite Ferne. Mit einer Stimme, die nicht aus ihm selbst zu kommen schien, antwortete er: «Die Zukunft ist gewiss, nur wann sie Gegenwart wird, verrät meine Hellsichtigkeit in diesem Fall auch mir nicht.» Mit einem lauten Händeklatschen holte er sich selbst und die anderen wieder aus seiner Trance zurück.

Sarasin trat zu ihm und zerstreute mit jovialen Beteuerungen die allgemeine Unsicherheit. Man solle sich keine Sorgen machen über die wirren Worte aus dem Munde eines fieberkranken Mädchens aus dem Volk, lieber wolle man die Ehre der Gegenwart des Meisters genießen. Der Saal atmete auf, man war bemüht, den Abend wieder in die gewohnte Bahn zu lenken. Sofort bat jemand den Grafen um eine Kostprobe seiner Wahrsagekunst.

Cagliostro verbeugte sich und strahlte in die Runde. Gleich aufgeregten Kindern hüpften die gesetzten Damen und distinguierten Herren mit in die Höhe gestreckten Armen auf und ab, jeder wollte der Erste sein.

Serafinas Blick wurde vom großen Mottenvogel, der im Lichtkegel des Kristallleuchters über ihren Köpfen flatterte, angezogen. Fasziniert verfolgte sie seine nervösen Flugbewegungen zwischen den Köpfen. Immer wieder zog es ihn nach oben, kam er den verlockenden Flammen gefährlich nahe und streifte sie knapp mit seinen pelzigen Flügeln. Einmal verfing er sich im aufgetürmten Puderhaar einer Dame, die nichts davon merkte. Er kam los und schwirrte trunken vom Licht weiter, leise rieselte der aufgewirbelte Puder auf die Schultern der Dame. Ein kurzes Zischen, beißender Geruch. Nichts blieb übrig von ihm.

Trenne dich von Cagliostro, bevor es zu spät ist, und komm heim!

Sie stellte ihr Glas ab und verließ hastig den Saal. Niemand hielt sie auf.

Sie war auf dem Weg in ihr Zimmer, als plötzlich ein Mann aus einer Fensternische hervorsprang, sich ihr zu Füßen warf und ihre Hand packte.

«Madame la Comtesse, endlich finde ich Sie alleine», er drückte sein Gesicht gegen ihr Knie, «Sie sind der lebende Beweis dafür, dass unser Meister dem Geheimnis ewiger Schönheit und Jugend auf die Spur gekommen ist.»

Sie zerrte an ihrem Arm, wankte rückwärts, doch er hielt sie fest und rutschte ihr auf den Knien über den blank gescheuerten Boden nach.

Wie lästig. Schon wieder dieser zu kurz geratene Mann mit seinen dürren Beinen und den abgekauten Fingernägeln, dessen eingefallene Brust auch die brokatene Weste mit den bestickten Knopflöchern nicht verbergen konnte.

Sie forderte ihn energisch auf, sich aufzurichten. Doch der Klang ihrer Stimme schien seine Leidenschaft noch anzufachen, mit beiden Händen umschlang er ihre Taille, schaute zu ihr empor und rief: «Und das schwere Geschmeide an

Ihrem Alabasterhalse, kommt es auch aus dem Laboratorium des Hochverehrten?»

Er zog sich an ihr hoch und versuchte, seine nassen Lippen auf ihren Hals zu drücken. Mit einem Ruck stieß sie ihn von sich und befahl ihm, sich sofort zu entfernen.

Er sah sie beschämt an, beteuerte, dass Gold und Diamanten ihm nichts bedeuteten, und flehte um ein Rendezvous.

Wie unangenehm dieser Mensch war! Mit ruhiger Stimme bat sie ihn, Vernunft anzunehmen, jederzeit könne jemand kommen und sie sehen.

Er erbebte und drückte sich noch mehr an sie, ob sie wisse, was sie von ihm verlange, sie sei schuld daran, dass er hier liege und flehe, gegen ihre Magie komme keine Vernunft an.

Serafina gähnte.

Neulich, insistierte er, da habe sie doch einen seiner Ratskollegen erhört, jetzt weinte er beinahe.

Sie spitzte die Lippen und nickte. Von eben diesem Ratsherrn stamme übrigens auch das Geschmeide an ihrem Hals, welches er soeben bewundert habe, flötete sie und ließ dabei ihre Finger langsam über ihr Schlüsselbein gleiten. Hätte der verliebte Trottel vor ihr ein wenig überlegt, wäre ihm klar gewesen, dass der Schmuck für die biedere Artigkeit der hiesigen Kavaliere viel zu auffällig war. Doch er starrte sie mit verstörtem Blick an, wollte etwas sagen, wurde rot, verschluckte sich und machte sich hustend aus dem Staub. Sie wedelte heftig mit dem Fächer, wie um eine lästige Schmeißfliege wegzuscheuchen.

Doch plötzlich hatte sie es eilig, aus dem Vestibül, in dem sie sonst seiner aus der Manufaktur in Nancy stammenden Tapisserien wegen gerne verweilte, wegzukommen. Mit beiden Händen ziehend riss sie die schwere Tür zum Hof auf, stolperte, fiel auf die Knie, rappelte sich fluchend auf und blickte sich um: «Hanni!»

Die Frau sprang auf und wollte ihr helfen. Serafina winkte ab und rieb sich das schmerzende Knie.

Das habe sie nicht gewollt, stammelte die Frau. Sie warte hier auf den Bott, der sie morgen mit nach Hause nehmen würde.

Serafina hatte jetzt keine Zeit für diese Frau, sie legte den Finger auf die Lippen und ließ sie stehen.

Der Hof lag im Dunkel der bewölkten Nacht. Sie schlich die Hauswand entlang, ließ sich in die Ecke sinken und schloss die Augen. Sie musste weg, jetzt sofort, keine Nacht hielt sie es mehr unter einem Dach mit ihrem Mann aus.

Sie erschrak nicht, als sich jemand neben sie setzte, öffnete nur die Augen und lachte leise auf, vielleicht sollte sie aufhören, diese Frau wegschicken zu wollen.

«Wer ist der Bott?» Die Frage kam ohne Überlegung.

Die Frau neben ihr stutzte, dann kicherte sie leise: «Frau Gräfin wissen nicht, wer der Bott ist?» Das sei der Fuhrmann, der die Seide und das übrige Material zum Weben aus der Stadt zu den Posamentern aufs Land und umgekehrt die fertigen Bänder wieder zu den Seidenherren bringe, erklärte sie flüsternd.

Serafina hörte nur mit halbem Ohr zu und war in Gedanken bereits weiter. Ohne Umschweife fragte sie die Frau, ob sie nicht als Zofe in ihre Dienste treten wolle. Die Frau erblasste. Sie danke ergeben für die Ehre, aber sie müsse heim zu ihrem Mann und den Kindern. Und zu ihren Seidenbändern, fügte sie leise hinzu.

Zum Teufel mit ihren Seidenbändern. Serafina riss sich das Band aus dem Haar und warf es der Frau auf den Schoß. Da, sie solle ihre Seidenbänder nehmen und sich wegscheren, und dass sie sich ja nicht wieder bei ihr blicken ließe!

Die Frau zog das Band über ihrem Knie glatt und begann es sorgfältig aufzurollen.

«Einmal, als Gertrud, ich meine Anna, wütend war, hat sie mir ein Seidenband ins Gesicht geschmissen», sagte sie.

Anna hätte keine gute Zofe abgegeben, dachte Serafina und lächelte wider Willen. Sie hätte den Tand auf den Boden geschmissen und ihre Herrin mit einem durchdringenden Blick bis ins Mark erzittern lassen.

Sie ist eine von denen, bei denen eine Maske nichts nützt. Diesem Kind, das sich keinen fremden Namen überstülpen lässt, kann man nichts vormachen. Vor ihr wird man, egal in wie dicken Samt man gehüllt ist, immer nackt am Frisiertisch sitzen.

Serafina blickte die Mutter dieses Mädchens an. Da saß sie nun, die Frau Gräfin, neben dieser Frau, deren verbrauchte Hände das aufgerollte Seidenband umklammert hielten.

Sie wollte dein Kleid nicht. Es sei Sünde, so lange in den Spiegel zu schauen, hat man sie gelehrt. Noch nie ist sie jemand anderes gewesen als die Buser Hanni. Und die Buser Hanni lässt sich von den süßen Versprechungen fremder Träume nicht locken. Hanni träumt von einer warmen Stube, Brot und Milch und festen Schuhen für ihre Kinder. Sie sollen es mal besser haben. Aber sie glaubt nicht an Veränderungen. Veränderungen machen ihr Angst.

«Warum sagen die Leute, Sie seien nicht gut, Frau Gräfin?», brach die Frau die Stille.

Wahrscheinlich, weil sie recht hätten, antwortete Serafina.

Es war noch immer warm, doch nun kam Wind auf. Im Schein des Mondes sahen die beiden Frauen zu, wie er die zerfetzten Wolken vor sich herjagte und den Sternen, die zwischen ihnen hindurch blinkten, Platz machte.

Serafina starrte in den Himmel, bis ihre Augen tränten. Vor langer Zeit habe sie einen Freund gehabt, fing sie an, mit dem habe sie oft an eine warme Mauer gelehnt gesessen und in den Himmel geschaut, gemeinsam hätten sie von Paris geträumt und Pläne geschmiedet. Damals habe sie noch ein Zuhause gehabt, doch sie habe keinen größeren Wunsch gehegt, als wegzukommen, zusammen mit ihm.

Die Frau schaute sie von der Seite an: «Und waren Sie zusammen in Paris?»

Sie sei sich nicht ganz sicher, antwortete Serafina und deutete zum Himmel. Sterne waren die Diamanten des Himmels, davon waren sie überzeugt gewesen. Er hatte ihr versprochen, ihr alle Sterne vom Himmel zu holen, wenn er einmal groß wäre. Sie hatten auch geglaubt, man könne auf Sternen wohnen und auf Wolken fliegen. Bis er dann zu Monsignore in die Schule gegangen war und ihr erklärt hatte, Sterne und Wolken seien nichts als Staub und Wasser.

Auch Hanni glaubte das nicht.

«Jupiter und Saturn», sagte Serafina und deutete hinauf.

«Sterne haben Namen?»

Serafina zuckte mit den Schultern. Er habe das behauptet, aber er habe schon immer alles besser gewusst. Doch es sei egal, er sei nicht mehr ihr Freund, sie wisse ja nicht einmal, wo er jetzt lebe.

«Ich glaube, er ist immer da, wo Sie sind. Er schaut in den selben Himmel und wünscht sich, er hätte nie gelernt, die Sterne beim Namen zu nennen.»

Eine Weile waren sie still, dann rief Hanni: «Eine Sternschnuppe!»

Eine Tür knarrte. Instinktiv rückten die beiden Frauen näher zusammen. Jemand schlurfte mit einer Laterne in der Hand über den Hof und verschwand im Stall.

In seinem alten Hausrock sah er viel älter aus als mit Hut und herrschaftlicher Livree auf dem Kutschbock.

«Johann!», durchfuhr es Serafina, versuchen müsste sie es, er würde es ihr nicht abschlagen, doch gerade deswegen durfte sie ihn nicht um Hilfe bitten. Sie wollte nicht, dass der alte Mann seine Stellung im Haus verlor, aber vielleicht könnte er ihr einen Vertrauensmann besorgen.

Es dauerte eine Weile, bis der Kutscher wieder erschien und langsam über den Hof zurückschlenderte. Als er im Dunkeln verschwunden war, geleitete sie Hanni zum Dienstboteneingang, wo ein schwaches Licht brannte. Sie erklärte ihr, wo es eine Kammer mit einer Pritsche gab, auf die sie sich ungestört bis zum Morgen hinlegen könne.

Die beiden Frauen schauten sich verlegen an, bis Hanni sich des Seidenbandes in ihrer Hand erinnerte. Serafina schüttelte den Kopf, es gehöre der Meisterin. Hanni machte noch einen zaghaften Versuch, das Geschenk abzulehnen, doch selbst im Dunkeln konnte Serafina das Leuchten in ihren Augen sehen, als sie das Band an sich drückte. Sie machte einen ihrer ungeschickten Knickse und wandte sich der Tür zu.

Serafina rief sie zurück, streifte ihren Skarabäus vom Finger – es ging ganz leicht – und drückte ihn in Hannis Hand. «Für Anna.»

Hanni schaute sie verwirrt an.

Das Mädchen würde schon verstehen, erklärte sie. Gerne hätte sie noch mehr gesagt, ihr erzählt, dass, wenn Anna älter wäre, sich die Menschen erheben würden gegen die Reichen und Mächtigen und dass ihre Tochter dann bei den Ersten sein würde, die neue Zeit einzuläuten. Eine Zeit, in der sich die, die sich jetzt die Finger wund woben, mit Seidenbändern schmücken würden. Aber sie ließ es bleiben, Hanni würde nicht verstehen, sie bat sie nur, nicht zu streng zu dem Mädchen zu sein.

«Vergelt's Ihnen Gott, Frau Gräfin», sagte Hanni und verschwand im Haus.

Serafina richtete noch einmal den Blick nach oben. Abertausende Sterne blinkten am dunklen Himmel, in den der Wind ein Loch in die schnell vorbeiziehenden Wolken gerissen hatte. Je länger sie schaute, desto mehr wurden es. Sie fragte sich, auf welchem der leuchtenden Punkte der alte Piero wohl saß, was hätte er gesagt, wenn er sie jetzt gesehen hätte? Seine kleine Prinzessin. Ihr Magen verkrampfte sich.

Sie senkte den Kopf und massierte ihren steifen Nacken. Dabei fiel ihr Blick auf die kleine Narbe am Unterarm. Da hatte sie sich als Kind an Pieros Kessel verbrüht.

«Und wenn du dann in Seide gehüllt umhergehst, vergiss nicht die Worte des alten Piero. Vergiss nicht, wer du bist!»

Ein Tropfen fiel auf die Narbe, sie wischte die Träne nicht weg.

Etwas zwang ihren Blick wieder nach oben, dort blinkte ein Stern heller als die andern. Piero blinzelte ihr zu.

Von der Straße hörte man das Rumpeln von Kutschen und das Schlagen von Pferdehufen. Das hölzerne Tor wurde geöffnet und aus dem Haus ergoss sich plötzlich helles Licht auf den Hof. Geblendet zog sich Serafina in ihre Nische zurück.

Schwatzend und lachend strömten die Gäste hinaus. Man scherzte, wünschte sich gute Nacht und verbeugte sich vor dem Hausherrn, der zusammen mit Cagliostro die Danksagungen für den Abend entgegennahm. Nachdem die letzte Kutsche davongefahren war, schloss ein Hausdiener das Tor, Sarasin und Cagliostro standen im Eingang, hoben noch einmal grüßend die Hand und gingen dann Arm in Arm hinein. Krachend fiel die Tür hinter ihnen zu.

Serafina hörte noch, wie der Riegel vorgeschoben wurde, dann war alles still.

*

Als gestern Nacht die Haustür ins Schloss fiel, war sie durch das offene Fenster ins Laboratorium gestiegen, dessen Tür zum Korridor jedoch von außen geschlossen gewesen war. Von Weitem war Donner herangegrollt, immer wieder hatte der Himmel hell aufgeleuchtet, und die gläsernen Kolben und Gefäße in mannigfachen Formen und Größen waren aufgeblitzt. Serafina hatte den Blick nicht von den Bildern in den mit verschiedenfarbigen Flüssigkeiten gefüllten Gläsern lösen können: Ein Mädchen und ein Junge liefen zusammen mit anderen Kindern durch enge Gassen. Alle waren barfuß, ärmlich gekleidet und lachten. Das Gefäß daneben zeigte ihr eine junge Frau mit einem schweren Wäschekorb, daneben stand ein junger Mann, den Arm voller Bücher. Der nächste Blitz ließ sie einen Mann im Kardinalsgewand und eine reich geschmückte Dame erkennen. Sie liefen aufeinander zu. Je näher sie sich kamen, desto schneller liefen sie. Kurz bevor sie sich erreicht hatten, wurde die Tür zum Laboratorium aufgestoßen. Das Bild war verschwunden, und Cagliostro hatte vor ihr gestanden.

Sie hatte sein überraschtes Gesicht gesehen, doch er hatte wortlos sein Nachtlicht auf eine der vielen Ablagen des Laboratoriums gestellt, war ans Fenster getreten und hatte in die dunkle Nacht hinausgeblickt.

«Du wirst mich nicht verlassen», hatte er mit ungewohnt harter Stimme gesagt. «Du musst das Spiel weiterspielen. Genau wie ich. Bis zum Ende.»

Sie hatte etwas erwidern wollen, doch Cagliostros Aufmerksamkeit wurde von der purpurroten Flüssigkeit, die in einer dickbauchigen Flasche zu brodeln begonnen hatte, in Beschlag genommen. In dem Moment krachte ein Donner direkt über ihnen, die Gerätschaften klirrten, gleichzeitig leuchtete ein Blitz auf und erhellte sekundenlang den Raum. Alle Farbe war aus Cagliostros erhitztem Gesicht gewichen.

Dann ging ein Ruck durch ihn, gewaltsam hatte er sich aus der Erstarrung gelöst und war aus dem Laboratorium geflohen.

Zitternd war sie auf einen Schemel vor dem Fenster gestiegen und hatte den Kopf in das nun entfesselte Gewitter hinausgestreckt. Lange hatte sie dagestanden und Gesicht und Arme dem erlösenden Regen entgegengehalten. Einem plötzlichen Impuls folgend hatte sie das mit Sand gefüllte Taschentuch unter ihrem Rock hervorgeholt und es aus dem Fenster geschüttelt. Wie tausend fallende Sternschnuppen hatte das Katzengold im Schein der Blitze gefunkelt.

Irgendwann hatte das Rauschen des Regens aufgehört. Sie hatte sich das Gesicht mit dem Rock getrocknet und die nassen Haare aus der Stirn gestrichen. Die Kerze war erloschen, draußen dämmerte bereits der Morgen.

Die Luft war von dem nächtlichen Gewitter gereinigt. Es war noch früher Morgen. Tautropfen glitzerten an den schmiedeeisernen Fenstergittern, als Serafina auf die Gasse trat.

Sie hatte sich, nachdem sie in der Nacht endlich ihr Zimmer erreicht hatte, nicht mehr schlafen gelegt und sich, sobald sie das Rumpeln des Fuhrmanns im Hof gehört hatte, einen Umhang übergeworfen, einen Hut mit Gesichtsschleier aufgesetzt, war hinuntergeschlichen und aus der Tür geschlüpft.

Jetzt drehte sie sich noch einmal um, blinzelte dem Löwenkopf über dem Portal zu, wandte sich nach rechts, lief die leicht ansteigende Gasse hinauf, wobei sie sich möglichst nahe den Hauswänden entlang bewegte, vorbei am Brunnen, bis sie zu dem Platz vor dem Münster kam. Schade, dass das nahegelegene, doch schmucklose Gotteshaus, in dem selbst der Duft nach Weihrauch fehlte, ihren Bedürfnissen nicht diente.

Sie überquerte den Platz und bog in die steil abfallende Gasse ein. Niemand hielt sie auf, niemand tuschelte böse Worte hinter ihrem Rücken, niemand pfiff ihr hinterher, kein bekanntes Gesicht war um diese Zeit unterwegs.

Obwohl sie nicht geschlafen hatte, war sie nicht müde und fühlte sich sonderbar leicht. Es tat gut, zu Fuß durch die Gassen zu gehen an diesem frischen Morgen.

Früher bist du immer so durch die Stadt gegangen, noch früher gerannt.

In den letzten Jahren hatte sie auch für kurze Strecken innerhalb von Städten stets den Wagen genommen. Da waren Häuser, Menschen und Landschaften wie leblose Kulissen an ihr vorübergeglitten. Jetzt spürte sie die grob gehauenen Steine unter ihren Füßen, hob ihre Röcke, sprang über Pfützen und wich dem Pferdemist aus.

Sie blieb kurz stehen, lauschte dem Erwachen der Stadt, sprang zur Seite, als plötzlich eine Tür geöffnet wurde und eine Frau einen Eimer Wasser auf die Straße schüttete, war mittendrin und so wach wie schon lange nicht mehr. Sie ging die Straße weiter hinunter und bog dann links zum Platz ab, wo ein paar Droschken standen. Um diese Zeit fielen die letzten nächtlichen Heimkehrer aus dem Kutschenverschlag und gaben den ersten Kunden des Tages die Klinke in die Hand.

Serafina lehnte sich in die Polster und schloss die Augen. Es würde eine Weile dauern, bis sie ihr Ziel erreicht hätten, hatte der Droschkenkutscher gesagt und sie dabei misstrauisch angesehen. Sie hatte ihm schon im Voraus ein großzügiges Trinkgeld zugesteckt und ihn zur Eile angehalten, sie war diesem Mann keine Rechenschaft schuldig. Ohnehin hätte sie die Frage, wer sie eigentlich war, nicht beantworten können.

Sie fröstelte. Plötzlich senkte sich die Müdigkeit der durchwachten Nacht auf sie, die Leichtigkeit, die sie soeben noch verspürt hatte, war verflogen. Sie langte in die unter ihrem

Kleid eingenähte Tasche und holte den zerbrochenen Spiegel hervor, Leere klaffte ihr entgegen. Im alten Ägypten, hatte ihr die russische Fürstin verraten, seien die beiden Worte «Spiegel» und «Leben» identisch gewesen.

Sie begann, sich das Gesicht zu reiben, zog die Haut an den Wangen grotesk in die Länge, riss an den Haaren, die nicht aufhörten, Würmern gleich aus ihrem Kopf zu wachsen. Sie sperrte den Mund auf, klappte ihn wieder zu, streckte die Zunge bis zum Kinn heraus, blähte die Nasenlöcher, zerrte an den Ohren und schnitt absurde Grimassen. Doch die Maske klebte an ihr fest. Gräfin Serafina di Cagliostro hatte sich mit jeder Faser in ihre Poren hineingefressen.

Und doch hatte Piero gelogen: Sie war keine Prinzessin, nicht der schillernde Sommervogel, der sie seit vielen Jahren zu sein versuchte. Statt sich frei im leichten Flug zu bewegen war sie gefangen im Netz ihrer Suche und ewigen Flucht.

Weder Cagliostro noch die Häscher Marie Antoinettes sind es, die dich umklammert halten. Es ist deine eigene Gier nach einem in Seide gehüllten Leben, welche dich bedroht. Ein Leben, das warm und weich, glatt und glänzend, bunt und schön hätte sein sollen. Ein Traumgespinst, in dem du dich verfangen hast. Seit zwei Jahrzehnten schlummert die Puppe in ihrem Kokon, weder tot noch lebendig, luftdicht verpackt wie eine Mumie.

Die Bedeutung des Namens, den man sich aussuche, sei wichtig, hatte de Morande gesagt und dabei sein hämisches Grinsen hinter dem schönen Antlitz, in dessen Mundwinkel der Kuchenkrümel hing, durchblitzen lassen. Wie gerne hätte sie ihm jetzt gesagt: «Meine Wahl fiel auf die Seraphim.» Dabei wäre sie so dicht wie möglich um ihn herum gegangen, hätte ihn nicht aus den Augen gelassen und gelächelt. Dann hätte sie mit den Armen zu schlagen begonnen, dass ihm angst und bange geworden wäre vor den riesigen rotflammenden und goldglitzernden Engelsflügeln. Sie hätte das Fenster weit geöffnet und wäre mit ihren sechs gewaltigen Schwingen in den Himmel geflogen.

«Vater, ich habe gesündigt», begann sie mit heiserer Stimme. Sie kniete im Beichtstuhl. Die Droschke hatte sie auf einem weiten Platz abgesetzt, noch ganz benommen von der Fahrt war sie hineingeschlüpft, ohne ein Auge für die helle Kirchenfassade vor sich zu haben. Sie hatte es eilig. Gestern Nacht, als ihr Mann aus dem Laboratorium geflohen war, hatte sie die Angst vor ihrem eigenen Ende ergriffen. Cagliostro hatte den Ritus für seine ägyptische Loge wie nach einer geheimen alchemistischen Formel nach seinem Gusto zusammengebraut: eine Prise des althergebrachten Zauberpulvers der Kirche in ein paar heiße Tropfen altägyptischen Mythos gestreut, und fertig war die Formel für den Erfolg gewesen. Ihr Seelenheil hatte sie, die mit den Mysterien der römischen Kirche aufgewachsen war, darin nie finden können.

Was würde geschehen, wenn sie dereinst vor ihrem Richter stände? Würde die Großmeisterin der ägyptischen Loge für ihren Irrglauben büßen müssen?

Von der anderen Seite des Beichtstuhles kam ein Murmeln, sie nahm es als Aufforderung, weiterzureden.

«Ich bin nicht das, wozu Gott mich gemacht hat.»

Das hatte sie nicht sagen wollen. Sie hatte sagen wollen, dass sie gelogen, dass sie betrogen und gestohlen hatte und einen Mann geheiratet, den sie nie geliebt hatte. Doch sie hatte Italienisch gesprochen, und man konnte nicht annehmen, dass ein einfacher Priester hierzulande ihrer Sprache mächtig sei.

«Verzeihung, das war ein Irrtum», stammelte sie hastig und stand auf, doch etwas hielt sie zurück. Hinter dem Gitter war kein Laut zu vernehmen, plötzlich war sie sich nicht mehr sicher, ob da überhaupt jemand war und dann kam alles auf einmal.

Piero, begann sie leise, habe ihr die Wesen gezeigt, die aus dem Kokon seiner Seidenraupen schlüpften.

Die Raupen waren Meister der Metamorphose, sie hatten diese lange vor jeglichen Transmutationsversuchen Cagliostros erfunden und zur Vollkommenheit entwickelt.

Ihre Stimme wurde lebhafter. Wie wunderbar einfach das Leben hätte sein können. Man hätte auf einem grünen Blatt gesessen, hätte jeden Morgen die freundliche Stimme des alten Piero gehört und nichts weiter zu tun gehabt, als sich durch seinen Garten zu fressen. Wenn einem in der eigenen Haut zu eng geworden wäre, hätte man sie einfach abgestreift und weitergefressen, ohne Gedanken an ein Morgen oder Gestern. Hätte man von dieser Daseinsweise genug gehabt, wäre man in einen traumlosen Puppenschlaf gefallen, bis man schließlich eines Tages erwacht, sich aus der festen Umhüllung gezwängt und in den Himmel geflogen wäre. Ohne Erinnerung an den kriechenden Wurm, der man gewesen war, vielleicht sogar ohne Ahnung, wer man war, dass man überhaupt war.

Du bist! Du bist hier. Jetzt.

Doch eingewickelt in einen künstlichen Kokon aus Seidenbändern wurde einem die Gnade, nicht zu wissen, dass man war, nicht zuteil. Eine Erkenntnis, die einen in den bodenlosen Abgrund führte, in einen tiefen Fall stürzte, aus dem man sich ohne Flügel niemals würde retten können.

Doch. Beichte!

Sie schüttelte den Kopf. Was nützte das noch? Ihre Metamorphose war nur eine übergestülpte Verkleidung gewesen. Egal, wie viele Seidenbänder sie um sich geschlungen hatte, sie blieb, wer sie war, ohne zu wissen, wer sie unter der Verkleidung war.

Lorenza. Lorenza. Lorenza.
Der Ruf hallte in ihr wider, ohne dass sie gewusst hätte, woher er kam.
«Lorenza!»
Obwohl sie es die ganze Zeit gewusst hatte, war sie nicht auf die Wucht seiner Stimme vorbereitet gewesen. Der Vorhang wurde zur Seite gerissen. Sie musste ihn nicht berühren, um zu wissen, dass es diesmal kein Schatten, kein Trugbild, kein Doppelgänger war. Der Mann, den sie im purpurnen Kardinalsgewand keinen halben Meter vor sich sah, war Raffaele Monsanto. Raffi!
Der Moment, vor dem sie sich so sehr gefürchtet und den sie gleichzeitig herbeigesehnt hatte wie nichts anderes – er war jetzt da. Zum ersten Mal seit vielen Jahren stand sie ihm so nahe gegenüber. Lange starrten sie sich an, keiner sagte ein Wort. Er senkte als Erster die Augen, das gab ihr Zeit, sich wieder zu fassen.
«Deine Finger sind sauber.»
Er ließ den Vorhang los, trat einen halben Schritt zurück, hielt die Hände vors Gesicht und lachte: «Jetzt wo du es sagst.» Sein Blick ging an ihr vorbei ins Leere: «Ich schreibe nur noch selten, meist diktiere ich den Sekretären und drücke nur mein Siegel darunter.» Es sollte eine nüchterne Feststellung sein, doch sie hörte das Bedauern in seiner Stimme. Sie lächelte, er hatte es weit gebracht. Er schüttelte den Kopf, wollte etwas sagen und winkte ab. Sie stand noch immer ein wenig erhöht im Beichtstuhl und atmete, als er wieder nähertrat und ihren Blick suchte, den vertrauten Duft ein, den sie vorhin nur unbewusst wahrgenommen hatte. «Lorenza», sagte er leise und senkte die Augen.
«Du konntest meinem Blick noch nie standhalten», erwiderte sie ohne Spott und betrachtete ihn ruhig. «Lässt du mich jetzt aus dem Beichtstuhl?»

Er trat zur Seite, blieb aber mit hängenden Armen stehen und blickte in das Kirchengewölbe, als ob er dort eine Antwort zu finden hoffte. Er sei froh, sie zu treffen, begann er endlich.

Er habe sich ja ganz schön Zeit gelassen, meinte sie, aber sie sei ja schon immer schneller gewesen.

Aber am Ende habe er sie immer eingeholt, erwiderte er, streckte die Hand nach ihr aus, ließ sie aber auf halbem Weg wieder sinken. In seinem Gesicht zuckte es, sie sah, wie er mit sich rang, plötzlich rief er: «Es ist alles meine Schuld.»

Sie erschrak. Das Bekenntnis passte nicht zu dem stolzen Raffi, den sie kannte. Sie forschte in seinem Gesicht, erkannte in den kantigen, nicht ganz ebenmäßigen Zügen des Mannes den unbeugsamen Jüngling, so wie sie ihn zuletzt gesehen hatte, und suchte darin vergebens nach dem Schalk des Jungen, der mit ihr über ihre gemeinsamen Streiche gelacht hatte.

«Wäre ich mit dir gekommen, hättest du diesen Zauberer nie geheiratet, oder?», fragte er unvermittelt und wagte nicht, sie dabei anzusehen. Es war eine Bitte, mehr noch, ein Flehen um Bestätigung.

Gerne hätte sie gelogen, nur um diese verzerrten Züge in seinem Gesicht nicht sehen zu müssen, aber die Zeit der Lügen war endgültig vorbei, sie schüttelte den Kopf.

Auf seinem Gesicht erschien etwas, das sie nie darauf hätte finden wollen. Im ersten Impuls wollte sie zu ihm stürzen, doch sie hielt inne und deutete auf das Bild an der Wand: «Wer ist das?»

Er blickte sie fragend an.

Wer das gemalt habe, wollte sie wissen. «Gleicht das nicht unserem Engel auf der Brücke zu Hause?» Sie blickte von der Wand zu ihm und dann wieder auf das Bild mit dem Heiligen. Und plötzlich stieg Wut in ihr hoch. Er machte es sich zu einfach, machte einen Märtyrer aus sich. Santo Raffaele! Es ging wieder nur um ihn.

Sie drehte sich um: «Raffi, hör auf, dich zu bemitleiden!», befahl sie kalt, «du bist deinen Weg gegangen und ich meinen.» Ihr war elend zumute. Auf einmal wusste sie nicht mehr, was sie hier wollte. Sie wusste nur, dass sie sich nie wieder auf eine dieser endlosen Diskussionen mit ihm einlassen wollte. Sie gehe jetzt, sagte sie, und sie verbiete ihm, sich ihr je wieder in irgendeiner Weise zu nähern.

Hinter ihnen öffnete sich das Portal, sie fuhr herum. Eine Gruppe von Männern trat laut flüsternd ein. Sie sahen ihn beide gleichzeitig: Cagliostro, der zusammen mit Sarasin, dem Maler Loutherbourg und ein paar ihr unbekannten Herren im Kirchenschiff stand.

Sie war unfähig, sich zu bewegen, bis Raffi sie packte und in den Beichtstuhl schob. Dort saßen sie nebeneinander, getrennt nur von einer dünnen Holzwand, in die ein Gitter eingelassen war, und lauschten dem schnellen Atem des anderen.

Raffi und Lorenza. Der Kardinal und die Gräfin. Seine Exzellenz Raffaele Monsanto und Ihre Erlaucht Serafina di Cagliostro. Beichtvater und Sünderin.

Plötzlich packte sie kalte Angst. Er war im Auftrag des Papstes hier und hatte Order, sie vor die Kurie zu zerren. Schweiß brach ihr aus allen Poren, sie saß in der Falle. Gleich würde ein haariger Arm einen Eimer durch das Gitter reichen und eine Horde hungriger Frauen würde sich auf die dünne Suppe stürzen.

Der Duft des Weihrauchs erinnerte sie daran, dass sie sich nicht mehr auf protestantischem Boden befand, wo sie sich vor den Häschern des Papstes sicher gefühlt hatte. Würde Raffi es wagen, sie zurückzuhalten, wenn sie jetzt aus dem Beichtstuhl steigen und bei Sarasin Schutz suchen würde?

Und würden sie ihr glauben, dass das dringende Bedürfnis, zu beichten, sie dazu getrieben hatte, frühmorgens alleine loszufahren, oder würde Cagliostro Verdacht schöpfen und sie nicht mehr aus den Augen lassen?

Die Männer mussten kurz nach ihr aufgebrochen sein. Wie hatte sie das nur vergessen können? Seit Tagen schon war die Rede gewesen von Cagliostros und des Malers Treffen mit den Besitzern des berühmten Landschaftsgartens am Ort. Sie sollten sich die laufenden Umgestaltungsarbeiten ansehen, zu denen sie die Pläne geliefert hatten.

Sie schob den Vorhang einen nagelbreit beiseite. Dort standen sie, breitbeinig und wohlgenährt, Cagliostro, wie immer, gestikulierend im Mittelpunkt. Sie ließ den Vorhang los. Selbst wenn sie es gewollt hätte, nichts würde sie mehr dorthin zurückbringen.

Auf der anderen Seite der Wand raschelte es, seine Umrisse erschienen hinter dem Gitter. Ihr Herz begann wieder heftig zu klopfen. Sie musste es versuchen, es war die einzige Möglichkeit für einen Ausweg aus der Falle.

Sie kniete nieder und setzte vorsichtig die Spitze ihres Zeigefingers an das Gitter. Quälend langsam, als würde sie seinen Schattenriss zeichnen, ließ sie ihren Finger, der das Gitter kaum berührte, den Konturen seines Profils entlang hintergleiten. Sie fuhr über die Stirn, dann über den schmalen Rücken der Nase, der in der Mitte, wo er sich als Kind die Nase gebrochen hatte, einen kleinen Höcker hatte. Bei der Nasenspitze blieb sie stehen, zögerte, setzte dann aber wieder an und fuhr langsam über die Kante der Einbuchtung zwischen Nase und Lippe und kam nicht weiter. Ihr Finger zitterte fast unmerklich, die Lippen, auf deren Schatten sie lagen, bebten leise.

Schnell fuhr sie über das Kinn hinunter bis zum Stehkragen der Soutane und zog dann erschrocken, als hätte sie sich verbrannt, den Finger zurück. Der Kardinal und die Kurtisane.

Er schluckte, seine Stimme war rau, als er kaum vernehmbar flüsterte: «Ich bin gekommen, um dich zu retten.»

Ihr Kopf wurde heiß, sie war nicht mehr errötet, seit ihre Mutter sie mit ihren Verehrern aufgezogen hatte. Sie hätte es wissen müssen, er hatte sie durchschaut, und trotz der Angst, entdeckt zu werden, stieg wilde Freude in ihr auf, als sie hinter der Stimme des Kardinals Raffi hörte.

«Lorenza, hör mir zu. Die Kurie ist dicht hinter euch her», flüsterte er. Der Papst brauche nur noch einen geeigneten Anlass und Cagliostro werde geschnappt. Auch wenn der Heilige Vater es hauptsächlich auf ihn abgesehen habe, würde er die Frau seines Erzfeindes nicht laufen lassen. Noch wisse in Rom außer ihm niemand, wem Cagliostro seine erstaunlichen Weissagungen verdankte.

Der letzte Satz ließ sie stutzen, doch die Dringlichkeit in seiner Stimme gab ihr keine Zeit, darüber nachzudenken, wo sie ihn schon einmal gehört hatte.

Sie müsse ihm glauben. Er habe sich, als er im Auftrag der Kurie auf das Grafenpaar angesetzt worden sei, selbst in höchste Gefahr begeben. Jahrelang habe er sie beschattet, seine zum Teil falschen Berichte nach Rom abgeliefert und sie damit geschützt. Hätte er sie ausliefern wollen, hätte er es schon längstens tun können.

Doch jetzt hatte Rom Verstärkung geschickt, man wollte den Ketzer Cagliostro endlich vor das päpstliche Gericht bringen. Kardinal Monsanto war nur die Aufgabe geblieben, Cagliostros Frau dicht auf den Fersen zu bleiben und dafür zu sorgen, dass sie ihnen nicht entwischte.

Es würde dauern, bis die römischen Häscher hier angelangt seien, erklärte er. Es wäre am besten, sie würde gleich mit ihm fliehen, dann hätte auch er einen Vorwand, von hier wegzukommen. Er habe Geld, Macht und überall einflussreiche Beziehungen, an standesgemäßem Unterschlupf würde es nicht mangeln. Jeder würde verstehen, dass dieser mächtige Kardinal die Identität seiner Mätresse, die mit ihm reiste, nicht preisgeben wolle. Niemand würde unter ihren Schleier zu blicken wagen, dafür war seine Position zu hoch, und dem Rest würde er mit Geld das Maul stopfen.

Sie war sprachlos. Diesen Raffi kannte sie nicht. Diesen berechnenden, sich seiner Macht und seines Reichtums bewussten Kirchenmann. Es machte ihr Angst, und doch krallte sie ihre Finger in das Gitter, um nicht auf der Stelle zu ihm hinüber zu stürzen. Endlich war er entschlossen, etwas zu tun, endlich zeigte er sich, endlich war er kein lebloser Schatten mehr, der sie verfolgte.

Sie zwang sich zur Ruhe und sogleich regte sich wieder Empörung in ihr. Hatte er sich das alles schon seit Langem ausgedacht? Hatte er gewusst, dass sie kommen würde, dass sie sich eines Tages treffen mussten?

Sie stöhnte leise auf. Was spielte es für eine Rolle? Sie hatte schon so viele gespielt, sie könnte auch diese letzte noch übernehmen, um ihre Haut zu retten. Sie wäre ihren Mann und die Gefahr, die von einem Leben an seiner Seite ausging, endlich los, es wäre so einfach.

Doch sie hatte es alleine schaffen wollen. Ginge sie jetzt mit Raffi, würde sie sich in eine viel größere, gefährlichere Abhängigkeit begeben, ihn würde sie nicht verlassen können. Was wäre nach der Flucht? Sie ertrug den Gedanken, ihn noch einmal zu verlieren, nicht. Sie musste gehen, jetzt sofort, bevor es zu spät war. Wenn sie auch nur noch einen Moment länger bliebe, würde sie keine Kraft mehr haben, dagegen anzukämpfen.

Sie stand auf, zog den Vorhang des Beichtstuhls zur Seite und riss ihn gleich wieder zu. Sie hatte die Männer in der

Kirche völlig vergessen. «Schnell», wisperte sie, «ich glaube, der Engländer hat mich gesehen.»

Die Gruppe kam näher und blieb dicht vor dem Beichtstuhl stehen, um die Malereien an der Wand zu bewundern. Raffi reagierte sofort. «Mein Sohn, te absolvo a peccatis tuis», begann er die lateinische Litanei viel lauter als nötig. Es half. Die Gruppe verstummte augenblicklich und ging schnell weiter Richtung Ausgang, die Tür fiel zu, und es wurde still in der Kirche.

Sie holte tief Luft:

Wenn Loutherbourg sie gesehen habe, könne sie alles vergessen und ...

Ob sie jetzt bereit sei für die Beichte, unterbrach er ihren Redeschwall mit so sanfter Stimme, dass sie glauben musste, der kalte, berechnende Kardinal von vorhin sei ein anderer gewesen.

Sie schüttelte den Kopf. So wie sie damals keinen Monsignore gebraucht hatte, der sie zurechtwies, so brauchte sie jetzt keinen Kardinal, der ihr ihre Sünden erklärte. Sie brauchte endlich jemanden, mit dem sie über ihre Visionen reden könnte. Sie brauchte ihn.

«Es ist ein Fluch», begann sie. Sie wolle das, was mit ihr geschehe, wenn die Bilder kämen, nicht mehr, sagte sie. Sie lebte mit diesen Bildern, die sie oft nicht verstand und über die sie mit niemandem reden konnte, in ständiger Angst. Welchen Nutzen brachte es, zu wissen, dass irgendwann, irgendetwas, vielleicht schreckliches, irgendwo passierte? Sie hatte gehofft, damit ihr eigenes Geld zu verdienen, ein freies Leben ohne Mann führen zu können, aber jetzt wünschte sie sich nur noch, es los zu sein.

Und doch gehöre es zu ihr, sagte er nach einer Weile. Es sei kein Fluch, die Kirche möge es so nennen, aber es sei ein

Geschenk und auch eine Bürde. Aber auf jeden Fall komme es von Gott.

Das war eine merkwürdige Antwort für einen Kirchenmann und genau das Gegenteil dessen, was er früher nicht müde geworden war, ihr einzutrichtern.

Als Kinder hatten sie beide zuerst geglaubt, dass das, was sie konnten, nichts Besonderes sei, dass alle Menschen solche Visionen hätten. Doch schon bald wurden sie eines Besseren belehrt und die Erkenntnis hatte sie noch enger aneinandergeschweißt.

Raffi hatte nie einen Hehl daraus gemacht, dass sie die Anführerin gewesen war und die Ideen zu Streichen und Spielen immer von ihr ausgegangen waren, aber genau wie sie selbst hatten auch die anderen Kinder sie beide immer als Einheit angesehen. Sie hatten ihn nicht weniger bewundert, auch wenn er immer der Stillere gewesen war. Auch er hatte diese Auszeichnung genossen und darauf gebrannt, endlich mit ihr loszuziehen, um die ganze Welt zu beeindrucken.

Nachdem Raffi sich von der Gruppe entfernt hatte, hatte sie keine wirkliche Freude mehr gehabt, Ideen und Elan kamen ihr abhanden und sie war nur noch halbherzig bei der Sache gewesen.

Sie verstummte. Sie hatte gerade daran gedacht, wie er als Junge auf dem Treppenabsatz seines Hauses gesessen und sie von unten angestrahlt hatte, wenn sie mit ihren neuesten Streichen zu ihm gerannt war. Als er dann nur noch seine Bücher im Kopf gehabt hatte, hatte sie die Erkenntnis, dass sie auf die Bewunderung der anderen pfiff, wie ein warmer Sommerregen übergossen. Sie hatte es nur für ihn getan, nur weil er jeden Morgen auf ihre Späße wartete, nur weil er mitspielte, und weil sie beide zusammen ein Geheimnis vor den anderen hatten.

Nie, niemals würde sie ihm das bekennen.

«Du hast mir auch gefehlt», kam es von der anderen Seite.

Sie rückte wieder näher, um besser zu hören.

Doch er habe gehen müssen. Als Kind habe er sein wollen wie sie, aber sie sei immer die Schnellere und Mutigere gewesen. Unerschrocken und draufgängerisch. Dann sei Monsignore gekommen und mit ihm die Chance, zu Wissen zu gelangen, eine Antwort auf seine vielen Fragen zu erhalten. Er zögerte und fügte dann hinzu: Und die Möglichkeit, etwas Eigenes zu haben und sich damit ihrer Macht zu entziehen. Er habe nicht vorgehabt, die kirchliche Laufbahn einzuschlagen, aber für einen armen Jungen wie ihn sei es der einzige Weg gewesen, an Bücher zu kommen. Er machte eine kurze Pause, als müsse er seinen Mut zusammennehmen für das, was er noch sagen wollte. Doch dann räusperte er sich, und sie hörte wieder den redegewandten Kardinal sprechen.

Er hatte sich oft gefürchtet vor den Visionen, doch so lange er sich in ihrer Nähe befand, konnte er sich der Faszination, die von ihnen ausging, nicht entziehen. Als sie älter wurden, hatte er sich mit Gewalt von ihr losreißen müssen, so sehr fürchtete er, ihre Leidenschaft und Bedingungslosigkeit, mit der sie ihren gemeinsamen Plan ausführen wollte, würden ihn verschlingen. Die Bitte, ihn zu heiraten, war ein verzweifelter Versuch gewesen, sie nicht zu verlieren. Natürlich hatte er gewusst, dass sie ihren Traum niemals aufgeben würde, um ihm in die Gelehrtenstube zu folgen.

Als sie dann aus Trotz diese fatale Heirat eingegangen sei, habe er keine andere Möglichkeit gehabt, als sich in den Schutz des Priestergewands zu stürzen.

Stolz und ehrgeizig wie er war, war er schnell vorangekommen und ehe er sich versehen hatte, war er ganz oben angelangt. Und als er eingesehen hatte, dass es ein Fehler gewesen war, war es schon zu spät gewesen. Er war schon mitten drin in dem System, das einen immer weiter mit sich trug, und er war zu feige, um auf das komfortable Leben, das es mit sich brachte, zu verzichten. Hier brach seine kalte Stimme ab.

Er hatte das alles nüchtern, ohne Bitterkeit erzählt. Sie hätte ihm gerne etwas Tröstliches gesagt, war aber selbst zu aufgewühlt dazu. Ob er denn keine Visionen mehr habe, fragte sie nach einer Weile.

Doch, aber er versuche, sie zu unterdrücken. Je mehr Wissen er sich angeeignet habe, desto seltener seien sie geworden.

Und die Kirche?

Er lachte bitter auf. Sie war ihm Mittel zum Zweck gewesen. Er rede nicht von Gott, nicht von seinem Glauben, sondern von der Kirche mit ihrem höllischen Machtapparat. Er habe sich diesen zunutze gemacht, Macht und Reichtum des Kardinals dazu verwendet, das tun zu können, was er am liebsten tat. Er versuche, immer auf dem neuesten Stand der Wissenschaften zu sein, lese von der Kirche verbotene Bücher und stehe in Korrespondenz mit namhaften Gelehrten, eine gefährliche Gratwanderung.

«Und du wolltest einen seidenen Rock tragen wie ich, gib es zu», warf sie ein, er ging nicht auf ihren scherzhaften Ton ein.

Zu Beginn habe er sich gefallen in der Rolle, aber die Verkleidung habe ihm nichts gebracht, er habe sich selbst damit betrogen, gab er zu. Immer weniger Zeit bleibe ihm für seine Passion, es gebe immer mehr Amtsgeschäfte, Politik, Geld und Intrigen, in die er verwickelt werde. Er könne und wolle da nicht mehr mitmachen, stieß er auf einmal viel zu laut aus.

Sie erstarrte von Neuem, als das Kirchenportal wieder aufgestoßen wurde, aber diesmal war es nur eine alte Frau, die sich zum Beten auf eine Bank setzte.

Auch er habe gebetet, fuhr er fort, als sie sich dann geweigert habe, ihn zu heiraten, habe er wider sein eigenes Herz gehandelt und sei innerhalb kürzester Zeit zum Kardinal avanciert. Er hatte seine Stimme wieder gesenkt, doch der kurze, heftige Gefühlsausbruch von vorhin war noch nicht verebbt, wieder nahmen sie in der Stille nur die Anwesenheit des anderen wahr.

«Lass uns hinausgehen», meinte er endlich, «ich will dich sehen, wenn ich mit dir rede.»

Die Frau hatte die Kirche verlassen, trotzdem zögerte sie, ließ dann den Schleier ihres Hutes vors Gesicht fallen und folgte ihm nervös um sich blickend.

Draußen war es wärmer als in der Kirche, der Himmel hatte sich zum Glück bedeckt, im hellen Sonnenlicht wäre sie sich noch schutzloser vorgekommen. Raffi schlug einen schmalen Feldweg ein, nach einer Weile fasste er ihre Hand und begann zu rennen. Sie stolperte hinterher, doch dann raffte sie ihren Rock und rannte, rannte mit ihm um die Wette, über den vom Regen aufgeweichten Weg, trat in spritzende Pfützen und staunte, dass sie es noch immer konnte. Ihren Hut und den Schleier hatte sie längst verloren.

Der Kardinal und die Gräfin. Sie rannten auf einen Wald zu, ihrem Schicksal und ihren Häschern davon.

Schließlich konnten sie nicht mehr, wurden langsamer und blieben lachend, sich die Seite haltend, mitten in dem dicht bewachsenen Wald stehen.

«Schau uns an, Raffi», japste sie. «Beide in Seide gehüllt und von oben bis unten mit Dreck bespritzt. Und du läufst mit einem langen Rock herum wie ein Weib. Aber immerhin verheddert du dich nicht mehr in dem langen Gewand.»

Er blickte betreten. Das hatte er früher auch getan und dabei genau wie jetzt, ein wenig dumm ausgesehen, ein Ausdruck, der nicht zu ihm passte. Sie strich ihm flüchtig über die Wange. Früher war er Monsignores Schoßhündchen gewesen, jetzt der Jagdhund des Heiligen Vaters, schoss es ihr plötzlich durch den Kopf. Sie biss sich auf die Lippen, die ganze Ausgelassenheit war auf einen Schlag verflogen.

Als Geistlicher würde er sich ihr nicht mehr nähern können, habe er sich gesagt, er habe so weit wie möglich von ihr weggewollt.

Und dann hätten sie den Kardinal auf die Gräfin angesetzt, erwiderte sie. Es gelang ihr nicht ganz, ihren Spott zu verbergen. Er sei immer bei ihr gewesen. Egal, wie sehr sie ihn sich weggewünscht oder ihn weggejagt habe, sagte sie heftiger, als es ihre Absicht gewesen war.

Er schaute an ihr vorbei, ein unruhiges Flattern in den Augen. Er könne nichts dafür. Das sei, er suchte nach dem Wort, wie ein Zauber gewesen, brachte er schließlich hervor. Manchmal habe er gedacht, sie hätte ihn als Kind verhext, damit er sie nie mehr loswürde. Sie lachte nicht. Sie seien beide zu stolz gewesen, und lange habe er geglaubt, sie müssten ihr Schicksal annehmen. Doch nur Faule und Feiglinge würden ihr Schicksal als Vorwand für ihr Unglück nehmen.

«Ich weiß», sagte sie, strich sich eine verschwitzte Strähne aus der Stirn und schaute hinauf in das grüne Blätterdach.

Auf die Freiheit musste man nicht warten, man musste sie wollen und sich dafür entscheiden.

Er nickte und folgte ihrem Blick in das dichte Laub. Der Mensch besitze einen freien Willen, sprach er. Gott zeige ihnen den Weg, aber er habe ihnen auch den freien Willen geschenkt, um sich dagegen zu entscheiden. «Aber am Ende will er uns immer etwas lehren.»

Sie blickte ihn von der Seite an und schmunzelte. Sie hatte ihn sich gerade in Beinkleidern, Weste und Rock vorgestellt. Doch mit oder ohne Soutane, ein Schulmeister würde er bleiben, auch wenn er jetzt gerade mehr zu sich selbst als zu ihr zu reden schien.

Sie sah an ihrem eigenen Kleid hinunter. Der Saum klebte an den Knöcheln, die seidenbespannten Schuhe waren schlammbespritzt, von ihrem Gesicht bröckelte der Dreck in Krümeln ab, und plötzlich erinnerte sie sich daran, wie sie ihm alle Angst und allen Schmerz, den er ihr zugefügt hatte, an den Kopf hatte schleudern, mit Fäusten auf ihn los gehen, ihm hatte wehtun wollen. Erschöpft setzte sie sich auf einen Baumstamm, er war feucht vom Regen, aber sie bemerkte es nicht. Etwas von der alten Wut war noch da, aber sie vermischte sich mit der Trauer darüber, dass alles so gegangen war, wie es hatte gehen müssen.

Plötzlich fühlte sie seinen Blick auf sich. Er sah sie an wie damals, als all ihre Hoffnungen auf dem jeweils anderen gelegen hatten.

Er setzte sich neben sie und nahm ihre Hand. Die Berührung rief etwas in ihr wach: Damals hatte sie ihm die Hand entzogen und es sogleich bereut.

«Der Kardinal und die Gräfin. So verschieden sind sie gar nicht», sagte er. «Sie haben nie mit ihrem Spiel aufgehört, doch jetzt ist es an der Zeit, dass sie es wieder zusammen tun.»

Sie hob den Kopf. Sein Gesicht hatte alle Härte verloren, sie fand darin die Züge des Jungen, mit dem sie von einem Leben in Spiegelsälen geträumt hatte.

Er kam näher, sie wich nicht aus. Er hätte sie gehen lassen, wenn sie es gewollt hätte, aber sie wollte nicht.

*

In ihre geschlossenen Augen drang sanft das Morgenlicht. Sie lag auf dem Rücken und überließ sich der Schwere ihres Körpers. Der Schatten, der all die Jahre hindurch über ihr geschwebt, der sie verfolgt, sie bewacht und an ihr gerissen hatte, hatte sich gestern in ein Licht verwandelt, aus dessen Umarmung sie nie wieder hätte erwachen wollen. Freude und Trauer, Hoffnung und Zweifel hatten in ihr gerungen, doch für den Moment überwog das Glück, und es gelang ihr, alles andere aus dem Kopf zu verdrängen.

Heute Nacht musste sie bereit sein. Johann würde sie aus dem Tor lassen, sie würde auf den Wagen des Botts unter das Seidengarn kriechen und morgen früh, wenn das Haus erwachte, wäre sie schon weit weg. Der Fuhrmann würde sie zu Raffis Kutsche fahren, und wenn alles nach Plan lief, wäre sie in drei Monaten zuhause.

Der gute Johann. Er war beleidigt gewesen, als sie ihm hatte Geld zustecken wollen. Der Bott hatte es genommen und keine Fragen gestellt.

Serafina öffnete die Augen und sprang aus dem Bett, viel würde sie nicht mitnehmen können. Hastig begann sie, Schränke und Schubladen zu öffnen, in Schachteln und Schatullen zu wühlen, riss wahllos Kleider und Hüte, Handschuhe und Fächer heraus, ließ sie auf einen Haufen fallen, warf sie im hohen Bogen hinter sich und legte sie dann wieder zurück.

Sie beugte sich über ein Knäuel Seidenbänder, noch nie zuvor hatte sie die bunten Farben und Muster darauf so aufmerksam betrachtet, zog ein dunkelgrün glänzendes Seidenband daraus hervor und stellte sich vor den Spiegel.

Mit Sorgfalt begann sie das Band um ihre Mitte zu winden, schlang es weiter hinauf über die Brust bis unter die Arme, das Ende ließ sie in dem so entstandenen Mieder unter der Achselhöhle verschwinden, dann griff sie nach dem nächsten Seidenband und wand es sich mit gleicher Akkuratesse um die Hüften.

Eines nach dem anderen glitten die Seidenbänder durch ihre prüfenden Finger und legten sich eng um ihren Körper, bis sie schließlich vom Kopf bis zu den Füßen eingewickelt war, nur über Augen und Nase band sie ein zartes Seidentuch. Sie blinzelte durch den Schleier. Vor ihr stand eine verpuppte Seidenraupe.

Wie lange sie so gefesselt bleiben müsste, bis ihr Flügel wüchsen?

Es war eng im Kokon, sie bekam keine Luft, Grauen überkam sie. Sie öffnete den Mund und sog, zuerst zögernd, dann immer gieriger Luft in sich, bis hinunter zu den Zehen ließ sie den Atem einfließen, so viel, bis nichts mehr in ihr Platz gefunden hätte. Und vergaß, sie wieder auszuatmen.

Als ihr Körper schließlich von selbst tat, was er tun musste, hatten sich die festgezurrten Bänder ein wenig gelockert. Sie bog den Oberkörper vor und zurück, hob, soweit es ihr Panzer zuließ, die Schultern und ließ die Hüften kreisen. Immer verzweifelter wurden ihre Windungen, um die festgezurrten Bänder loszuwerden. Zitternd vor Anstrengung versuchte sie die Hände unter eines der Bänder zu schieben, bekam schließlich ein paar Finger frei, doch wie sehr sie auch zerrte und riss, die Bänder schnitten sich in ihre Haut und gaben nicht nach. Sie klebten an ihr, als ob man vergessen hätte, den Leim aus den Seidenfäden zu kochen.

Sie hüpfte zur Kommode, zwängte Daumen und Zeigefinger in die Fadenschere und begann ihre Fesseln zu durchschneiden. Sie zog und zerrte, riss und schnitt fieberhaft, bis nur noch einzelne Fäden an ihr herunterhingen und ihr kostbarer Schatz in Fetzen am Boden lag.

Ihr Atem ging schwer, sie fuhr sich mit dem Handrücken über die feuchte Stirn, ächzend ließ sie sich in den nächsten Sessel fallen und schloss die Augen. Fliegen müsste man können, wie ein Schmetterling, denn einerlei, wie oft sie noch von einem Ort zum anderen floh, man würde sie verfolgen. Ganz gleich, in welcher Maskierung sie reiste, die Häscher des

Papstes würden sie finden und sie der Inquisition ausliefern. Die Arme des Heiligen Vaters reichten weiter als die aller Könige und Regierungen zusammen.

Mit letzter Kraft stand sie auf und stellte sich vor den Spiegel, zuckte aber im selben Moment geblendet zurück, als ein Sonnenstrahl sich im Spiegel brach. Ihr Blick wurde neblig, sie wandte den Kopf ab, schloss die Augen, aber zu spät. Das Bild hatte sich ihr schon gezeigt, es würde sich einprägen und so lange keine Ruhe geben, bis sie sich ihm stellen würde. Sie legte die Hand an die Stirn, blinzelte ins Glas und wartete, bis der Nebel verschwand.

Gestank. Es stinkt nach fauligem Stroh und Exkrementen. Und Angst. Ein dunkler Raum. Cagliostro kauert, gehüllt in ein zerfetztes Hemd, am Boden, eine Schulter hängt seltsam schief.

Wechsel der Szenerie:

Cagliostro liegt auf einer Pritsche, Beine und Arme an straff gespannte Seile gebunden. Im Hintergrund dreht ein schwarz gekleideter Mann an einer Kurbel. Cagliostros Mund schreit lautlos. Ein Mann, gekleidet in Purpur, tritt aus dem Dunkel hervor. Er zeigt nur sein Profil, die Kiefermuskeln sind angespannt, er nickt dem Foltermeister gebieterisch zu.

Serafinas Schrei verjagte das Bild und machte dem nächsten Platz:

Eine Frau. Eine ausgefranste Schnur hält das sackartige Gewand aus grobem Stoff zusammen. Darunter lugen ihre bloßen Füße hervor. Das ungepuderte Gesicht ist weiß wie Kreide. Kein Schmuck, keine Bänder, kein Putz schmücken sie. Nichts als kahle Steinwände. Eine Gestalt im Ordensgewand tritt aus dem

Dunkel hervor. Mit einer Hand packt sie die Frau am Schopf, zückt aus dem Nichts eine Schere und wühlt sich damit in die dichten Locken.

Serafina warf ein Kleid über den Spiegel. Sie zitterte am ganzen Leib. Die Sonne vor dem Fenster war weitergezogen. Aus alter Gewohnheit tastete sie mit dem Daumen nach ihrem Ring. Der Skarabäus war nicht mehr da, er beschützte jetzt jemand anderen.

Rom, 1789

Die Kutsche ruckelte, sie blickte aus dem Fenster. Weinberge zogen an ihr vorbei, die Hügel begannen sich zu verfärben. Die sengende Hitze des Sommers war vorbei, die Sonne schien warm vom blauen Herbsthimmel hinab. Sie war auf dem Weg nach Rom, nach Hause. Endlich. Ihre Flucht hatte ein Ende. Die letzten zwei Jahre waren wie das Leben von jemand anderem gewesen, und doch gab es nichts, das ihr so wirklich vorgekommen war.

Sie hatte ihm vertraut und war mit ihm gegangen. Auch wenn sie gewusst hatte, was am Ende auf sie wartete, hatte sie es tun müssen, um zu erfahren, wer sie war, was für eine Frau sie an seiner Seite sein konnte.

Auf ihren Wunsch waren sie gleich nach Italien gegangen, hatten sich in der ersten Zeit in kleineren Städten und Dörfern aufgehalten, weit weg von Rom. Kardinal Monsantos Untertauchen, der in der Verkleidung eines Gelehrten der Gräfin gefolgt war, war an höchster Stelle fraglos abgesegnet worden.

Es hatte brenzlige Situationen gegeben, aber je mehr Zeit vergangen war, desto weniger Angst hatte sie verspürt. Wen interessierte schon die Frau des Erzketzers Cagliostro? Ihn wollten sie beseitigen, von der Frau alleine ging keine Gefahr aus. Jetzt war sie froh, dass man sie nie ernst genommen hatte, wahrscheinlich hatte man sie schon vergessen. Cagliostro hatte nicht nach ihr suchen lassen. Er war damit beschäftigt, vor seinen Häschern davonzulaufen.

Sobald sie sich sicherer gefühlt hatte, hatten sie, eine Tagesreise von Rom entfernt, eine komfortable Landvilla gemietet. Es fehlte an nichts im Hause des reichen Kardinals.

«Der Kardinal und seine Kurtisane», war ihr einmal entschlüpft, «was für ein Finale für die Geschichte der beiden Bettelkinder.»

Es hatte belustigt klingen sollen, aber er hatte die Bitterkeit darin gehört: «Es gibt nur noch Lorenza und Raffaele.»

Sie hatte genickt. Sie wollte es glauben.

Manchmal ertappte sie ihn, wie er sie minutenlang mit der Faszination, die er schon als Kind an den Tag gelegt hatte, ansah.

Nach wie vor stritten sie über Gott und die Welt, insgeheim liebte sie es, wenn er ihr die Welt erklärte, hatte jedoch zu allem eine eigene Meinung. Und wenn er dann, versunken in seine Lektüre, am Tisch saß, beugte sie sich über ihn und zog ihn wegen seiner Finger auf, die jetzt wieder tintenverschmiert waren. Sie hatte ihren Gefährten aus Kindheit und Jugend wieder, doch den Mann, der er jetzt war, lernte sie erst kennen.

Noch immer konnten sie ausgelassen sein, doch lauerte dahinter stets die Trauer um die verlorenen Jahre, die der Preis für ihr gegenwärtiges Glück gewesen waren.

Sie sprachen nicht mehr über früher, nur an Piero dachten sie oft. Sie hatten eine gemeinsame Vergangenheit, ihre Zukunft war ungewiss, deshalb wollten sie die Gegenwart so lange wie möglich genießen, sie vielleicht bis in die Ewigkeit ausdehnen.

Sie vertraute ihm, nur vor sich selbst fürchtete sie sich noch immer ein wenig. Sie musste sich erst wieder an den Gedanken gewöhnen, das zu sein, was sie jetzt war. Viel länger als Lorenza war sie Serafina gewesen. Auf dem Land hatte sie sich bis jetzt keinen einzigen Tag gelangweilt und hatte nicht einmal Zeit gehabt, sich darüber zu wundern.

Und dann war Anna gekommen und es war ihr wie Schuppen von den Augen gefallen, dass das Mädchen, das damals im Spiegel auf sie zugerannt war, nicht die kleine Lorenza gewesen war. Das Mädchen hatte Seidenschleifen in den Zöpfen gehabt, wie Anna es in ein paar Jahren haben würde. Die bange Frage, ob ihre Tochter die Gabe ihrer Eltern geerbt hatte, stand unausgesprochen zwischen ihnen. Sie hatte in dieser ganzen Zeit keine Visionen mehr gehabt, weder schlechte noch gute, und hatte fast schon gewagt zu glauben, es könne doch noch alles gut bleiben.

Als dann im Sommer die Kunde vom Fall der Bastille die Welt erschüttert hatte, war sie aufgewühlt gewesen. Trotz ihres Glücks hatte sie die Mauern der Bastille nie ganz hinter sich gelassen, und als diese im Juli barsten, hatte der Schutt auch sie unter sich begraben.

Was wohl aus der alten Madeleine und der sanften Eléonore nach dem Sturm auf die Bastille geworden war? Lebten sie noch? Kämpften sie?

Sie hatte gerufen und geschrien und angefangen zu graben. Raffi hatte sie gehört, Stein um Stein abgetragen und als er sie aus dem Staub herauszog, hatte sie ihm von ihrer Vision der marschierenden Fischweiber erzählt. Endlich hatte sie verstanden.

Das alte Regime hatte die Zeichen der Zeit ignoriert, und nun war es soweit: In Paris rollten die Köpfe, das Blut vermengte sich mit dem Puder, aufgespießt auf Piken, bildeten sie schreiende Spaliere entlang der Straßen.

Die Not der Menschen schrie zum Himmel und ließ die Großen und Mächtigen erzittern. Die Königin jammerte, weil sie ihr goldspiegelndes Schloss verlassen musste, der König klagte, weil er bei der Jagd gestört worden war, die Baronesse rief vergebens nach ihrer Zofe und der Papst zitterte vor seinen Schäfchen. Alle hatten sie Angst, dass die heilige, gottgewollte Ordnung bald für immer zerstört sein würde. Sie roch ihren Angstschweiß und spürte die Wut der namenlosen

Masse, die sich wie eine Wand langsam über die Grenzen Frankreichs hinausbewegen würde.

Es waren ihrer viele und es würden immer mehr werden. Wie wütend sie doch waren. Die rasende Wut in ihren leeren Bäuchen hatte spielend die Palastwachen des Königs und die Mauern des Gefängnisses niedergerissen.

Das Volk hasste den König nicht, er war ein liebenswerter Trottel. Dennoch musste er mit der Königin untergehen, als Strafe dafür, dass er die verhasste Autrichienne geheiratet hatte, deren Reichtum und Macht ihr am Ende nichts genützt hatten.

Schon als Kind hatte man die Königin beim Grimassenschneiden ermahnt: «Passen Sie auf, Prinzessin, dreht der Wind, bleibt die schiefe Fratze für immer auf Ihro erlauchtem Gesicht kleben.» Später hatte es Ihre Majestät, die Königin, trotzdem getan und den Höflingen und dem Pöbel die Zunge herausgestreckt: «Ich bin Marie Antoinette! Ich mache was ich will!» Ihre Majestät hätte besser auf ihre alte Kinderfrau gehört, das hatte sie nun davon, der Pöbel hatte sich ihre Frechheit nicht mehr gefallen lassen und zurückgeschlagen.

Plötzlich musste sie lachen: Marie Antoinette, Ihre Majestät, Königin von Frankreich, würde nur noch Madame Capet sein.

Die Adligen würden ihre Titel ablegen wie die Perücken, die sich schon bald kaum einer mehr zu tragen trauen würde. Sie würden sich mit dem gewöhnlichen Bürger gemein machen wollen, doch seinen Stammbaum würde man nicht über Nacht los. Der neue verstümmelte Name und die neue Maske der Bescheidenheit würden die Hochwohlgeborenen nicht schützen, man würde ihre parfümierten Köpfe dennoch abschlagen. Es war das eine, sich einen bürgerlichen Namen zu geben, die angeborenen Privilegien abzulegen, das andere.

Der gottgegebene Stand drückte durch, die Haltung des Kopfes, der scharfe Befehlston, das herrische Gebaren, das Emporschnellen der Augenbraue, wenn etwas nicht nach eigenem Gusto geschah, ließ sich nicht so schnell ablegen wie die seidenen Strümpfe.

Doch würde sich das Halsband, mit dem sich die Königin die Schlinge gelegt hatte, am Ende auch um ihren Hals winden? Hatte Cagliostro recht gehabt, würde sie mit ihm untergehen?

Man hatte Cagliostro gefasst, und Kardinal Monsanto war vor ein paar Tagen nach Rom gerufen worden. Sie hatte ihn begleiten wollen, doch er hatte sie beschworen, bei Anna und der Kinderfrau zu bleiben, es sei zu gefährlich für sie, ihren Fuß in die Stadt zu setzen.

Raffi war nur gegangen, um sich seines Amtes entheben zu lassen. Er würde der Kurie berichten, Gräfin Cagliostro sei ihm ein weiteres Mal entwischt, er sehe sich nicht mehr in der Lage, sein Amt in Ehren weiterzuführen. Er hatte keinerlei Bedenken, dass man ihn nicht gehen ließe, es gab genug Anwärter auf seinen Posten. Doch er würde gut spielen müssen, um glaubhaft zu machen, weshalb er auch ein einfaches Priesteramt ablehnen und dem geistlichen Stand gänzlich den Rücken kehren wollte. Darin habe er nach all den Jahren genug Übung, hatte er sie zu beruhigen versucht.

Danach wollte er zurückkommen und, sobald Cagliostro seiner Strafe erlegen wäre, sie heiraten. Sein männlicher Besitzerstolz amüsierte sie, doch bedeutete ihr der Segen der Kirche nichts mehr gegen den Segen des Himmels, den sie schon längst erhalten hatten.

Er würde Wort halten, er würde wiederkommen, doch sie hatte Angst um ihn. Sie wagte nicht daran zu denken, was passieren würde, käme man hinter sein jahrelanges Doppelspiel.

Dem Schrecken über die Ereignisse in Paris zum Trotz hatte sich eine seltsame Ruhe über sie gelegt. Sie wusste, dass diese der Auftakt zu etwas Neuem waren, und ihr war sofort klar, dass das Ende des Alten auch ihr Ende bedeutete.

Ebenso, wie die Raupe ganz auf ihre eigene Kraft vertrauen musste, konnte einem niemand aus der seidenen Bandage helfen, die man um sich geschlungen hatte. Das Ende musste kommen, und am Ende wäre man immer alleine.

Nicht Lorenza, sondern die Amme würde Anna die Seidenbänder ins Haar flechten und sie würde die bessere Mutter für ihre Tochter sein. Das Kind war noch so klein, dass es sich nicht an seine richtige Mutter erinnern würde.

Sie hatte sich Raffis Warnung nicht widersetzt und war zuhause geblieben, doch heute Nacht hatte er sie gerufen – *Komm, ich warte auf der Brücke!* – und sie hatte, kaum war es Tag geworden, anspannen lassen.

Jetzt versuchte sie den Gedanken daran, dass ihr Leben nicht ewig würde so weitergehen können, zu verdrängen. Gleich würde sie noch einmal Rom sehen. Sie würde ihn auf der Brücke treffen, danach mit ihm in ihr Haus zurückkehren und die Zeit genießen, so lange es noch ging.

Die Kutsche fuhr langsamer, sie fuhren nicht mehr über Land, sie war da. Bald würde sie nie wieder in eine Kutsche steigen müssen. Dann würde sie fliegen, dachte sie, als sie ihre steifen Glieder streckte.

Sie hatte sich ganz in Schwarz gekleidet, das Gesicht hinter einem Trauerschleier versteckt. Witwen fielen nicht auf, man bekreuzigte sich, wenn man ihnen begegnete, und ließ sie in Ruhe. Sie nickte dem alten Priester, der über einen Stock gebeugt, langsam an ihr vorbeiging, ehrerbietig zu. Er blieb stehen, hob den Kopf, murmelte einen Segensspruch und machte mit zitternder Hand das Kreuzeszeichen vor ihr. Kurz bevor er sich wieder in Bewegung setzte, blitzte es in seinen ausdruckslosen Augen, fast so, als ob er beim Blick in das schöne Gesicht, welches er hinter dem schwarzen Schleier erahnte, noch einmal das Bedauern darüber gespürt hätte, sich als junger Mann gegen die Liebe entschieden zu haben.

«Monsignore!», durchfuhr es Lorenza. Ihr Herz schlug heftig gegen ihre Brust, ihr war heiß und kalt zugleich. Hatte er sie auch erkannt? Das war unmöglich, versuchte sie sich selbst zu überzeugen, nach all der Zeit, sie war damals noch beinahe ein Kind gewesen.

Es gelang ihr nur mühsam, sich zu beruhigen, doch nach einer Weile war sie sich nicht mehr sicher, ob sie sich nicht getäuscht hatte. Raffi hatte ihr zwar erzählt, dass Pater Matteo noch immer in seinem alten Haus am Platz neben der Kirche lebte, hochbetagt und noch immer bei scharfem Verstand. Aber dass dieser gebrechliche Alte den Weg von dort zur Brücke zu Fuß hätte zurücklegen können, erschien ihr höchst unwahrscheinlich.

Sie blickte um sich. Die Sonne zeichnete bereits die Schatten der Engel auf das Pflaster, aber er war noch nicht da. Langsam ging sie die steinernen Wächter auf der Brücke ab, jeder von ihnen hielt ein Werkzeug der Passion Christi in Händen. Sie standen noch immer regungslos da, waren noch immer überirdisch schön und mächtig und würden es noch sein, wenn die Welt sich ein weiteres Mal verändert hätte.

Sie blickte zum Castel Sant'Angelo hinüber. Dort, hinter den undurchdringlichen Mauern der Festung, befand sich Cagliostro und würde sich bald dem allerhöchsten Richter stellen müssen. Der Papst, der auf Erden keinen Gott über sich duldete, hatte endlich tun können, was er schon lange hatte tun wollen. Die Ereignisse in Frankreich hatten ihm den willkommenen Anlass dazu geboten: Der Erzketzer Cagliostro war in seiner Gewalt.

Schaudernd wandte sie sich von der Burg ab. Sie hatte in der Kirche eine Kerze für seine Seele angezündet. Bald würde sie wirklich Witwe sein.

Sie blinzelte, die Sonne war schon fast hinter dem Kastell verschwunden. Sie blieb vor ihrem Schutzengel stehen und betrachtete ihn lange. Sie hätte gerne geprüft, ob er dem Engel auf der Brücke noch immer glich, aber er war noch nicht gekommen.

Plötzlich ergriff sie Angst, sie drehte sich um. Von beiden Seiten der Brücke schritten bewaffnete Männer auf sie zu. Der einzige Ausweg lag unter ihr, sie hätte in den Tiber springen müssen, doch sie konnte nicht schwimmen und wollte nicht als hässliche Wasserleiche enden. Sie hatte gehofft, er würde ihnen zuvorkommen und ihr Glück noch um einen kleinen Moment vor dem unabwendbaren Ende verlängern. Waren sie ihm auf die Schliche gekommen und war sie der Preis für seine Freiheit? Daran wollte sie nicht glauben.

Sie richtete sich auf. Vor dem Kastell stand der alte Priester und nickte bedächtig in ihre Richtung. Sie schlug ihren Schleier zurück, blickte geradeaus, tastete nach dem Engel und spürte, wie die Wärme des Steins in sie floss.

Sie hatte gewartet, bis zuletzt hatte sie gewartet. Endlich hatte das Warten ein Ende.

Sie lächelte. Er würde kommen. Später. Er hatte sie noch immer eingeholt.

Rom, 1789

Keuchend öffne ich die Tür zur Klosterzelle. Atme auf, ich bin nicht zu spät.

Man hat dir die Haare abgeschnitten.

Durch das schmale Fenster hoch oben in der Mauer scheint die Sonne auf deine weiße Haut.

Du stehst auf dem Stuhl und strahlst mich an.

Ich gehe mit ausgestreckten Armen auf dich zu. Du stößt mit dem Fuß gegen den Stuhl, ein Ruck geht durch deinen Körper, etwas fällt aus deiner Hand und landet klirrend auf dem steinernen Boden.

Du breitest deine Flügel aus und versuchst, dem Licht entgegenzufliegen. Weit wirst du nicht kommen.

Hast du vergessen, was Piero uns gelehrt hat? Wer sich in Seide spinnt, schlüpft gleich einem hässlichen Mottenvogel als behaartes Flügelwesen und verendet, ohne je vom Nektar der Schmetterlinge gekostet zu haben.

Ich starre auf die am Strick baumelnde leere Hülle. Mein Schrei verhallt lautlos in der Kehle.

Am Boden funkeln die Spiegelscherben im Strahl der Sonne wie tausend diamantene Sterne.

Nachwort

Die Freundschaft des Ehepaars Cagliostro mit Sarasins und ihr Besuch in Basel sind verbürgt, die Ausgestaltung der historischen Figuren im Roman ist jedoch frei erfunden.

Bei Serafina Gräfin di Cagliostro bewegen wir uns auf einer besonders dünnen historischen Faktenlage, was der Autorin einerseits bei ihrer Charakterisierung Serafinas viel Freiheit ließ, andererseits auch wieder viele Fragen nach ihrer wahren Identität aufwarf. Was lag da näher, als die schwer fassbare Gräfin selbst zu fragen?

Autorin: *Gräfin, bevor Sie in die Literatur eingestiegen sind, waren sie in Basel bereits auf der Bühne zu sehen. Dort wurde behauptet, Sie seien in einem Kloster untergetaucht.*

Gräfin (schaut indigniert, zeigt auf ihr spitzenbesetztes Kleid und die Seidenbänder im Haar): Ins Kloster? Wer behauptet das?

A: *Serafina Gräfin di Cagliostro, seit wann genau haben Sie diesen Titel getragen?*

G: Ich verstehe die Frage nicht.

A: *Bevor Ihr Mann Sie beide in den Adelsstand erhob, hatten Sie bereits verschiedene Masken und Identitäten ausprobiert.*

G (beleidigt): Als Gräfin wird man geboren.

A: *Es heißt, Sie seien als Tochter eines Kesselflickers in Rom aufgewachsen, bevor sie ihren Mann heirateten und mit ihm die zwei Jahrzehnte andauernde Reise durch Europa antraten.*

G: Wer sagt das?

A: *Sie, Frau Gräfin.*

G (zuckt die Achsel): Ich habe viel erzählt, um die aufdringlichen Lästerer loszuwerden.

A: *Ihr Mann war einer der berühmtesten Wunderheiler und berüchtigtsten Schwindler des 18. Jahrhunderts. Die einen ver-*

ehrten ihn als ihren Gott, für die anderen war er ein Erzketzer, den ...

G (unterbricht): Sind wir hier, um über Cagliostro zu reden?

A: *Natürlich nicht, Verzeihung. Was hat Sie, Frau Gräfin, dazu bewogen, in der Literatur aufzutauchen?*

G: Ich hatte es satt, dass es seit über 200 Jahren immer nur um meinen Mann und seine angeblich so außerordentlichen Fähigkeiten ging. Da gab es noch einiges zu berichtigen.

A: *Hat ihr Freund Raffi Ihnen dazu geraten?*

G: Der tut hier nichts zur Sache. Es ging um mich und meine Gabe, um meine Visionen, um meine Geschichte, darum, dass ich eine echte Prinzessin bin.

A: *Wie kam es, dass Sie nach mehr als zwanzig Jahren, in denen Sie Cagliostro als treue Gattin und geschickte Assistentin quer durch alle Länder Europas begleiteten und mit ihm den Aufstieg zu höchsten Ehren und Reichtum und schließlich den Abstieg erlebten, verlassen haben?*

G: Weil ich diejenige mit der echten Gabe war, ich bin die, der der Ruhm gebührt. Mein Mann war nichts ohne mich. Das hat er ja endlich sogar selber zugegeben.

A: *Und was ist mit den Seidenbändern? Haben Sie geglaubt, Sie könnten sich in einen Schmetterling verwandeln und aus dem Gefängnis fliegen, wenn Sie sich in seidene Bänder hüllen?*

G (entrüstet): Das lasse ich mir nicht mehr länger bieten!

A: *Gräfin, warten Sie, bitte gehen Sie noch nicht.*

G (dreht sich um): Es steht alles im Buch. Lesen Sie das Buch!

Dank

Mein großer Dank geht an Verlagsleiter Thomas Gierl für seine stete Unterstützung und seinen Glauben an dieses Buch.

Dank auch an Emese Bauer, Peter Felber, Reijo und Kaija Väisänen.

Ebenfalls bei Zytglogge erschienen

Satu Blanc
Wohin so eilig, Johanna?
Roman
ISBN 978-3-7296-5042-8

«Grütze, Dünnbier und ein Dach über dem Kopf.» Johanna hat, was sich ein vernünftiger Mensch, eine Frau zumal, in der ersten Hälfte des 15. Jahrhunderts nur wünschen kann. Aber das reicht ihr nicht. Stets fragt sie sich, wo ihr Platz in der Welt ist, und gerät immerzu ins Abseits: als zweifelnde Nonne, als fahrende Gauklerin, als Sekretär in Männerkleidern während des Basler Konzils. Ihre verschlungenen Wege führen Johanna zu einem Dokument, das die ganze Welt auf den Kopf stellen könnte – doch will die Welt überhaupt davon wissen? Immer auf der Suche nach der Wahrheit droht sie ihre Ziele zu verfehlen. Bis sie schließlich dem Rat des Henkers folgt ...

Ebenfalls bei Zytglogge erschienen

Therese Bichsel
Anna Seilerin
Gründerin des Inselspitals
Roman
ISBN 978-3-7296-5046-6

Ein historischer Roman über die Gründerin des Berner Inselspitals. Bern im 14. Jahrhundert: Die Halbwaise Anna wird von ihrem Vater Peter ab Berg mit dem Kaufmann Heinrich Seiler verheiratet. Im Haus ihres Mannes fühlt sie sich fremd, ebenso in ihrer Rolle als Ehefrau. Ihr Mann stirbt vor der Zeit, sie muss sich als reiche, junge Witwe in der aufstrebenden Stadt behaupten. Soll sie ein Leben als einfache Begine oder Nonne führen? Oder geht sie, obschon sie als Frau auf viel Widerstand treffen wird, ihren eigenen Weg und setzt sich für die Notleidenden ein? Als Bern von der Pest heimgesucht wird, trifft sie eine Entscheidung.

Ebenfalls bei Zytglogge erschienen

Therese Bichsel
Überleben am Red River
Roman
ISBN 978-3-7296-0985-3

Angelockt von den Beschreibungen des Berner Patriziers Rudolf von May, der Kolonisten anwirbt, wandern im frühen 19. Jahrhundert rund 170 Menschen aus Bern und Neuenburg nach Kanada in die Gegend des heutigen Winnipeg aus. Die hoffnungsvoll begonnene Reise in ein neues Leben steht unter keinem guten Stern: Von Mays vollmundige Anpreisungen entpuppen sich weitgehend als leere Versprechen. Die Frauen, über die in dieser Männergesellschaft verfügt wird, trifft es besonders hart. Die junge Elisabeth Rindisbacher und die zehnjährige Anni Scheidegger stehen im Zentrum des auf wahren Begebenheiten beruhenden Romans, der aus ihrer Perspektive erzählt wird.

Ebenfalls bei Zytglogge erschienen

Therese Bichsel
Die Walserin
Roman
ISBN 978-3-7296-0898-6

Eine eindrückliche Familiensaga auf verschiedenen Zeitebenen über mehrere Jahrhunderte, die exemplarisch für viele Auswandererschicksale in der Schweiz steht. Im Jahr 1300 lässt sich die junge Walserin Barbara mit ihrem Mann im hinteren Lauterbrunnental nieder, wo die Siedler Mürren, Gimmelwald und den Weiler Ammerten begründen.

Im 18. Jahrhundert stirbt Ammerten aus, nicht aber die Familien, die diesen Namen tragen. 1879 wandert Elisabeth Ammeter mit Mann und Kindern in den Kaukasus aus. Nach der Russischen Revolution muss die Familie Georgien verlassen. Lediglich Elisabeths jüngste Tochter Martha Siegenthaler-Ammeter kehrt dauerhaft in die Schweiz zurück.

Ebenfalls bei Zytglogge erschienen

Therese Bichsel
Catherine von Wattenwyl
Amazone, Pfarrfrau und Spionin
Roman
ISBN 978-3-7296-0668-5

Eine Verhaftung wirbelt Ende des 17. Jahrhunderts viel Staub auf: Die Berner Adlige Catherine von Wattenwyl wird als Spionin des Franzosenkönigs Louis XIV festgenommen. Der folgende Prozess rückt das Leben einer Frau ins Zentrum, die sich nie an die Vorgaben ihrer Zeit gehalten hat. Früh schon verlor Catherine ihre Eltern. Das Mädchen interessierte sich mehr für Pistolen als für Puppen und hätte liebend gern wie ihre Brüder eine Karriere im französischen Heer angetreten. Auch als junge Frau erregte Catherine Aufsehen: Sie duellierte sich, stand einem Schattenhof vor und mischte sich in die Politik ein, ehe sie sich als Informantin für den französischen Botschafter verdingte.

Ebenfalls bei Zytglogge erschienen

Mara Meier
**Im Sommer sind die Schatten blau
Amanda Tröndle-Engel**
Romanbiografie
ISBN 978-3-7296-5090-9

Die Zeichenlehrerin Amanda Amiet-Engel und ihr Mann, der Oberrichter Dr. Arnold Amiet, leben Ende des 19. Jahrhunderts als geschätzte Mitglieder der Gesellschaft in Solothurn. Nach dem frühen Tod ihres Mannes im Juli 1900 gerät Amanda in eine tiefe Lebenskrise. Es genügt ihr nicht mehr, das Malen als angenehmen Zeitvertreib zu betreiben. Sie erkämpft sich ein Leben als eigenständige und selbstbewusste Künstlerin. Dabei schließt sie Freundschaft mit dem 22 Jahre jüngeren Künstler Oskar Tröndle. Doch gesellschaftliche Konventionen und die Missbilligung von Familie und Bekannten stehen ihrer Verbindung im Weg.

Ebenfalls bei Zytglogge erschienen

Franziska Streun
Die Baronin im Tresor
Betty Lambert - von Goldschmidt-Rothschild - von Bonstetten
Romanbiografie
ISBN 978-3-7296-5041-1

Das Leben der aus der Brüsseler Lambert-Bankiersfamilie und der Pariser Rothschild-Dynastie stammenden Baronin Betty Lambert, geschiedene von Bonstetten, geschiedene von Goldschmidt-Rothschild, spiegelt die Geschichte des 20. Jahrhunderts wider. Die jüdische Adlige floh nach dem Ersten Weltkrieg aus ihrer arrangierten ersten Ehe von Frankfurt am Main in die Schweiz und lebte jahrzehntelang auf dem Bonstettengut in Thun/Gwatt. Dort hielt sie Hof, empfing das internationale Geistesleben, half Verfolgten auf der Flucht vor dem Nationalsozialismus, fungierte als informelle nachrichtendienstliche Anlaufstelle und wurde ihrerseits vom Schweizer Geheimdienst kritisch beobachtet.

Ebenfalls bei Zytglogge erschienen

Barbara Traber, Jürg Ramseier
Für immer jung und schön
Olga Picabia-Mohler (1905 –2002). Eine Annäherung
Romanbiografie
ISBN 978-3-7296-0879-5

Am 1. Dezember 1925 besteigt die 20-jährige Olga Mohler, Tochter des Bahnhofvorstands, in Rubigen den Zug. Sie träumt von einem abenteuerlichen Leben – und nimmt eine Stelle als Kindermädchen an der mondänen Côte d'Azur an. Dort landet sie im «Château de Mai» von Francis Picabia. Die naive Schweizerin mit den blonden Zöpfen weiß nicht, dass er ein berühmter Maler des Dadaismus ist, und von Kunst versteht sie vorerst gar nichts. Noch weniger ahnt sie, dass sie eines Tages seine neue Muse, Geliebte und spätere Ehefrau sein wird und sich im Künstlermilieu von Paris mit Picasso, Cocteau & Co. zu bewegen weiß.

Ebenfalls bei Zytglogge erschienen

Franziska Greising
Am Leben
Roman
ISBN 978-3-7296-0913-6

Im Süden Frankreichs leben 1940 bis 1944 hundert jüdische Kinder aus Deutschland und Österreich in einem heruntergekommenen Landschloss. Die dreißigjährige Rose aus Glarus tritt hier ihre neue Stelle an. Sie übernimmt die Leitung des Hauses und bietet den Kindern in der noch unbesetzten Zone Schutz und Geborgenheit. Das Schweizerische Rote Kreuz beschließt kurz darauf die Zusammenarbeit mit ihr. Nachdem Nazideutschland auch Frankreichs Süden besetzt, nimmt die Bedrohung dramatisch zu. Rose sieht sich gezwungen, mit den Vorschriften zu brechen, um ihre Schützlinge zu retten.

Ebenfalls bei Zytglogge erschienen

Margret Greiner
Sophie Taeuber-Arp
Der Umriss der Stille
Romanbiografie
ISBN 978-3-7296-5002-2

Im Appenzellischen aufgewachsen, erweiterte Sophie Taeuber-Arp auf immer neuen Feldern ihren Horizont und wurde eine der großen Künstlerinnen der ersten Hälfte des 20. Jahrhunderts. Margret Greiner zeichnet auf der Grundlage intensiver Recherche, auch bisher unveröffentlichter Briefe, in romanhaften Szenen das Bild einer kraftvollen Künstlerin, verbindlich als Mensch, kompromisslos in ihren ästhetischen Ansprüchen. Hans Arp beschrieb seine Frau als engelsgleiches Wesen und hob sie in den Himmel – Margret Greiner zeigt, dass sie durchaus von dieser Welt war, lebenspraktisch, unerschrocken und von großer Klugheit.

Ebenfalls bei Zytglogge erschienen

Rahel Senn
Ozelot
Roman
ISBN 978-3-7296-5065-7

Wir schreiben das Jahr 1958. Victoria ist elf Jahre alt und verbringt viele Nachmittage im Zürcher Frauensekretariat, für das ihre Mutter arbeitet. So erlebt sie, wie sich Frauen in der Schweiz zu Verbänden zusammenschließen, um sich gegen die fehlenden Rechte der Frau einzusetzen. Zum ersten Mal hört sie den Namen Iris von Roten. Immer wieder wird sich Victorias Leben fortan mit dem ihres großen und geheimnisvollen Vorbilds verweben. Als 21-Jährige schließt sie sich mit anderen Studentinnen zur Frauenbefreiungsbewegung (FBB) zusammen. Die 68er-Generation setzt – wie Iris von Roten – auf Konfrontation. Das Stimmrecht wird zum Teil eines großen Freiheitskampfes: der Revolution der Frau.

Foto: Vinzenz Wyser

Satu Blanc
Geb. 1968, ist freischaffende Autorin, Schauspielerin und Historikerin. Sie schreibt und spielt Theaterstücke über historische Themen und Personen und wird regelmäßig von Institutionen und privaten Auftraggeber/-innen für die Erarbeitung und Durchführung von Schauspielen, Lesungen und szenischen Rundgängen engagiert. Die Autorin lebt in Basel.

«Serafina» ist nach «Wohin so eilig, Johanna?» (2020) ihr zweiter Roman bei Zytglogge.

www.satublanc.ch